生命的经纬

李公胜 ◎ 著

华中科技大学出版社
http://press.hust.edu.cn
中国·武汉

图书在版编目(CIP)数据

生命的经纬 / 李公胜著 . -- 武汉：华中科技大学出版社，2025. 5.
ISBN 978-7-5772-1754-3

Ⅰ. I247.7

中国国家版本馆CIP数据核字第2025CA9624号

生命的经纬
Shengming de Jingwei

李公胜　著

策划编辑:饶　静

责任编辑:孙　念

封面设计:琥珀视觉

责任校对:刘　竣

责任监印:朱　玢

出版发行:华中科技大学出版社(中国·武汉)　　　电话:(027)81321913

　　　　　武汉市东湖新技术开发区华工科技园　　　邮编:430223

录　　排:孙雅丽

印　　刷:武汉科源印刷设计有限公司

开　　本:880mm×1230mm　1/32

印　　张:8.875

字　　数:207千字

版　　次:2025年5月第1版第1次印刷

定　　价:59.80元

仰望星空能看见亿万年前的光，

阅读《生命的经纬》能感悟生命的真谛，

站在宇宙和时间的角度看生命，

每一个个体的生命都是渺小而短暂的。

然而，这渺小而短暂的生命的价值、意义、能量
超越了浩瀚的宇宙和无垠的时间。

时光荏苒，岁月悠悠，

让我们珍惜这绚丽璀璨的生命吧！

目录

上篇

生命之经度

下篇
生命之纬度

由于人的认知所限，我们无从知晓生命的全部奥秘，但世间万物，包括花草树木、飞禽走兽，都会有自己的生命历程，都会有自己感知世界、适应环境的生存本能。

人作为地球上最高阶的进化生命体，已经掌握了认知世界、改变世界的能力，具有了主宰地球上其他生命命运的能力，因此，人就应该很好地去感知其他生命，与它们和睦相处，共生共荣，这是人类的责任，也是人类自身生存和发展的需要。

我第一次感觉到与动物产生了意识交流，是在几年前某个春日的早晨。那天晨起，我在自家二楼阳台上伸胳膊压腿，暖风和煦，小鸟啁啾，霞光满天。

忽然，一只麻灰色的猫咪踩着轻快的模特步，从灌木丛中走了出来，它抬眼看到了我，我也看到了它，四目相对，我和猫似乎都有一种不期而遇的感觉，猫的目光一会儿探究地瞅瞅我，一会儿警觉地斜乜一眼我隔壁单元的阳台。我准确地捕捉到了猫的眼神，走到阳台边上，踮起脚，看看隔壁阳台四周，居然在我们两家阳台之间放置空调外机的平台上发现了三只幼小的猫咪。由于空调外机挡住了我这边的视线，而我家隔壁单元已经很久无人居住，这里真是一个很好的猫咪窝。看着憨态可掬的猫咪宝贝，我忍不住想爬过去抱一只猫咪回家，而楼下的猫妈妈仿佛洞悉了我的企图，它把前腿伸直，后腿弓起，尾巴膨大，并如利剑一样竖起，对着我摆出了一副进攻的架势。

我太太在客厅里也发现了我的企图，她及时制止了我的莽撞行为。

晚上下班回家，我心里还是放不下那三只猫咪幼崽，可当我爬上平台的时候，那三只猫咪幼崽已经无影无踪。

我眼前浮现出小时候看到过的猫妈妈嘴里叼着幼崽转移的画面，想着猫妈妈搬家时的艰辛和危险，第一次觉得我从未如此接近猫的世界。

当天晚上，我连夜完成了我的第一篇动物拟人化的小说《猫咪搬家》。

此后，我关注起动物们来，观察它们的生活，揣摩它们的情感和内心世界，陆续完成了这十余篇动物拟人小说，希望能唤醒读者善良、温暖、柔软的心灵，让更多的人关注、爱护与我们相依相存的其他生命，让地球上的生命之光永存。

燕子回时

　　春分刚过，风里有了些暖意，杏树枝头刚刚打出了花骨朵，青燕和它的姐妹们就耐不住臃肿冬衣的层层包裹，急不可耐地换上了夏装。

　　换上夏装的青燕和它的姐妹们兴高采烈地在早春明媚的阳光下翻跹起舞，一会儿箭一般直穿如絮的云朵，一会儿从云朵里翻转着滑翔下来，银铃般的歌声在蓝天下回荡。

　　它们的快乐感染了我们这些看似沉稳的公燕，我们也不由得加入它们欢乐的行列，把一个清新的春天搅动得躁动不安。

　　可是，当夜幕降临，气温像坐滑梯一样"吱溜"就下来了，空气变得冷飕飕的，微风吹过，凉气直往羽毛里灌。

　　穿着夏装的青燕浑身瑟瑟发抖，直往我怀里钻，恨不得把瘦小的身体钻进我的身体里。我打趣道："怎么样？夏装换早了吧。"

　　青燕依偎在我怀里娇嗔道："你再说，你再说，小心我把你的羽毛拔光。"

　　我假装害怕，搂紧了青燕。

　　没过几天，夜间的气温也逐渐暖和起来，就连夜风吹在身上，也是暖暖和和的，没有了一丁点儿的凉意。青燕和它的姐妹们更加欢快了，从清晨一直疯玩到夕阳西下，在夜色中还要来段华尔兹。

今天傍晚，去北方探春的哨燕回来后高兴地说，现在北方的冬季一年比一年短了，以往这时候北方还是冰天雪地的，现在已经雪化冰消了，看来今年我们又可以早一点飞回北方了。

听到哨燕的报告，青燕和它的姐妹们北归的心情更加急迫，这不，晚上回来就跟我唠叨了十几遍要回北方去，还威胁说："如果你们这帮大老爷们不愿意早点回北方，我们这帮姐妹就先行一步了。"

我知道青燕的威胁不只是说说而已，它和这帮姐妹越来越野，以它们的这股疯劲，我们要是不响应，它们真有可能撂下我们，自己先回北方去。如果真这样，会让我们灰头土脸一整年。

第二天一大早，我召集几个头燕开会，商量回北方的事，几个头燕都接到了太太们的北归通牒，虽然大家都觉得尚未立夏，回北方确实早了一点，但太太们的集体意志不能置之不理。经过一番讨论，最后决定还是跟太太们妥协，择日北回，同时我们也商量了几个遇到特殊情况的预案。

天气一连几日晴好，气温已经飙升到了 30 摄氏度，我们这帮头燕再也找不到拖延北归的理由了。于是，在一个阳光明媚的早晨，我们飞上了北归之路。

一路向北，我们怀着对北方的向往和思念，一路上叽叽喳喳，你追我赶，仿佛有使不完的劲。

在我们的头顶上空，有一群北返的大雁排着整齐的队列，喊着固定的号子，不紧不慢地飞翔着，一会儿就超越了我们这个凌乱的小燕群。我很羡慕雁群的纪律性，真希望我们的燕群能够像它们一样整齐划一、团结一致。

可随着飞行时间的增加，很多年幼和体弱的燕子已经疲惫不堪，燕群更加凌乱，稀稀拉拉完全看不出队形来，有些燕子已经掉队很远。

而这时黄昏已至，西坠的太阳被乌云遮盖，寒风阵阵袭来，我望着燕群，问哨燕："是要下雨了吧？我们今天要歇息了，这附近有合适的地方过夜吗？"

哨燕有些犹豫地说："如果再飞一个时辰就到山里了，那里有一个山洞，很适合晚上歇息，看这个样子今天飞不到那里，前面有片树林，晚上我们可以在那里歇息。"

我让哨燕在前面带路，很快我们就到达那片树林。

燕子们听到我让大家歇息的指令，像残兵败将终于回到营地一样，东倒西歪地落到树林里。有些燕子疲惫不堪，刚落下就开始打盹；有些燕子饥渴难耐，蹒跚着脚步在林子里找食吃、找水喝；有些体力好、精神足的燕子依然在打闹嬉戏。

天很快黑了下来，雨也如期而至，气温急剧下降，寒风把树梢上的枯叶吹得沙沙作响，仿佛在向我们发出警示一样。

我身边的青燕已经瑟瑟发抖，不要说已经换上夏装的青燕姐妹们，就是还裹着冬装的我们，只怕也很难抵挡这夜晚的严寒。寒气"逼燕"，大家不知所措地看着我。

我问哨燕："这附近有避寒的地方吗？"

哨燕说："离这里最近的山洞还有一个时辰的路程，树林旁边有一户人家，除了这户人家，附近连房舍都没有。"

哨燕很歉疚，感觉是自己让燕群处于这样艰难的境地。

几个头燕聚集在我的身边，我们这些经验丰富的头燕一时也想不出好办法，大家都觉得如果在这样寒冷的雨夜露宿在树林里，燕群一定会凶多吉少，大多数的燕子可能会被冻僵坠地。

沮丧、焦急的情绪在燕群里弥散开来。

正当大家不知所措的时候，哨燕飞到我的身边说："头儿，树林旁边那户人家把紧闭的门窗都打开了，房子里的灯大开着，在门口和窗户边还挂了彩色布条，好像要邀请我们进屋一样。"

"啊！快带我们去看看。"

哨燕带着我和几只头燕飞到树林边，这里果然有一栋孤零零的房子，房子不算旧，红砖黛瓦，看着很是宽敞。房子里灯火通明，房子前站着一位白发苍苍的婆婆，婆婆很瘦，佝偻着腰，手搭着凉棚，正在往被夜色和细雨笼罩的树林里张望。

看着眼前的情景，我马上明白了婆婆的意思，一股暖流传遍全身。我传下号令，让群燕进屋避寒。

得到号令的群燕争先恐后地从敞开着的门窗飞进屋里，一会儿工夫，屋子里能歇脚的地方都被燕子占领了，满满当当，整个燕群都挤进了屋子里。

等到最后一只燕子飞进屋子里，婆婆笑靥如花地走进屋子，她一边抹着头发上的水珠，嘴里轻声细语念叨着什么，我们听不清具体的内容，但我们从她轻手轻脚的动作和慈祥舒心的笑容里，感受到了呵护和慈爱。

婆婆在屋子里转了一圈，好像想起什么事情一样，从屋子里出去了。不一会儿，只见婆婆抱着几根劈柴进来，她把劈柴码放在堂屋中间，又去厨房找来一些干草引火，最后成功升起了一堆篝火，屋子里慢慢变得暖和起来。

婆婆的举动我看到了，一屋子的燕子也看到了，我们开始并不明了婆婆要干什么，可当屋子里点起篝火，变得暖和起来的时候，我们明白了婆婆的意图，她在给我们增温取暖呢！多么善良的婆婆！多么细心的婆婆呀！我的眼眶不觉已经湿润，满腔感激的话语涌到了嘴边。我们知道婆婆听不懂燕子的语言，但我们还是要把感激之情表达出来，一时间，屋子里充满了高低各异、粗细不同的燕语。

婆婆沟壑纵横的脸上露出了孩童般灿烂的笑容。

第二天清晨，雨过天晴，朝霞满天，早醒的燕子们轻轻飞出了屋子，它们怕惊醒了坐在椅子上打盹的婆婆，她一晚上都守候在篝火旁，时不时地给篝火上加块劈柴，生怕火熄灭了。

青燕悄声对我说："我去林子里找些虫子给婆婆作早餐吧。"

我笑道："你糊涂了吧，婆婆是人类，他们有自己的食物，他们从来不吃虫子的。"

青燕很遗憾地说："那怎么办？她的呵护之情我们如何报答？"

我一时也想不出能够报答婆婆善举的好办法。

太阳升起来的时候，我们要出发了。婆婆已经醒来，她站在房子前挥着手和我们告别，微风吹拂着她的白发，阳光洒在屋顶和婆婆身上，形成好温暖的一幅图画。

我带着燕群绕屋三圈，用自己的方式表达着对婆婆的感激之情。

就在我们依依不舍地告别婆婆，准备继续往北飞的时候，赤尾燕和它的太太飞到我的身边说："头儿，我们俩不想去北方了，想留下来陪伴婆婆。"

我感到很意外，心里觉得这是一个报答婆婆的好办法，但是又有些担心地对赤尾燕道："这里的夏天应该很炎热，不适合产卵和孵小燕子。"

赤尾燕坦然道："不能产卵和孵小燕子没关系，如果我们不懂得反哺、不懂得感恩，孵再多的小燕子，生命依然是无情和孤独的。婆婆对我们有再生之恩，我们愿意留下来陪伴她。"

我很赞赏赤尾燕夫妇的行为，也很感激它们帮我们去向婆婆报恩，我把赤尾燕夫妇的决定告知了燕群，大家目送着赤尾燕夫妇离队向树林边的房子飞去。

有了第一天晚上差点冻死的教训，接下来的几天我们不论天气好坏，每天都早早地找到合适的歇息之地。

虽然我们的北归时间比预定的长了几天，但我们这个燕群最终平安到达了目的地——遥远北方的一个偏僻的小山村。

小山村坐落在山脚下，村子背靠木稀草疏的绵延群山，一条小溪从村东头的山上蜿蜒而下，在村头拐个弯，绕到村前，缓缓地顺山而去。

村子不大，只有三十多户人家，房屋错落有致地择地而建，村民们在村后的山坡上种玉米、土豆、花生，在村前的小溪旁种小麦，过着自给自足、与世隔绝的生活。

一条蜿蜒曲折的羊肠小道连接着村子和外面的世界，顺着小道步行小半天，才能到达离村子最近的集镇。

以前的村子虽然偏僻却也热闹。春天来临的时候，山上稀稀拉拉地点缀了各种各样的野花，有火红的杜鹃、洁白的梨花、粉色的桃花、黄色的油菜花，等等；山坡上、小溪旁是劳作的村民，村子里鸡鸭成群，不时传出孩子们嬉戏的喧闹声。

这就是我们夏季生活的地方，也是我们每年生儿育女的地方，我们燕群的燕子都在这里出生，我们的祖祖辈辈都在这里繁衍生息，我们把它叫做燕窝村。

燕窝村这些年凋敝了，村子里住的人越来越少，大多是老人和小孩，很少看到青壮年男女，村子里的房屋因年久失修而显得破败，村后和小溪旁的农田大多已经荒芜，没有多少鸡鸭，孩童也不多，本来最热闹的早晚，村子里也悄然无声。

每年春天，我们这群燕子的到来，多少给村子里带来了几分生机。

我们到了村子就算回到了家，我带着燕群绕着燕窝村转了几圈，村子里一切正常，燕子们纷纷寻巢而去。

我和青燕的窝在村子东头第二家，我们兴高采烈地准备回家，这是我们第三次从南方过冬后回来，心里不禁充满着温暖和期待。

我和青燕飞到屋檐下，发现屋子大门紧闭，屋前的禾场上长满青草，大门上方的燕道敞开着，我和青燕从燕道钻进屋子里。

屋子里散发着很重的霉味，地面和家具上落满灰尘，角落里布满蜘蛛网，看这样子应该是好几个月没人居住了。

我们的燕窝还在房梁上，像这屋子一样，燕窝也显得凋敝而衰败。青燕飞落到窝里，一副落寞而失望的神情，这是我们三年来生儿育女的燕窝，是我们在南方一直记挂着的温暖的家，如今这个样子，看来是无法居住了。

虽然屋子依然能自由进出，燕窝完好无损，但阴暗潮湿的环境，显然不适合在此生儿育女了。

我理解青燕的心情，轻轻地飞到青燕的身边，呢喃着安慰它说："没关系，我们辛苦一点，再找个好人家，筑一个更好的燕窝。"

青燕默默无语，只是轻轻点了点头。

接下来几天，我和青燕就在村子里寻找新的居所。村子不大，大部分房舍已经被其他燕子占领，适合筑窝的房舍不多，经过几天考察，我们看中了村子中间一处人家的房舍。

这是村子里为数不多的几栋两层小楼房之一，说是楼房，在这以平房为主的村子里也并不显眼，房子只是高了一层，并不显得宽绰，红砖墙裸露着，中间是大门，两边开着窗户，这楼房的结构与平房区别不大，而且这栋楼房在大门上方也留了燕道，进门堂屋的顶上也有几根水泥横梁，很适合筑窝。

我和青燕对这栋房舍很满意，按照我们的习俗，在开始动工筑窝前，我们要在这栋房舍里住两晚，感受一下房舍的生活环境和这家人的性格脾气，看看是不是适合我们在这里生儿育女。

第一天晚上，我和青燕早早地歇息在这栋房舍的屋檐下，观察这一家人的生活习惯。

房子里住着三口人，从年龄上判断应该是爷爷奶奶和孙女，孙女大约十岁，精瘦，头发枯黄，脸上挂着与年龄极不相称的冷漠与成熟，对爷爷奶奶一副颐指气使的派头。

小孙女手里拿着一个可以放映动画的平板电脑，不论干什么事都拿着这个小玩意，眼睛不离画面。爷爷奶奶就围在小孙女身边，小孙女喊一声"水"，奶奶连忙把一瓶饮料送到小孙女嘴边，把饮料的吸管放进小孙女的嘴里。小孙女不用伸手、也不用抬头，就着奶奶的手吸了几口饮料，摆一下头，奶奶连忙把饮料瓶拿开；晚上吃饭的时候，爷爷端上来一桌子香喷喷的饭菜，奶奶盛了一碗米饭，拌上肉食蔬菜，用勺子喂到小孙女的嘴边，小孙女只顾着看动画，把饭菜含在嘴里，不嚼也不咽，奶奶不急不躁地等了很久，终于等到小孙女吞下饭菜，才喂第二口。

就这样小孙女也没有吃上几口，当奶奶再喂的时候，小孙女大吼一声："不要啦！"

这声吼，把屋檐下的青燕和我吓了一跳。

吃完饭，爷爷奶奶打来水，给小孙女洗脸、洗脚，小孙女两眼始终盯着动画看。

到了晚上7点钟，小孙女手中的平板电脑忽然发出一阵"听妈妈讲那过去的事情"的音乐声，一个年轻女人的图像出现在平板电脑上。

小孙女的脸上终于露出了天真灿烂的笑容，对着平板电脑中的女人大声喊道："妈妈！你什么时候回来？"

女人笑着应承道："快了，快了，等过春节的时候我和爸爸就回去看你，我们给你买一堆的玩具。"

小孙女很失望地说："快了、快了，每次都说快了。当我不知道呢！现在刚到夏天，离春节还远着呢。"

女人讪笑道："等爸爸妈妈有空了就回去看你，你要听爷爷奶奶的话。"

刚说了两句话，小孙女就对平板电脑中的妈妈没有了兴趣，她挂掉了与妈妈的通话，大喊道："我饿啦！"

奶奶问道："你想吃什么？水果、蛋糕，还是饼干？"

小孙女大喊道："脆面！"

奶奶无奈地望着爷爷，爷爷拿出一块油炸方便面，奶奶接过来递到小孙女嘴里，小孙女咬一口，津津有味地嚼着，眼睛依然盯着动画片。

夜深了，小孙女在爷爷奶奶的多次催促下，终于拿着平板电脑哈欠连天地走进了卧室。

小孙女睡了，我和青燕却怎么也睡不着，胸口仿佛打进了一根楔子，堵得慌。

青燕惴惴不安地说："小女孩养成了这样，心理和生活习惯都不健康，以后怎么样走向社会、独立生活？"

我说："也许人有人的难处吧，社会在变迁，总会出现各种各样的问题，要适应也不容易。"

青燕说："这家不适合我们筑窝，爷爷奶奶跟孙女的关系就跟主人和奴隶一样，孙女不健康的心理和生活方式，特别是她那尖锐的喊叫声，听着很烦心，这家人的气场不好。"

我点点头说："明天再去找房舍，总会有适合我们居住的房舍。"

青燕把头靠在我身上，悠悠地说："这个世界变化真快。"

我和青燕又看了几处房舍，有一处房舍我们很中意，里面只住着一对耄耋老人，爹爹已经不能下床行走，整天躺在床上，吃喝拉撒全靠婆婆料理。婆婆年迈，做饭、刷碗、伺候爹爹都很吃力，看到她颤颤巍巍拿在手里的碗，总担心会掉在地上，两条无力的腿，挪步的时候总担心她摔倒。真是一对可怜的老人，不知道他们有没有儿女？我和青燕很想在这栋房舍里陪伴这对老人。

让我们放弃这栋房舍的是老爹爹的呻吟声，老爹爹已经神志不清，分不清白天和黑夜了，睡着的时候鼾声如雷，醒着的时候不停呻吟，呻吟声有着强烈的穿透力，似乎能够穿透大脑直入骨髓，让心脏像放飞在天空中的风筝，摇摇摆摆、晃晃悠悠。老爹爹躺在床上拉屎撒尿，老婆婆没有气力及时清理这些污秽之物，房子里总充斥着难闻的气味。我们真想帮助一下这对孤苦的老人，可惜我们没有这么大的能力，帮不了他们，又实在是不忍心看到这种在生命尽头的最后挣扎。

我和青燕没有想到，要找一栋新的房舍会这么难，也难怪，好的房舍都被同胞们占领了。

哨燕看到我和青燕找了几处房舍都不满意，就跟我说："头儿，要不你就去我那一家吧，我们两家住一起热闹，那家人很善良，不会嫌弃我们的。"

我看看青燕，它这几天被找房舍的事搞得焦头烂额，都有点烦躁了，听哨燕这么说，正好它和哨燕的太太紫燕是好姐妹，我便满口答应了。

我和青燕跟随哨燕来到哨燕和紫燕筑窝的房舍，这是一栋很普通的旧房舍，房子里住着姐弟俩，姐姐十五六岁的样子，弟弟十岁左右，两个人都还未成年，本来应该在爸爸妈妈身边撒娇的孩子，却独自承担着生活的重担，自己谋生，他们身上已经完全脱去了少年的稚气，脸上挂着成年人的坚毅和沧桑。

我和青燕在哨燕它们家住了一晚上，观察到了这家姐弟俩的生活状况。

天刚蒙蒙亮的时候姐姐就起床了，她从地里打来一篮猪草，把猪草切碎了拌上饲料，给猪喂上。然后又马不停蹄地在厨房里生火做饭，说是做饭，其实很简单，煮一小锅粥，粥里放了两个红薯，这就是姐弟俩的早餐。

吃完早餐，弟弟拿上书本去支教老师那里上课，姐姐拿上农具去地里干活。

村里地少，村民们的地都是精耕细作，比如说种玉米和土豆的时候，村民要先把地翻挖好，再在翻挖好的地里挖坑、播种、覆土。

姐姐太瘦小，没有力气翻挖土地，就只能直接把种子种在杂草丛生的地里，庄稼自然就长不好，收成也差。

姐姐在地里忙了一上午，中午回家和弟弟一起做饭吃，吃完午饭，喂完猪，姐弟俩拿上砍刀上山去砍柴。直到太阳落山，姐弟俩背着一大一小两捆柴，疲惫不堪地回到家里，热了中午吃剩的饭当晚餐。

这就是两个孤儿一天的生活，看着他们忙碌的小身影，我和青燕一天都没有说话，郁闷像一团棉花塞在我们嗓子眼里。

我和青燕决定就在这栋房舍安家，把燕窝筑在哨燕的窝旁边。希望到时候我们的幼燕出生能给苦命的姐弟俩带来一点欢乐的氛围。

姐弟俩的坚强和勤劳激励了我和青燕，我们起早贪黑，开始建筑自己的燕窝。

我们衔泥巴、叼树枝、含毛发，很快一个漂亮别致的燕窝就筑在了姐弟俩房舍的屋梁上，姐弟俩见到我们忙碌地飞进飞出和筑好的燕窝，脸上总能露出快乐的笑容。

燕窝筑好了，初夏也到了，这是我们燕子最开心的美好时光。我们每天在村里村外穿梭，尽情地舞蹈和歌唱，空气里弥漫着阳光、鲜花和泥土的味道。

没过几天，青燕产下了五枚精巧的小蛋，看到这些小蛋，我仿佛看到了一张张嗷嗷待哺的小嘴，温暖和甜蜜弥散到我身上的每一根羽毛。

月色中我望向青燕，青燕轻轻地点点头，兴奋和惊喜从我的身体里喷薄而出！我不由自主地飞了起来，穿过燕道，风一般翱翔在夜空里。

接下来的日子，我和青燕争着孵化这些小蛋，我把这些小蛋搂在怀里，忘了饥也忘了渴，我迫切地想看到我们可爱的小幼崽。

一个炎热的午后，我正抱着我们的小蛋憧憬着美好的未来，忽然，我感觉到身下有了细微的动静，我侧身细看，只见一枚小蛋被啄开了一个小洞，小洞一点点扩大，一个毛茸茸的脑袋从啄开的蛋洞里探了出来。

小燕仔！我的天啊！我们的小燕仔破壳啦！

我用嘴柔柔地啄了啄小燕仔的脑袋，也许它感觉到了爸爸的温柔，摇摇晃晃地从蛋壳里爬了出来，张开鹅黄色的小嘴巴，"吱吱"叫着撒起娇来。

青燕觅食回来，见到刚出生的小燕仔，它飞扑进燕窝里，把小燕仔拥进怀里。

到了傍晚的时候，四个小燕仔都相继破壳了，还剩下最后一枚小蛋纹丝不动。

晚上我和青燕轮流抱着这个小蛋，期盼着这最后的一个小燕仔快快出世。

可是直到第二天傍晚，小蛋依然没有动静，我和青燕一个孵着小蛋，一个出去给叽叽喳喳的小燕仔觅食。别看小燕仔小，可食量一点也不小，它们不停地张着小嘴巴，等待着送进嘴里的小虫、粟米。

看到我们俩忙碌的身影，哨燕劝解道："最后的这枚蛋你们又孵了好几天了，估计是枚哑蛋，你们不用再孵了，放弃吧，喂小燕仔要紧。"

听了哨燕的劝解，我和青燕都不愿意放弃，坚持着孵那最后一枚小蛋。

又过了两天，我似乎听到怀里那枚小蛋有了声响，我俯身看看，蛋壳裂开了一个小缝隙，我惊喜若狂！连忙用嘴把蛋壳啄开，只见一只小燕仔慵懒地躺在蛋壳里，它眯着眼睛，打量着眼前的世界，在哥哥姐姐们的欢呼声中很不情愿地伸伸翅膀和双腿，慢慢悠悠地从蛋壳里爬了出来。

我的幺燕仔哦！

青燕正好觅食回来，它看到最后这只慵懒而调皮的幺燕仔，眼里涌出了激动的泪花。它把嘴里叼着的小虫喂进刚刚出生的幺燕仔嘴里，幺燕仔不情不愿地慢慢吞咽着，惹得哥哥姐姐们发出一阵嫉妒声。

随着小燕仔们一天天长大，它们的食量越发大得惊人，我和青燕每次觅食回来，五张稚嫩的嘴"吱吱"待哺，它们好像永远也吃不饱一样，我和青燕只有加倍努力给它们喂食，我们自己倒是经常饿着。

哨燕的四只小燕仔也出生了，房舍里热闹起来，九只小燕仔整天叫得震天响，我和青燕、哨燕和紫燕忙得不亦乐乎。

我很担心这样的吵闹声惹烦了房子里的姐弟俩，可姐弟俩听到小燕仔的吵闹声不仅没有烦恼，反而十分开心，没事的时候，他们看着小燕仔比比划划，脸上露出天真的笑容。

有一天早晨，幺燕仔一不小心被正在练习飞行的哥哥姐姐们挤出了燕窝，掉在了地上，我惊叫一声，飞扑到地上查看。幺燕仔像什么事都没有发生一样，不慌不忙地从地上爬起来，傻愣愣地望着我说："爸爸，我们怎么回到燕窝里去呢？"

看到幺燕仔没摔伤，我的心刚刚放下，又被它的问题提上来：是啊，它还不会飞，怎么把它弄回燕窝里去呢？

我想到临时抱佛脚，教幺燕仔飞行，幺燕仔按我说的方法试了两次，摔了个嘴啃泥。急得燕窝里的哥哥姐姐们不停地尖叫。

小燕仔的尖叫声引起了刚起床的弟弟的注意，他发现了地上的幺燕仔，蹲下身把幺燕仔捧在手上，我吓得不停地大声尖叫起来，恳求他不要伤害幺燕仔，燕窝里的小燕仔也一起惊叫着求情。

弟弟看到了我们惊慌的样子，他大声叫来了姐姐。

姐姐看到弟弟手上捧着的幺燕仔，去屋外搬来梯子，梯子很重，姐姐搬起来很吃力，弟弟把捧在手里的幺燕仔小心翼翼地放在地上，帮助姐姐把梯子靠在房梁上。姐姐一手捏着幺燕仔，一手扶着梯子，战战兢兢地往上爬，好不容易才爬到燕窝跟前，她轻轻地把幺燕仔放回燕窝里。

我们被眼前发生的事情惊呆了，大小燕子们屏声静气地看着姐姐小心翼翼地从梯子上下到地面，一屋子悬着的心才放下，大家的眼里都流露着感激之情。

这次事故激励了小燕仔们，它们更加急迫地练习起飞行来。

过了一段时间，小燕仔们长壮实了，翅膀上的羽毛已经十分丰满，嘴角的鹅黄已经褪去，飞行的基本要领已经完全掌握，我和青燕决定带小燕仔们迈出它们"燕生"的第一步，飞出燕窝！

按照以往的经验，我们先让燕仔们从燕窝里飞到十几米远的门框上，我再次给燕仔们讲述了飞行要领，青燕给燕仔们示范了一次，我们便鼓励燕仔们开始飞。

燕仔们犹豫着，没想到平时懒散瘦小的幺燕仔第一个勇敢地站出来，它看看我和青燕鼓励的眼神，深吸一口气，扇动着翅膀飞了起来。

幺燕仔刚飞起来的时候晃晃悠悠，差点掉到地上，在我们的惊呼声中，它快速扇动翅膀扑向门框，双爪蹒跚着抓在门框上。

"成功啦！成功啦！"满屋的燕子为之欢呼！

我们的欢呼声吸引了正在吃早饭的姐弟俩，他们放下碗筷，看着小燕仔们的第一次飞行，脸上挂满了欣喜的笑容。接下来其他小燕仔的第一次飞行都很顺利，小燕仔们终于飞出了燕窝！

小燕仔们飞出燕窝只是"燕生"的第一步，接下来我和青燕还要教小燕仔们如何辨别方向，如何寻找食物，如何躲避危险，如何查看天气等，任重道远。

等到这一切小燕仔们都学会了，我和青燕才算完成了又一次繁育后代的任务，到那时我们的生活才能真正放松下来。

现在每天一大清早，小燕仔们就兴奋地飞出燕窝，不到天黑不回窝，有时候玩疯了，就和小伙伴们在树林里和屋檐下过夜，小燕仔们已经不需要燕窝的庇护了。

没有小燕仔的燕窝真宽敞清净啊！我和青燕也终于可以放松自己，睡个大懒觉了。

这天早晨，太阳已经升起老高，我和青燕还"猫"在燕窝里眯瞪着。

忽然，我们被一阵清脆的呼唤声叫醒，只见我们的五个小燕仔围着燕窝，嘴里叼着肥嘟嘟的小虫，争着往我和青燕的嘴里送。

这是小燕仔在反哺呢。

望着小燕仔们急迫地想喂我和青燕小虫的样子，我和青燕感觉温暖极了，这是多么幸福的时刻啊！几个月的辛苦瞬间消散了。

我和青燕也学着小燕仔幼小时的样子，张着嘴"吱吱"叫唤着，等着小燕仔们把小虫喂进我们的嘴里，甜蜜的味道从嘴里弥漫到了心里。

时光如梭，一晃已到了深秋，气温一天天凉起来，我们这个燕群也准备带着我们的新成员去往南方，小燕仔们激动不已，天天围着我和青燕打听南方的事情。

一个天高云淡的上午，燕窝村忽然来了许多人，人们欢天喜地，还放起了鞭炮，在我的记忆中燕窝村从来没有这么热闹过。这些人分头走进了几处房舍，肩扛手提，把房舍里的家具、农具、生活用品全部搬走了，这其中就包括我们这家的姐弟俩和那对年迈的爹爹、婆婆，瘫痪了的爹爹被人用担架抬着。

燕子们不知道燕窝村发生了什么事情，我让哨燕跟着搬家的人群去打探。

两个时辰后，哨燕打探回来了，燕子们围了过来，哨燕说："在山外的集镇那里新盖了好大一片房子，从我们燕窝村搬出去的人都住进了那片新房子里，而且还有好多新房空着，我看到有好几个我们燕窝村的人在那边收拾新房呢，感觉我们燕窝村里的人都要搬到那里去住了。"

哨燕的话让我们感到很突然，大家议论纷纷，"是应该搬了，人住在这闭塞的大山里生活太不方便了。"

"这几年燕窝村的人走了不少，年轻人都走了，现在只剩下老人和小孩。"

"我们祖祖辈辈都住在燕窝村，人搬走了我们怎么办？"

晚上，幺燕仔靠在我的身边，一边用嘴清理着羽毛，一边忧心忡忡地问我："爸爸，明年我们还来燕窝村吗？要是人都搬走了我们怎么办？"

幺燕仔的问题正是我在思考的事情，我说："要是燕窝村的人都搬走了，我们也回不来燕窝村了，不过我们可以去燕窝村人搬去的新家。"

幺燕仔有些担心地说："他们搬了新家会欢迎我们吗？"

我安慰道："只要我们不把粪便随意拉在堂屋里，早晚不大声喧哗，他们会欢迎我们的，因为千百年来我们已经和人成为自然的共同体，是不能分割的整体。"

我这样安慰着幺燕仔，望着睡去的幺燕仔，其实我心里也是七上八下的，不踏实，只有默默祈祷但愿如此吧。

小狗兮兮的故事

夜深了，近处居民小区的几栋高楼窗口的灯光渐渐熄灭了，临街商铺和写字楼楼顶五彩缤纷的霓虹灯偃旗息鼓，白天拥堵的马路这时显得无比宽阔，偶尔驶过一辆汽车，风驰电掣，只有街道两旁的路灯依然慵懒地抛洒下橘黄色的灯光，寒风吹过，树叶如蝴蝶般飞舞。

兮兮往威廉的怀里靠了靠，可它并没有感受到威廉身上的暖意，相反有一种冰凉的感觉。

自从兮兮成了一只流浪狗后，威廉就是它的全部依靠，和威廉相遇的记忆时刻萦绕在它的脑海里。

那是夏天的一个清晨，外公带着兮兮出门，兮兮欢天喜地地跳上熟悉的"牧马人"，小车迎着太阳一路向东，开了很长的时间才停下来，外公下车打开后座的车门，温情地望着兮兮说："兮兮，下来。"

兮兮从座位上一步跳到马路上，仔细打量周围的环境，发现这是一片完全陌生的城区，马路两边没有鳞次栉比的高楼大厦，一眼望去全是茂密的森林和绿茵茵的草地。

　　兮兮喜欢这样的地方，它撒腿向草地上跑去，穿过一丛丛开满鲜花的灌木，跑一会儿，兮兮总不忘撩起后腿在小树干上撒点尿，标记着方位。

　　兮兮高兴地在草地上撒欢，跑出去很远，它忽然感觉到了一些异样，平时它跟家里人出来遛弯，不管是小爸、小妈还是外婆、外公，他们总是跟在自己身后不停地叫唤："兮兮慢点""兮兮别乱跑""兮兮小心点"，但那天兮兮一直没听到后面关切的声音，它停下来看看身后，不见了外公的身影。兮兮急了，拼命跑回下车的马路边，空旷的马路两边没有亲切的外公，也没有熟悉的"牧马人"。

　　兮兮慌了神，它循着熟悉的气味向来路跑去，可没跑多远，熟悉的气味没有了，空气中充斥着汽车尾气和柏油马路上沥青刺鼻的味道。

　　没有家人在身边，兮兮焦急万分，它漫无目的地在马路边游荡，寻思着：外公怎么会把我丢下了呢？是我不听话了吗？没有啊，这几天我没有咬坏小爸小妈的拖鞋，家里来了客人我也没有和客人疯闹，晚上熄灯了也没有叫唤过。那我是哪里做错了呢？兮兮百思不得其解。它走累了，坐在树林边的草地上，回想起自己在家里美好的生活。

　　兮兮依稀记得那是在一个冬日的午后，自己被小爸从妈妈身边抱走。第一次离开妈妈温暖的怀抱，兮兮冻得瑟瑟发抖。小爸解开自己厚厚的羽绒服，把它揣在怀里，它感受到小爸温暖的体温和"咚咚"的心跳。

　　小爸怀揣着兮兮，上了蓝色的"牧马人"，他摘下自己柔软的羊绒围巾，在后座上团成一个小窝，再把兮兮从怀里掏出来，放在小窝里，用白皙的手轻轻抚摸兮兮的小脑袋。

兮兮仔细打量小爸，这是一个阳光帅气的男孩，有着女孩子一样白皙的脸庞，浓密的黑发四周剪得很短，上面留得很长，长发整齐地向后梳着，眉宇硬朗，目光温柔。

看着兮兮怯生生地打量着自己，小爸把兮兮连同羊绒围巾一起抱在怀里，对兮兮说："从今天开始你就是我的小仔仔，我就是你的小爸，我带你去见你的小妈，你可一定要乖哟！逗小妈开心，让她答应嫁给我。"

小爸看着一脸茫然的兮兮又说："我还要先给你取个名字？叫什么呢？"

小爸思考片刻："就叫兮兮吧，和小妈共用一个小名。"

兮兮第一次坐车，在密闭的小车里摇摇晃晃，感到晕晕乎乎的，遇上红灯，小爸一个刹车，兮兮感到胃里一阵翻腾，几口奶全吐在小爸的围巾上。小爸没有心疼围巾，而是十分心疼兮兮，他连忙把车停在路边，抽出一沓纸巾给兮兮擦拭干净，确认兮兮没有什么大问题后才重新出发。

当小爸把兮兮抱到小妈面前的时候，小妈惊喜地一把抢过兮兮，把兮兮捧在手心里，又是爱抚、又是亲吻，满眼都是激动的泪花，小妈亲吻一下兮兮，又亲一下小爸，小爸和小妈激动地拥吻在一起。

直到夜幕降临，小妈才想起兮兮可能饿了，她从冰箱里拿出牛奶，放进微波炉里加热了喂兮兮。小爸找出一只竹篮，在竹篮里铺上一件小妈的旧衣服，晚上把竹篮放在小妈的床边，让兮兮睡在柔软的竹篮里！

有兮兮帮忙，小爸和小妈不久就结婚了，兮兮和他们一起住进了温馨的新房。

每天晚上，小妈下班回家，第一件事就是把兮兮抱在怀里，吃饭的时候也抱着兮兮，还拿香喷喷的食物逗兮兮，有时候喂兮兮一点美味的肉末。

小爸赶紧制止道："兮兮不能吃肉末。"

小妈捂住兮兮的嘴："一点点、一点点，让宝贝尝尝鲜。"小妈不叫兮兮的名字，她总叫兮兮宝贝。

小妈看电视的时候也抱着兮兮，还专门找动画台跟兮兮一起看，一边看一边给兮兮讲："这是猫咪，挺可爱的，以后我们家养一只猫咪给你做伴；这是猴子，是不是长得很像人，下次带你去动物园看看。"

兮兮看这些小动物上了瘾，只要小妈一打开电视，它就欢天喜地地往小妈怀里跳。

晚上睡觉前，小妈把兮兮放在床上玩，一边是小妈，一边是小爸，他们爱抚它、咯吱它，直到小妈和小爸拥吻在一起。

小爸顺手把兮兮放到床边的小竹篮里，兮兮躺在竹篮里，听到小妈和小爸在床上嬉闹，它想爬上床去，可围着床转了几圈都爬不上去。兮兮有点生气，有时候它也"汪汪"叫两声。

每天早晨，屋外樟树上的喜鹊把小爸小妈和兮兮从梦中唤醒。小爸和小妈慵懒地洗漱的时候，兮兮就跑到客厅门口摇头摆尾地等着，小爸洗漱完就会带着兮兮去遛弯。

兮兮很喜欢户外活动，只要下了电梯，出了大门，兮兮就撒着欢地疯跑，早晨的空气真好啊！赶紧的，它要撒尿、拉屎了。

见不到兮兮影子的时候，小爸就会喊："兮兮别跑，兮兮慢点！兮兮你在哪里？"

等兮兮解决了内急，它会悄悄地来到小爸身边，或者突然从小树丛里跳出来，给小爸一个惊喜，小爸弯下腰想抱起兮兮，兮兮一扭身又跑了！

兮兮和小爸在小区里疯玩，直到晨间的阳光洒满大地。

小爸带着兮兮回家，吃完早饭，小爸和小妈去上班了，兮兮在家里感到孤独，这是它一天中最郁闷的时光。它从卧室逛到客厅，又从客厅逛到卧室，实在无聊了，就把小爸和小妈的鞋子叼着，整齐地排成一排。

小爸和小妈的家里平时只有两个人生活，小爸的爸爸妈妈在外地，偶尔会来住几天。

小妈的爸爸妈妈住得不远，每周都会过来帮助小爸小妈收拾屋子。他们看到兮兮的时候也很喜欢兮兮，喜欢逗兮兮玩，只要家里有人，兮兮就感到很快乐。

小爸小妈给兮兮介绍这是爷爷、奶奶，那是外公、外婆，兮兮都记住了，每次他们来的时候兮兮都会在门口欢迎他们。

兮兮在这样温馨的家庭里慢慢长大了。

长大了的兮兮个子也不高，因为它是一只泰迪犬，棕色的卷毛总被小妈用宠物香波洗得香喷喷的，周末的时候，小妈用橡皮筋在兮兮的头顶扎一个羊角辫，每次扎完羊角辫，小妈还要抱着兮兮照镜子。

兮兮的眼睛圆圆的，经常被卷发遮住，呆萌得很。

小爸和小妈都爱抱着兮兮和兮兮玩对视。小爸和小妈从兮兮的眼里看到了纯净，兮兮从小爸和小妈的眼睛里看到了怜爱！对视成了他们最好的交流方式。

让兮兮没想到的是，它的生活忽然发生了变化。

那是一个周末的上午，吃完早饭，小妈抱着兮兮坐在沙发上一起看动画片，外公和外婆来了，他们刚进屋换好拖鞋，外婆就像被开水烫了手一样大叫道："兮兮！你怎么还抱着小狗？怀孕了千万要离狗狗远一点，它会传染病菌的，快放下！"

小妈很不情愿地把兮兮放到地下，外婆赶紧过来用脚把兮兮推到了阳台门口，兮兮不解地看看小妈小爸，又看看外公外婆，但他们没有关注兮兮，而是围着小妈嘘寒问暖，全然忘记了兮兮的存在，兮兮第一次感觉到了委屈。

从此以后，小妈再也不给兮兮洗澡、扎辫子了，也不抱兮兮，兮兮也不能再进小爸、小妈的卧室。兮兮很想亲近小妈，可它每次走近小妈的时候都被小妈无情撵走，兮兮每天只能远远地看着小妈，心里充满了不解。

小妈不管兮兮后，兮兮的生活都由小爸打理，每天喂食、洗澡、遛弯。小爸本来就没有小妈细心，加上小妈怀孕后妊娠反应比较强烈，小爸还要细心地照料小妈，兮兮的生活待遇忽然间就差了很多，但它看到小妈的身子越来越沉重，走路都不太方便的时候，也很心疼小妈。

当夏天来临的时候，小妈一连几天都不在家里，小爸也不在家，每天只有外公或者外婆过来给它喂食，兮兮感到无比寂寞，几天没洗澡，浑身痒痒的。

正在兮兮无比思念小妈小爸的时候，一天中午，小爸、小妈、外公、外婆、爷爷、奶奶一起回到了家，兮兮无比欢喜，它围着每一个人撒欢。

忽然，兮兮看见小爸坐在沙发上，轻柔地打开怀里抱着的棉毯，一个粉嫩的小宝宝露出头来，好可爱的小宝宝啊！

兮兮扑了上去，它伸出长长的舌头想舔一舔宝宝粉嫩的脸颊。

"啊！"

兮兮的动作引起一片惊呼，小爸快速地抬起脚，重重地踢在兮兮身上，外公抱起兮兮，把它扔到阳台上，关上了阳台的门。

兮兮站在阳台上，透过玻璃门，看着一家人围着小宝宝，百般温情，它不知道自己做错了什么。第一次被如此冷落地关在阳台上，它只是想亲吻一下可爱的小宝宝，平时小爸小妈都喜欢自己亲吻他们的脸颊、手背，是宝宝太小不能亲吻吗？家里人平时都很喜欢逗自己玩，今天怎么都这么冷漠？兮兮百思不得其解。

阳台上本来就很热，装在阳台边的空调开着，热风吹到阳台上显得更热，一会儿兮兮就浑身燥热，口渴难耐，兮兮把舌头伸出老长，让身体的热量散发得更快一些，它走到阳台边，透过阳台栏杆的空隙，眺望楼下的花园，真想下去溜达几圈。

当中午的阳光直射到阳台上的时候，阳台成了一个大蒸笼，就连地面都是滚烫的，兮兮感觉自己快要晕过去，它走到阳台上的玻璃门边，用前爪抓着玻璃门，抓了很久才被外婆发现，外婆打开阳台上的玻璃门，把兮兮放了进来，兮兮感觉到了一家人对自己的冷漠，它不敢往人身边凑，蔫蔫地走到客厅的角落躺下，看到一家人围着摇篮，满眼怜爱地逗弄着那个粉嘟嘟的新生儿，一种强烈的失落感弥漫在心头。

晚上，外公外婆要回家了，小爸对外公说："爸，现在我们没有时间管兮兮了，兮兮在家宝宝也不安全，你把兮兮带回去养一段时间吧。"

于是，兮兮被外公外婆带回了家。

外公外婆的家兮兮以前来过，小爸小妈以前去外公外婆家的时候总爱带着兮兮，兮兮对外公外婆的家也感觉到熟悉和亲切。

可当它这次来到外公外婆家的时候，心里感到十分的沮丧，小爸小妈不要它了吗？忽然之间怎么一家人都对它这么冷淡了？兮兮忐忑不安地想着。

外公外婆劳累了一天，回家洗漱完就睡了，他们忘了给兮兮喂食、喂水，已经一天没有吃东西、喝水了，兮兮又渴又饿。它从客厅走到厨房，又从厨房走到卫生间，想找一点可以充饥的食物，转了一圈，什么也没有找到，卫生间的地板上残留着一些水渍，兮兮用舌头舔舔，感觉无比的清凉，它爬到坐便器上，勉强能喝到坐便器里的水，兮兮第一次感觉到水原来也这么甘甜。

饱喝了一顿水，兮兮精神了许多，也感觉没那么饿了，它想好好地睡一觉，可没有了柔软的小竹篮，它只能在客厅沙发边躺下，它感到困，可总也睡不着，身体上的饥饿和疲乏、精神上的失落和不解，让它感到无比的沮丧，兮兮第一次感觉到黑夜的漫长。

一夜无眠，直到客厅的窗帘透出一丝白光，兮兮才迷迷糊糊地打了个盹。只一转眼的工夫，兮兮一个激灵就醒了，屋外传来小鸟的叽喳声。

兮兮忽然感觉到内急，它想起自己已经两天没有去外面遛弯了，以前它每次都是遛弯的时候解决内急的，它知道不能把屎尿拉在屋里，它跑到外公外婆的卧室门口，用爪子挠卧室的门，想让他们带自己去外面解决内急。

兮兮挠了很久，卧室里都没有一点动静，兮兮实在憋不住了，它跑到卫生间，犹豫再三，羞怯地把屎尿拉在了卫生间的地板上。它想用泥土盖住自己的污秽之物，用爪子刨了半天，可瓷砖地板刨不动啊！兮兮只好守在卫生间门口，想等外公外婆起床后帮它收拾。

外公外婆起床后，发现了卫生间里兮兮的污秽之物，他们十分生气，一边收拾那些脏污，一边用脚狠狠地踢兮兮。

兮兮一天多没有吃东西，晚上又一夜未眠，心里很生气，外公踢它的时候，它张口朝外公的腿咬了一口，虽然只是示威，并没有咬到外公，但还是把外公吓了一跳。

外公外婆一边做早饭，一边商量着要把兮兮丢掉。等吃完早饭，外公便开始实施他们的丢弃计划，带着兮兮出了门。

兮兮的回忆被一群流浪狗打断。兮兮定睛一看，在一只大黑犬的率领下，十来只高矮胖瘦不一的流浪狗正围着自己，个个露出凶狠的目光。兮兮害怕极了，它想逃走，刚迈出两步，一只矮小的京巴狗冲上来就咬。兮兮刚一转身，后脖子就被一只瘦高的格力犬咬住，它无力挣扎，只有拼命嗥叫。

正在危急时分，从树林里冲出一只白狗，白狗动作很快，闪电般冲到跟前，直接扑向格力犬。格力犬见势不妙，连忙放开兮兮，想要迎战白狗，但早被白狗撞出去几米远，白狗威风凛凛地站在兮兮面前，流浪狗们全被白狗的架势镇住了，只有领头的大黑犬不想失了统帅的威风，它往前跨了两步，低吼着想和白狗撕咬一番。可它看到白狗高大强壮的身躯，还有凛然不可侵犯的气势，胆怯了，悻悻地转身带领流浪狗们离开。

白狗转过身来，兮兮感觉眼前忽然一亮，这是一只高大帅气的阿拉斯加雪橇犬，那健壮的身躯、高昂的脖颈、粗大的尾巴，还有一身雪白的厚毛，王子般的气质，这是兮兮见到的最帅气的狗了，特别是在自己遇难的危急时刻，白狗挺身而出的勇敢精神更让兮兮折服！兮兮仿佛见到了亲人，它走上前去，亲昵地亲吻白狗的脸颊。

白狗慈爱地看着楚楚可怜的兮兮，也亲吻着它的脖颈。

白狗问了兮兮的来历，叹息道："有的人把我们当宠物，喜欢的时候百般怜爱，不喜欢了便随便丢弃，枉费了我们的忠诚之心！"

白狗自我介绍说："我叫威廉，主人一直对我很好，只是我现在老了，死神要召见我了，我不想让主人看到我死去的样子，所以我跑出来了。"

兮兮仔细打量白狗威廉，才发现它确实有些显出老态了，尽管脖颈挺直，尾巴高耸，但整个身子显得疲软，舌头伸出老长，呼吸粗重，毛发晦暗，毛发稀疏处还能隐约看到溃烂的皮肤。看到这些，兮兮很心疼威廉，它用脑袋蹭蹭威廉的肚子，安慰它说："没事，你还强壮着呢。"

威廉也豁达地跳了两步："我也觉得。"

威廉接着说："你饿了吧，我带你去找吃的。"

威廉带着兮兮穿过树林，来到一堵高墙边，顺着墙根往西走不远，有一根水泥管直通墙内，穿过水泥管，墙内是一个很幽静的别墅小区。

中午时分，小区安静得很，威廉带着兮兮在一栋栋别墅间穿行，很快就在一栋别墅前的垃圾桶旁找到了食物。

威廉把半只吃剩的鸡骨架叼到兮兮面前："吃吧，还有很多肉呢。"

兮兮看着有点脏的鸡骨架，皱了皱眉，它没有吃过这样的食物，平时小爸小妈都是喂它狗粮。

威廉宽慰它说："我开始出来也不想吃，但外面只有这些食物，其实吃习惯了比狗粮还香。"

兮兮也实在是饿了，它已经有两天没吃东西了，吃了几口，觉得这鸡骨架确实很香。

兮兮吃着鸡骨架，威廉继续在垃圾桶里找食物，并把找出来的食物叼到兮兮面前。

兮兮感激地说："你也吃啊。"

威廉说："我吃不了多少了，吃一点就肚子胀。"

兮兮吃饱了，威廉又带着兮兮来到小区东边，这里居然还有一片小湖，湖水清澈见底，湖面上有几只大白鹅在悠哉地戏水。

威廉走到湖边，喝了几口水，招呼兮兮说："来，喝呀。"

看兮兮吃饱喝足了，威廉又带着兮兮原路返回那片树林。它们躺在树林里休息，兮兮充满好奇地问道："跟我讲讲你的过去，可以吧？"

威廉望着满含期待目光的兮兮，叹口气说："唉，我和你的遭遇不同。"

威廉已经记不清楚自己妈妈的样子了，它的记忆里只有一对老年夫妻和自己生活在一起。说是老年夫妻，其实年纪也不大，五十来岁的样子，这对夫妻有一个儿子，但不和他们住在一起，只有周末和节假日才回来住几天。老年夫妻也叫威廉儿子。

威廉小的时候爱生病，每次病了老爸老妈就带它去看医生，医生看过了，要么吃药、要么打针，不论是吃药还是打针，威廉都很不情愿，挣扎着拒绝。每当这时，老妈就流着泪哄它，每次吃完药，老妈就给威廉的嘴里塞一颗糖，后来威廉吃糖上瘾了。

威廉半岁的时候就长到有老妈腰间高，一身白毛没有一丝杂色，身形矫健，动作敏捷，但威廉却没有大狗都有的凶悍样子，它的面相柔和，性情也很温驯，纯真的眼睛看人的时候一脸呆萌，很多怕狗的人甚至小孩看到威廉都会感到亲切，情不自禁地上来亲近一下威廉。

威廉喜欢热闹，总往人多的地方凑，不管熟人生人都爱黏上去，好在大人小孩都不怕它，都爱和它亲近，很快威廉成了小区里的明星、邻居的开心果。

威廉也喜欢小狗，出门看到小狗它就会冲上去，小狗看到这样一个庞然大物冲过来，吓得四处躲闪。威廉跑到小狗身边却并不攻击小狗，还做出各种亲昵举动，小狗很快就亲近它了，跟在它身后耀武扬威，经常能看到威廉身后跟了好几只小狗狐假虎威。

老爸老妈是冬泳爱好者，每年冬天都要参加市冬泳队的活动。

一个周末的上午，老爸老妈带着威廉去湖边冬泳，威廉感到很新奇，它一会儿看看宽阔的湖面，一会儿看着在湖边做各种准备动作的冬泳队队员，当第一个冬泳队队员跳进湖里的时候，威廉急得在湖边团团转，当老爸老妈跳进湖里的时候，威廉更急了，它以为老爸老妈意外落水，在湖边大叫几声后，纵身跳进湖里。威廉快速游到老妈身边，用嘴叼着老妈的游泳衣拼命往岸边游。

老爸和老妈先是一惊，随后马上明白了威廉的意思，他们随威廉游到岸边，爬上岸。看到瑟瑟发抖的威廉，老妈心疼极了，她用自己的厚浴巾裹着威廉，抱着威廉往车上跑，老爸开着车，老妈用浴巾裹着威廉，紧紧地把它抱在怀里："我的傻儿子，你怎么这么傻。"

威廉看到老妈的眼里流下了心疼的泪水。

回到家里，老妈在浴缸里放了满满的一缸热水，让威廉泡热水澡，仔细给威廉清洗，然后用电吹风一点点把威廉的厚毛吹干。

威廉还有一次勇救主人的经历。

一天早晨，老妈带威廉去买菜，过马路的时候，威廉几步就跑到了马路对面的人行道上，然后回过头等老妈走过来。

忽然，威廉看见一辆小轿车径直向走在斑马线上的老妈冲了过去。

威廉感觉到了危险，它冲了过去，敏捷地跳到小轿车的引擎盖上，对着司机"汪！汪！汪！"狂吼几声。

正在低头看手机的司机回过神来，连忙使劲踩刹车，小车的惯性还是扫倒了老妈，但老妈顾不上腿上的伤痛，爬起来一把抱住了威廉，激动得泪如雨下。

周围的人看到了威廉的举动，无不啧啧称奇。

从此以后，威廉陪老爸老妈过马路时，总是紧挨着他们，警惕地打量着来往车辆，要是有车靠近，它就迅速跳到车子前面大吼起来。

有个中年人慕名找到老爸老妈，要出十万元买威廉，老妈不肯，那人坚持要买，把价格提到了三十万元。老妈很生气地说：
"你有孩子吗？你会不会把你儿子给卖了？"

威廉真的成了老爸老妈的儿子，甚至比儿子还亲。

老爸老妈的亲生儿子，三十多岁了，还没有女朋友，老爸老妈
就天天在儿子面前催婚。儿子不胜其烦，找朋友买了威廉给老爸老
妈养，想转移老爸老妈的注意力。

没想到还真管用，自从有了威廉，老爸老妈对儿子的关注度大
幅度降低，以前每到周末就打电话喊儿子回家，现在已经有大半年
没有给儿子主动打电话了，他们的心思、乐趣全放在了威廉身上。

有一天，儿子带了女朋友回家。要是以前，老爸老妈心里一定
会乐开花，张罗着热情接待。可没想到，女朋友第一次进家门，正
好老爸老妈要带威廉去遛弯，他们看到儿子的女朋友心里也很高
兴，却跟儿子说："你们先在家里看看电视、吃点水果，我们带威
廉遛完弯再回来给你们做饭。"

儿子很生气，拉着女朋友就想走。好在女朋友懂事，脆生生地
说："叔叔、阿姨，你们去遛弯，我们在家做饭。"

从此以后，儿子就更少回家了。

威廉陪着老爸老妈生活，老爸老妈一天天变老，不觉间威廉也
老了。

十三岁的威廉，觉得自己没有了年轻时的矫健，遛弯的时候总
感觉胸闷气短，吃东西没了胃口，眼睛也昏花了。威廉感觉自己快
不行了，它不愿意死在老爸老妈面前，于是在一次遛弯的时候悄悄
地走了。

离开老爸老妈，威廉心里十分不舍，有几次，它悄悄地潜回老

爸老妈家院子后面的树林里，看到老妈一个人落寞地坐在院子里，仿佛在等着自己归来，白发被风吹乱，阳光照在身上，老妈成了一座金色的雕塑。

威廉流泪了，它真想跑上去依偎在老妈怀里，看到她慈祥的笑容，它往前走了几步，犹豫着停下了，但它知道自己不能回去，如果他们看到自己死去会更伤心，还是让他们怀念吧。

威廉一步三回头地离开了老爸老妈的屋子，它在树林里漫无目的地游荡，遇上一群流浪狗正在欺负兮兮，于是它冲上去救了兮兮。

兮兮和威廉形影不离，白天一起觅食，晚上依偎着数星星。威廉喜欢唠唠叨叨、反反复复讲它的生活经历。兮兮听了很多遍，也不嫌烦。

可是今天威廉一反常态，躺下了就安安静静的，既没有唠叨，也没有咳嗽，甚至连粗重的喘气声都没有了。兮兮感觉到了异样，它站起来，仔细端详威廉，用爪子拨弄它的脸庞，威廉没有一丝的反应，它用嘴拱威廉的身子，想让它站起来，可威廉已经没有了生命的气息。

威廉平静地去了，兮兮迎着秋风、望着满天的星斗，发出了凄厉的哭叫声！

黎明时分，兮兮的哭叫声吸引了环卫工杨爹爹，杨爹爹循声来到路边的树林里，看到蹲在威廉身边的兮兮，他拨弄了几下威廉，发现威廉的身体已经僵硬。

杨爹爹把威廉装进一个黑色的塑料袋，抱着放到了路边的垃圾箱旁。

杨爹爹回身抱起一直跟在身后的分分，分分身体颤抖着，用祈求的目光看着杨爹爹。

分分的目光触动了杨爹爹心中最柔软的地方，他抱着分分坐到路边花坛边，从背包里拿出保温杯，拧开杯盖，将热水倒在杯盖里，用嘴把杯盖里的热水吹凉一些，再把杯盖送到分分嘴边。

分分感激地看看杨爹爹，低头喝干了杯盖里的热水，它感到一股暖流流遍全身。

杨爹爹又从背包里拿出一个馒头，掰一点喂给分分吃。

分分感觉这馒头是世上最美味的佳肴，它吃一口馒头，感激地用舌头舔一下杨爹爹的手指。

感受着分分轻柔、温润的舌头，杨爹爹脸上露出了开心的笑容。

分分和杨爹爹你一口、我一口地吃完馒头，又喝了几口水，精神头就恢复过来了。

杨爹爹慈爱地抚摸一下分分的头和后背，轻轻地把它放在地上说："宝宝，我们开始干活了。"

杨爹爹负责周围几个街区的垃圾箱清理和保洁工作，他骑着一辆小电动车，让分分站在电动车中间的横梁上，遇到垃圾箱就停下来换垃圾袋、打扫和清洁垃圾箱。

杨爹爹干这些的时候，分分就跟着杨爹爹跑前跑后地凑热闹，杨爹爹很喜欢它，便时不时地抚摸一下它，叫一声："跟屁虫。"

夕阳西下，杨爹爹忙完了一天的工作。他骑着电动车带分分回家，感觉仿佛回到了青年时代，他的双手离开电动车的扶把，两只胳膊向后张开，作出大鹏展翅的姿势，他想唱歌，可张了几次嘴也没有发出声音来。

　　杨爹爹的家在一栋老式楼房的一楼，房子很小，房子里的家具也很陈旧，兮兮却很高兴，它不在意住所的好坏，它在意的是杨爹爹的和蔼和温情。它紧紧跟在杨爹爹身后，杨爹爹走到哪里，它就跟到哪里，仿佛怕杨爹爹离它而去一样。

　　杨爹爹想到了自己的儿子。

　　杨爹爹对儿子全部的记忆，就是儿子小时候像跟屁虫一样跟在自己的身后，儿子高中毕业后，去了国外读大学，从此一去不复返。儿子找了个外国媳妇，因为怕外国媳妇嫌弃自己的家庭和父母，结婚后从来没有带媳妇回过家，就连前几年杨爹爹的老伴去世，也没有回来送别自己的母亲。

　　后来有了孙子，杨爹爹想孙子，一反常态地天天给儿子发微信，说想看看孙子。

　　直到孙子两岁多，儿子才让孙子与杨爹爹在微信里视频了一次，孙子一点也不嫌弃爷爷，杨爹爹听到儿子说："This is your grandpa。"

　　孙子就欢天喜地地反复叫："Grandpa! Grandpa!"

　　杨爹爹听不懂外国话，也很难从黑发碧眼的孙子身上看到自己的影子，从此也断了对儿子和孙子的念想。

　　儿子隔一两年才回家看看杨爹爹，隔几个月给杨爹爹汇几百块钱回来，杨爹爹对儿子和孙子的印象已经很模糊了。

　　兮兮的到来，让杨爹爹找到了家的温暖，他仿佛看到自己的孙子跟在自己的身后跑进跑出，杨爹爹坐在厅堂择菜，兮兮就坐在杨爹爹对面看着杨爹爹，眼睛一眨不眨；杨爹爹去厨房做饭，兮兮就跟在杨爹爹的腿边，杨爹爹的腿和兮兮的身子时不时地碰撞一下。杨爹爹一边做饭，一边望着兮兮笑道："跟屁虫！"

杨爹爹做了一顿丰盛的晚餐。吃饭的时候，杨爹爹在椅子上放了一个小塑料凳子，让兮兮后腿踩在塑料凳子上，前腿放在桌子上，把丰盛的食物盛在盘子里给兮兮吃。

杨爹爹看着兮兮吃饭的样子，不停地用手抚摸兮兮的脑袋和后背，兮兮吃几口食物，回过头，用舌头舔舔杨爹爹的手指，兮兮和杨爹爹都感觉很幸福。

杨爹爹洗澡的时候把兮兮抱进浴室一起洗。杨爹爹先给自己抹上沐浴液，浑身都是泡沫，再给兮兮抹上沐浴液，搓出泡泡，冲洗干净。杨爹爹光着身子，先用毛巾给兮兮仔细擦干毛，然后直接把兮兮抱到床上。

兮兮记得，以前小爸小妈也经常把自己放到床上玩，它喜欢床上柔软的感觉，它在被子、枕头间跌跌撞撞地打滚。

杨爹爹收拾停当，上床抱住兮兮，盖上被子。

睡在了柔软的大床上，兮兮觉得一股暖流从身体弥漫到心间，它很快进入了梦乡，梦见自己在开满鲜花的草地上奔跑，后面跟着一只白色的泰迪小姐，泰迪小姐头上戴着小花帽，四肢扎着红丝带，极尽温柔地讨好着它，阳光明媚、鸟语花香，兮兮感觉自己的每个细胞都弥漫着幸福！

乌鸦之死

稚一岁了，一岁的乌鸦正是青春年少时。

在这个草长莺飞的暮春时节，每天早晨和黄昏都可以看到成群结队的乌鸦，风一样掠过天空，那英姿、那风范，仿佛整个世界都属于它们。

可是，稚这个东湖区最明亮的少年乌鸦最近却很消沉，显得郁郁寡欢，伙伴和长者都不明白稚性情忽然变化的原因，它们或关切或假装不在意地问过稚，稚只是摇摇头，叹口气。

在一个繁星闪耀、小虫鸣啾、暖风和煦的夜晚，被大家尊称为智者的乌鸦和稚并排站在树枝上，进行了一次推心置腹的长谈。

智者乌鸦问稚道："孩子，我看你最近满腹心事、很不开心的样子，是遇到什么难题了吗？你可以跟我说说。"

稚望着满天星斗沉默不语，智者乌鸦也不催促它，它们就这样在暗夜里沉默着。

良久，稚幽幽地说："大叔，我心里有个很大的疑问，我曾经问过伙伴和长者，它们听到我的疑问要么漫不经心，要么不屑回答，甚至嘲笑我幼稚，可是这个疑问像石头一样压在我心里，而且越来越沉。"

智者道："你跟我说说吧，也许我能回答你的问题。"

又是良久的沉默后，稚说："我仔细观察了很多飞禽，发现它们大多数都有着美丽的羽毛，看着就赏心悦目，再看看我们乌鸦，通身黑黢黢的羽毛，单调而丑陋，毫无美丽可言。为什么会这样？"

智者听了稚心中的疑问，一时语塞，它和所有乌鸦一样，生来就有一身黑色的羽毛，大家从来没有对自己的羽毛提出过疑问，更没有思考过这样的问题。对与生俱来的东西，大家往往熟视无睹，习以为常。

智者很欣赏稚善于思考的品性，从它身上似乎看到了自己的影子，它很乐意和稚探讨这个问题。

智者思索着说："世间万物，其容貌、习性、特征都是由其基因决定的，我们的这身羽毛也是，基因决定的东西后天也就无法改变了。"

稚听到智者的解释，心里的石头更加沉重，它欲言又止。

智者安慰道："其实好不好看、喜欢不喜欢只是各自的品位和爱好，就说我们这身黑黢黢的羽毛吧，有的人类就很喜欢，它们还有个很有名的歇后语呢。"

智者说着卖了个关子，以期引起稚的兴趣。

果然，稚好奇地问道："什么歇后语？"

智者说："人说，要得俏，一身皂！这个皂就是黑色，意思是说要想俏丽得穿一身黑色。"

稚睁大了眼睛，提高了嗓门，惊讶道："真的吗？人喜欢黑色！"

稚的话还没有说完，声音仿佛从半空中滑落下来掉到地上："可我看到穿黑衣服的人并不多。"

智者生怕稚刚燃起来的热情熄灭，连忙说："人类为了御寒防晒，不得不以衣蔽体，而衣服可以常换，我们看到人身上五颜六色、色彩斑斓的，只是因为他们换了衣服而已。"

稚很是羡慕地说："我们要是能像人换衣服一样换羽毛就好了。"

稚说着忽然跳了起来，从树枝上跳到树梢，在树梢兴奋地转了两圈，又轻盈地跳回智者的身边，对着智者说："我要换一身羽毛，就像人换衣服一样。"

智者说："怎么换？我们乌鸦未能进化到人的地步，换不了。"

稚说："那我去跟人请教，让他们教我换羽毛。"

智者说："你的想法很天真，我们不懂人的语言，怎么跟他们沟通交流呢？"

稚思考了一会儿说："大叔，你有没有办法让人关注到我们，只要能引起他们的注意我就有办法了。"

智者说："要引起人的注意倒是有一个办法。"

稚兴奋道："什么办法？"

智者说："你飞到人的头上，往他身上拉一坨粪便。"

稚笑道："那谁敢，人会骂死我的吧？"

智者说："人很古怪，按说被拉了一坨粪便在身上，会很生气，偏偏人觉得这是个好兆头，是要升官发财的预兆，你说怪不怪？"

智者话还没有说完，稚就兴奋地飞走了，夜空中传来它的声音："大叔，你等着我的好消息。"

春末的早晨清新而明快，湖面碧波荡漾，小山郁郁葱葱，山峦湖岸间蜿蜒着几条绿道。

稚翻过山间，掠过湖面，沿着绿道滑翔，在散步、跑步、骑行的人群中寻找着合适的目标。

忽然，稚发现绿道上一位年轻的女孩穿着一袭长裙，戴着墨镜，骑着一辆天蓝色的自行车，上身前倾，快速行驶在绿道上，清风吹拂起女孩的长发和蝉翼一样轻薄的衣袂，如仙子般轻盈而美丽。

太美啦！我要是有这样一身服饰该多好，稚心里赞叹着。它快速飞到女孩子的头顶上方，尽量降低高度，准确地把粪便拉在了女孩子的头上。

正在骑行的女孩正沉浸在自我放飞的心境里，忽然感觉到头皮上一阵清凉，她伸手捋了一下头发，举手一看，竟然一手鸟粪，女孩惊慌失措，手脚登时乱了方寸，连人带车摔倒在绿道上。

女孩气急败坏地从地上爬起来，抬头便看见正在头顶上盘旋的稚，她愤怒地挥舞着双臂，恨不得抓到这只讨厌的乌鸦，把它撕得粉碎。

稚本来以为自己的举动给女孩带来了好运，女孩一定会善待自己。它友善地点着头，缓慢地想接近女孩，甚至想歇在女孩的肩头，向女孩请教如何能拥有她这一身美丽的服饰。

可是女孩似乎完全不能接受稚，她凶狠地向稚挥舞着双臂，甚至还在绿道边的树上折来一根树枝，想抽打稚。

稚带着不解转身飞离了绿道，它不明白，不是说鸟的粪便能够给人带去好运吗？怎么这个女孩不接受它送去的好运呢？还这么凶狠地驱赶它，看来人并不喜欢乌鸦，不愿意和乌鸦交流。

刚才发生的一幕被跟在稚后面的智者乌鸦看到了，它一直跟在稚后面，希望能给稚一些帮助，没想到是这样一种结果。它快速飞到稚的身边，安慰道："人就是很怪异，有些人喜欢鸟，甚至把小鸟当宠物养在家里，有些人又不喜欢鸟，看到我们就驱赶。这种状况主要还是我们与人类语言不通，无法交流造成的，先辈遗传，无法改变，认命吧孩子。"

稚刚才虽然受到了挫折，但它并不气馁，它坚信总有办法能改变自己羽毛的颜色。人不行，就找鸟类请教吧，有那么多羽毛漂亮的鸟类，它们总会有改变羽毛颜色的办法。

想到这里，稚转身对智者乌鸦说："大叔，没事，我不怕挫折，我自己转一转就好了。"

智者乌鸦叹口气，转身去寻觅自己的早餐。

稚飞了很久很久，直到精疲力竭，它歇到一棵柳树上，正想好好休息一下，忽然看到柳树上有一只金丝雀正在觅食。

金丝雀很小，小到像一只精灵，金丝雀也飞不高，就在小树丛里生活。

就是这样一种生活在小树丛里的小鸟，却有着一身华美的羽毛，翅膀和尾巴边沿镶着金丝，浑身羽毛翠绿，衬托出金丝雀娇小美丽的身姿。

看到金丝雀欢欣雀跃地在树枝间跳来跳去，稚心里生出几分嫉妒来。等金丝雀不经意跳到自己身边的时候，稚说："嗨！小不点，我也想有你这样一身华美的羽毛，怎么才能拥有呢？"

金丝雀正在专心致志地觅食，被稚忽然冒出的话语吓了一跳，它抬头见对自己说话的是一只乌鸦，捂着胸口道："你不声不响地站在这里干吗？吓我一跳。"

乌鸦抱歉地笑了笑，问道："你这身羽毛也是天生的吗？"

金丝雀想了想说："我这身羽毛应该不是天生的吧？我刚出生的宝宝就是一身绒毛，长大后才会慢慢换成翠绿色镶金边的羽毛。"

金丝雀的话仿佛是火种，"嘭！"一下点燃了稚心中的希望之火，它寻找的就是这样的希望。稚迫不及待地说："你能带我去看看你的宝宝吗？"

金丝雀有些犹豫地说："我的宝宝才出生几天，你这个样子会吓坏我的宝宝的。"

稚生怕金丝雀拒绝自己的要求，讨好地说："不会，我不会吓着你宝宝，你看我虽然披着一身讨厌的黑羽毛，但长得慈眉善目，对鸟类没有任何威胁。"

金丝雀仔细打量过稚后，犹豫着说："好吧，不过你不能太靠近我的宝宝。"

稚跟随着金丝雀，来到丛林深处金丝雀精致的鸟巢旁，看到金丝雀妈妈正匍匐在鸟巢里，两眼警惕地环顾四周。

金丝雀妈妈看到稚径直落到鸟巢边上，立即尖叫着炸开了羽毛。

紧随而来的金丝雀爸爸连忙上前解释说："亲爱的，没事，它只是想看看我们的宝宝，没有恶意。"

金丝雀妈妈打量了一下稚，心情放松下来，它往旁边挪挪身子，怀里露出几只毛茸茸的脑袋来。

金丝雀宝宝很小，小到连眼睛都还没有睁开，浑身的绒毛晦暗，除了憨态可掬，毫无美丽可言。

稚问金丝雀妈妈："你宝宝的绒毛怎么能够换成像你们这样美丽的羽毛呢？"

金丝雀妈妈说："宝宝出生时都是一身绒毛，等它们长大了美丽的羽毛就会一点点长出来。"

稚将信将疑地说："那我能不能也长出像你们一样美丽的羽毛？"

金丝雀妈妈说："我们鸟类的羽毛是不能换来换去的，祖辈的基因决定了我们羽毛的颜色，而这样的颜色会伴随我们终生。"

金丝雀妈妈的话像一阵冷风，吹灭了稚心中刚刚升起的一线希望，它有些责怪自己的祖先没有遗传给自己华美的羽毛。

稚沮丧地和金丝雀一家告别的时候，看到丛林边的草地上一只大公鸡正在散步。

大公鸡的羽毛红彤彤的，乍看像一团火，长长的脖子和羽翼丰满的尾巴笔挺向上，鸡冠鲜红，双目神采奕奕，就连步态都是悠闲中带着几分优雅。好一副绅士模样，稚不由自主地飞到大公鸡的身边。

大公鸡被忽然到来的稚吓了一跳，正准备逃跑，定睛一看，才发现是一只乌鸦。大公鸡有些不满地说道："你突然从我头顶飞下来，我还以为是只老鹰，吓死我了。"

稚笑道："就你这反应速度，我要是只老鹰你早就成美餐了。"

公鸡不想跟乌鸦贫嘴，打算立马转身离开。

稚说："公鸡大哥，我看你也是一只有学问的鸟，能向你请教一个问题吗？"

公鸡转转眼睛说："有什么事你问吧。不过我要先声明我是一只鸡，不是一只鸟。"

稚愕然道："鸡不也是鸟吗？有什么区别？"

公鸡摇摇头说："鸡和鸟不一样，应该说不完全一样，鸡是人类饲养的家禽，虽然飞不高，跑不快，但是我们不用自己觅食，有人喂养。"

稚听到公鸡优越感十足的解释，心里觉得好笑，心想鸡好是好，就是过了一年半载就成了人餐桌上的佳肴。

稚不想和公鸡讨论鸡和鸟的问题，它一脸虔诚地说："公鸡大哥，你说我们这些鸟类和家禽的羽毛能改变颜色吗？"

这个问题对公鸡来说显得十分突然，公鸡想了想说："换羽毛只怕不行，没听说过。不过这事你可以问问孔雀，它的羽毛是鸟类中最华丽的，你看看它是怎么打理羽毛的，也许它会有办法改变羽毛的颜色。"

公鸡说完，看着稚失望的样子问道："怎么，你想改变自己羽毛的颜色？"

稚点点头说："我讨厌这身黑黢黢的羽毛，想换成彩色、白色或者像你这身红色。"

公鸡笑道："都说人是这山望着那山高，什么都是别人的好，没想到你们乌鸦也跟人一样，你这身黑色的羽毛多好呀，黑黢黢、亮晶晶，我还羡慕你呢。"

稚没有想到这只公鸡这么能说，但它没有心思和它掰扯，落寞地飞走了。

稚直接飞到了东湖鸟语林。

东湖鸟语林坐落在东湖西北一隅。一大片树林被钢丝网罩着，里面栖息着各种各样的鸟类，它们虽与世隔绝，却也寝食无忧，过着闲适的生活，稚经常从这里飞过，知道里面生活着几只孔雀。

稚停歇在鸟语林的钢丝网上，看着里面的鸟类或站或躺或飞，一副与世无争、慵懒闲适的样子，心里既有些羡慕也有些悲悯，因为舒适的生活和自由大多数时候是无法兼得的。

稚在钢丝网上观望片刻，看到有一只小乌鸦在附近，它召唤小乌鸦过来说："我想找孔雀咨询一点事情，麻烦你帮我找一下它好吗？"

小乌鸦很快帮稚找来了一只孔雀。

孔雀拖着鲜艳、繁复的长长裙裾优雅地走过来，煞是美丽，稚看呆了。

孔雀看到稚呆呆地看着自己，有些腼腆地说："乌鸦小帅哥，找我有什么事？"

稚回过神来，羞涩地说："你的羽毛真漂亮，我也想有你这一身漂亮的羽毛。"

孔雀说："你这辈子可能不行了，下辈子吧，下辈子你脱胎为孔雀就能长出这身羽毛了。"

稚说："可是我这辈子才刚刚开始，难道这身黑黢黢的羽毛要伴我一生吗？"

孔雀从稚的话语里听出了忧伤，它看出这个乌鸦少年不是随便说说，而是发自内心不喜欢自己黑色的羽毛，它想把乌鸦少年从忧伤中挽救出来。它思索了一下说："也许有个办法可以改变你羽毛的颜色。"

希望之光再次在稚的心里点燃，它迫不及待地往孔雀身边挪动身子："什么办法？"

孔雀说："我看到许多来鸟语林游玩的少年男女的头发五颜六色，人天生的头发一般是白色、黑色，听说白种人还有金色的头发，而我看到许多少年男女的头发是绿色、灰色还有黄色的，这些颜色应该是染出来的，人可以染头发，你应该也可以把羽毛染成其他颜色的呀！"

听到孔雀说可以给羽毛染颜色，稚兴奋地跳了起来，它大喜道："真的啊！羽毛可以染颜色？怎么染？染什么颜色？"

孔雀说："应该什么颜色都能染吧，怎么染我就不知道了，只能跟人请教。"

稚仿佛从黑暗中看到了光明，它千恩万谢地道别了孔雀，急匆匆地去找乌鸦智者。

乌鸦智者听说人可以为羽毛染颜色，它也为稚感到高兴，听稚说要找人去请教怎么才能给羽毛染色，乌鸦智者想了想说："可不能再往人的头上拉粪便了，东湖湖畔有所大学，那里都是有学问的人，你去那里想想办法，看能不能找到与人交流的机会。"

稚点点头，径直飞往东湖边上的大学。

稚在大学上空徘徊了很久，看到许多进进出出的青年男女，真的发现了几个染着黄色、灰色头发的人，稚更加坚信了孔雀说的话，给自己的羽毛染色的心情更加迫切，可是怎么样才能和人沟通交流呢？

稚看到有一个染着金黄色头发的小姐姐，它在小姐姐头顶上盘旋，不断鸣叫着，跟小姐姐打招呼。

可是小姐姐一边走一边玩着手机，根本不理会头顶上盘旋的乌鸦。

稚跟着小姐姐走了一路，呼叫了一路，也未能让小姐姐把眼睛从手机上挪开。小姐姐走进了一栋大楼，稚只得悻悻地离开。

稚飞过足球场，看到一帮小哥哥在踢足球，球场边还围着一大群少男少女大声呼叫着助威。稚就歇在足球场旁边的樱花树上，跟着场边的少男少女大声欢叫，希望能以此融入他们的世界中。可是直到这场足球踢完，少男少女嘻嘻哈哈地离去，稚的嗓子都快要冒烟了，也没有一个人注意到它。稚歇息片刻，又一次悻悻地离开。

稚在天空中徘徊，思索着怎么样才能和人沟通。它看到湖边柳树下的草地上，一对恋人相拥在一起，卿卿我我，稚轻轻地落在草地上，它鼓起勇气，试探着走近这对恋人，近距离观看这对恋人的亲密举动。

正沉浸在甜蜜中的女孩睁开眼睛，看到一只乌鸦站在跟前，歪着脑袋饶有兴趣地看着他们，女孩停止了和男孩的亲密动作，附在男孩的耳边悄声地说："你看旁边有一只乌鸦正看着我们。"

男孩正要起身查看，女孩抱紧了男孩说："别动，别把它吓跑了。"

男孩缓缓转过身来，看到了可爱的稚，"六目"相对，眼里都流露出惊奇、温柔和探究。

女孩从包里掏出一块点心，轻轻地放在稚面前的草地上，稚看看点心，再看看女孩，它想着怎么样向这对友善的恋人表达自己的想法和要求，这是它和人最接近的一次，机会难得，一定不能错过。

稚低头叼住点心，仰脖把点心吞进肚子里，眼睛怔怔地看着这对恋人，流露出感激的目光。

稚急中生智，它犹豫着用嘴捋捋自己的羽毛，晃一晃身子，向这对恋人表达着自己想换一身羽毛的想法。

可这对恋人并没有看明白稚的意思，女孩看到稚毫无惧色地吃了自己喂的点心，激动地轻声叫了起来。

男孩看到女孩激动的样子，伸手一把抓住了稚，他对女孩说："我们把它带回家去养着吧，它通人性呢。"

女孩连忙从男孩手里抢过稚说："那不行，我们喂不好它的，还是让它生活在大自然里。"

女孩说着把稚放在草地上，对稚说："你走吧，别太亲近人了，那样不安全。"

稚虽然没有听懂男孩和女孩的对话，但是它从他们的动作中看出来，自己还是有一定危险的，要是男孩把它抓走，它就可能会失去自由。它用感激的目光看着女孩，转身恋恋不舍地飞走了。

这次在草地上和这对恋人的交流给了稚信心，它相信总会找到与人沟通的方式和机会。

让稚没有想到的是，这样的机会转眼就出现了。稚飞过学校大门口的时候，看到有两名工人站在大门口搭起的一个架子上，一名工人拿着砂纸清理着大门上的锈迹，另一名工人一手拎着一只桶，另一只手拿着一把刷子，工人把手里的刷子蘸上桶里的白色液体，再把白色液体刷在已经清理干净的大门上，锈迹斑斑的大门立即焕然一新，变得洁白。

呀！这不就是染色吗！

真是踏破铁鞋无觅处，得来全不费工夫。稚一个翻转回落，歇在了大门的横梁上。

稚仔细观看着工人刷涂料，心想：这种涂料太神奇了，像变戏法一样能把物体染成白色，这下我给自己的羽毛染色应该是没有问题了，可惜这种涂料是纯白色的，要是红色、黄色、绿色就好了，要是彩色就更好了，我喜欢彩色，跟孔雀羽毛一样五彩斑斓的多好！不过白色也行，总比我现在这身黑色好吧。

稚想到这里，就大声对刷涂料的工人说："大叔！求你帮个忙，把我的羽毛刷成白色好吗？我不喜欢现在的黑色，想换成白色。"

稚说了几遍，刷涂料的工人无动于衷，他只是抬头看了看这只乌鸦。

稚明白这个工人听不懂自己的语言，它焦急地在大门横梁上踱去踱来，一时想不出什么办法与工人沟通，又怕失去这千载难逢的好机会，情急之下便大声对着工人呼叫起来。

正在刷涂料的工人听到这只乌鸦不停地在面前聒噪，心里有些烦，工人对着稚挥舞着手中的刷子喊道："吵人，走开！"

工人对着稚挥舞着手中的涂料刷子，就有星星点点的涂料甩到了稚的羽毛上。稚低头看到自己黑色的羽毛上染上了一些白点，它兴奋地跳了起来："天啦！真能染色！真是太好了，我的羽毛能变颜色啦！"

稚在大门横梁上"翅舞足蹈"，又有些"翅足无措"，怎么办？怎么办？我要怎么样才能让这个工人给我的羽毛染色？

正当稚不知所措的时候，两个工人放下了手里的活计，凑到一起抽烟去了，那桶白色的涂料就放在大门口的架子上。

稚觉得这是个千载难逢的好机会，它毫不犹豫地跳到涂料桶旁边，看看四周并没有人注意到自己，它先是跳上涂料桶沿，然后跳进涂料桶里，就像在湖里洗澡一样，把整个身子埋进涂料里。当稚从涂料桶爬出来的时候，浑身的羽毛都是白的，找不出一点黑色。

稚站在工人搭建的架子上，使劲眨眨眼，喷喷鼻子，再看看自己一身洁白的羽毛，不自觉笑出声来，它正想起身飞走，去乌鸦群里显摆自己的新羽毛，可是翅膀却怎么也打不开，羽毛也变得黏糊糊、硬邦邦的，它使出浑身力气想张开翅膀，可翅膀被涂料黏住了，怎么都张不开。

这一下稚慌了神，它眼看着凑在一起抽烟的两个工人回到架子下，慌乱中它跳到地上，快速向大门旁的花圃跑去。

稚费了好大劲才跑进花圃里，它感觉自己的身子十分僵硬，羽毛仿佛成了一个硬壳，就像乌龟一样，各个关节活动受限，翅膀跟身子黏在了一起。

稚彻底慌了神，想不出一点摆脱困境的办法，它用爪子和嘴巴使劲抓啄自己的羽毛，羽毛居然变得跟石子一样坚硬。

稚害怕了，浑身瑟瑟发抖，可失去了飞翔的能力，稚哪里也去不了，它只能向花圃深处走去。

当夜幕降临的时候，稚穿过花圃，走进一片灌木丛。此时的稚又渴、又饿、又累，它十分后悔自己的鲁莽行为，它不知道自己现在身在何处，又能到哪里去，好在还能找到一些小虫充饥，只能在这里过夜了，等明天天亮了再想办法。

稚靠着一棵小树疲惫睡去，它顾不上乌鸦在地上过夜的危险性了。

夜是宁静的，也是热闹的，许多飞禽走兽在夜里休息了，而有些动物却在夜色的掩护下开始捕猎，狐狸就是夜晚捕食的动物之一。

一只生活在大学校园里的白狐，此刻正在自己的领地里寻找猎物。

忽然，白狐看到小树旁一只白色的鸟正在打盹，这是什么鸟？没见过呢，像乌鸦，可是通身羽毛雪白。

白狐小心翼翼地靠近稚，它仔细观察了它的嘴巴和爪子，确认这些坚硬的地方没有多少攻击性，它试探性地踩响了地上的树叶。

睡眠中的稚梦见自己正在向智者乌鸦讲述自己这一天的经历，忽然被一阵细小的声音惊醒，它睁眼看到两只发亮的眼睛，近在咫尺地盯着自己，它出自本能地转身想逃跑，可它的动作远没有白狐灵巧，白狐两只前爪前扑，张嘴咬住了稚的脖子。

可怜东湖区最明亮的翩翩少年乌鸦稚，还没有回过神来，就成了白狐嘴里的美味。

牛家的牛

牦子出生的时候，牛妈妈难产大出血，把牦子生下来后挣扎了小半天，就一命呜呼了。

牦子没有妈妈，也就没有奶吃，没有奶吃的牦子躺在地上，根本站不起来。

主人看着幼小的牦子，去买了奶粉和奶瓶喂养它。牦子的食量很大，而且一天比一天大，没喝多久奶粉，主人就开始引导牦子吃青草。

牦子看到比自己大很多的牛仔站在牛妈妈的肚子下吃奶的时候，心里无比羡慕，这种羡慕让牦子心里慢慢生出了对主人的不满。

心里有了怨气和不满的牦子，行为开始变得古怪起来。有时候它会忽然用头拱一下主人，把主人吓一跳；吃草的时候它只吃嫩草尖，老一点的草根虽然也很好吃，但它故意不吃；主人牵着它出门的时候，它撒腿到处乱跑，把主人追得气喘吁吁。

主人由此认定了牦子是一头很调皮的牛，在牦子一岁的时候，把它牵到了集市的牲畜市场，想把它卖掉。

牛家三代单传的孙子牛本过十岁生日，自然是家里的一件大事。

大清早，牛家就请左邻右舍帮忙在屋前搭起了摆酒席用的凉棚，大方桌一桌挨着一桌摆出了几十桌，禾场上还搭起了戏台，请县城里很有名的花鼓剧团来唱《站花墙》。

太阳出来的时候，爷爷牛号就把孙子牛本咯吱醒："牛宝，起来，我带你去集市逛逛，今天是你十岁生日，你想吃啥、想买啥，爷爷都答应你。"

孙子迷迷糊糊听到爷爷的话，闭着眼睛哧溜下了床，揉着眼睛就往屋外走，爷爷笑道："要先洗脸啊。"

集市离牛家不远，二十多分钟的路程转眼就到，牛本拉着爷爷的手直奔米粉馆而去。

早晨的米粉馆，是集市最热闹的地方，来赶集的男女老少都会把米粉当早餐。

米粉馆的收银台前挤满了人，乡间集市没有排队的习惯，大伙儿都往里挤，谁力气大谁就能先吃到米粉，爷爷年纪大了，在人群外挤了又挤，就是挤不进人群里去。

站在一旁的牛本急了，他接过爷爷手里的钱，在人群缝里左突右拔，一会儿就不见了人影。

等爷爷再见到牛本的时候，牛本微笑着把手里的两块小竹片递到了爷爷手里，爷爷欣慰地摸摸牛本的头，拿着小竹片去窗口取了两碗米粉。

吃完米粉，爷孙俩手牵着手在集市上溜达，路过牲畜市场，牛本就牵着爷爷的手走了进去。

牲畜市场的人不多，牲畜也不多，就几头牛、几只羊、一圈猪仔。

爷孙俩走进市场，牛本一眼就看到了牯子这头精瘦的小牛仔，牯子很瘦很矮，但是一双大眼睛圆而有神。牛本看着牯子的眼睛，居然有一种久违的感觉，仿佛是遇到了很久没见面的朋友一样，有惊喜、有温暖，还有一丝丝的期盼。牛本不由自主地奔向牯子。

牯子一大清早就被主人拴在牲畜市场的牛栏里，它仔细打量着牲畜市场，百无聊赖地看着市场里进进出出的人和牲畜。

忽然，牯子看见一老一少走进牲畜市场，那少年个子不高，胖墩墩的，看到少年，牯子心里莫名产生了一种亲切感，感觉在哪里见过一样。

牯子关注的目光引起了少年的注意，少年仿佛从牯子的目光里看到了牯子内心的想法，在少年向牯子跑过来的时候，牯子也有一种跑向少年的冲动。可惜牯子被牛绳拴在了牛栏上，它只能原地踏步，转了两圈。

少年跑到牯子身边，伸出胖乎乎的小手抚摸着牯子的耳朵和脖子，那小手暖暖的、柔柔的，牯子的心都化了。长这么大，还没有被牛或人这样温柔地对待过，它不由自主地低下头，用头皮蹭蹭少年的胸膛。

少年对跟过来的老者说："爷爷，这头小牛好可爱，它好像认识我一样，我们把它买回家吧。"

老者笑道："牛可不是宠物，它是犁田耙地的劳动力，过几年它就长成一个大家伙了，我们已经有一头大黄牛了，家里才十几亩地，再买一头牛也没啥用。"

少年有些不甘心地说："爷爷说话不算数，早晨你还说今天是我十岁生日，我要什么你都给我买的。"

老者笑道："你这个生日礼物也要得太大了。"

少年撒娇道："我不管！我就要这头小牛当生日礼物。"

蹲在一旁的牸子主人听了爷孙俩的对话，站起身说："这娃小小年纪有大志向，生日要买头牛当礼物，长大了一定有大出息。"

牸子主人的话说到了爷爷的心坎上，爷爷犹豫片刻，感觉孙子和小牛的目光都期盼地盯着自己，他犹犹豫豫地伸出手，握住牸子主人的手，两只握住的手，用手指在对方手心比画着谈起了价格。

两人放开手的时候，牸子主人说："你这是用买一头小猪的钱买了一头牛，划算！"

爷爷说："其实我家里也不需要牛，我也没有带足够买牛的钱来，我就是冲着我家孙子喜爱这头小牛仔，冲着你刚才那句话买的。还得麻烦你跟我去家里拿钱去。"

就这样，牛本牵着牸子欢天喜地地回了家。

牛本爱睡懒觉，每天早晨起床都要家里人轮番轰炸才能起床。

买回牸子后的第一天早晨，天刚亮，牛本脑子里像上了闹钟一样自觉清醒过来，他毫不迟疑地爬了起来，跌跌撞撞去牛棚牵上牸子去田埂上吃草。

等到太阳升起来的时候，牸子的肚子已经吃得溜圆，它打着饱嗝，心满意足地跟着牛本回到牛棚。

牛本一家人看着爱睡懒觉的牛本牵着小牛回家，都感到很惊讶，没想到一头小牛居然让牛本改掉了从小养成的睡懒觉的坏毛病。

　　从此以后，每天早晨上学前和晚上放学后，村子里的人都能看到牛本在田埂上放牛，春夏秋冬，风雨无阻。

　　牛本放牛的时候，也不是傻傻地牵着它，让它自己吃草，他会给牯子背诗、唱歌，还会给牯子讲故事。可是牛本发现自己会背的诗没有几首，没有一首歌能完整地唱下来，更没有好听的故事讲给牯子听。牛本干脆把自己的语文课本带上，放牛的时候就给牯子读课文。

　　除了背诗、唱歌、讲故事、读课本外，牛本还教牯子一些简单的日常用语。

　　牵牯子在堰塘和水沟喝水的时候，牛本就会反复说"喝水"，牛本在田地里拔一把嫩草，喂给牯子吃的时候就会说"吃草"，还有"回家""下雨啦""起风啦""我叫牛本""天黑了"等，时间长了，牯子也听懂了一些牛本的话，可惜它不会说人话，只能按照牛本说的去做，或者"哞……"叫两声回应牛本。

　　牯子自从被牛本牵回家，感觉自己进了天堂，不仅每天早晚都能吃到鲜美的嫩草，还能被牛本像孩子一样地呵护着，它从牛本的目光里读到了温情、怜爱和关怀，它也想把自己的感受传递给牛本，看到牛本的时候，它的目光里满是喜悦和温柔，它时常用头轻轻地抵一下牛本的前胸和后背，用舌头舔舔牛本的手，有时候它会俯下身子，希望牛本骑到自己的背上，驮着牛本跑一圈。可能牛本觉得它太小，不忍心骑在它稚嫩的背上。牯子每次和牛本目光相对的时候，感觉彼此都明白对方内心的想法。

　　牯子和牛本的这种亲密关系在一次意外事故中得到了进一步的升华。

那天早晨，天刚蒙蒙亮，牛本像往常一样走进牛棚去牵牯子出去吃草，牛本低头正要解开牯子缰绳的时候，忽然从墙根窜出一条蛇来，对准牛本的腿咬了过去。

牯子见状，连忙抬起腿，一脚踩在蛇的身上，牛本惊叫着转身跑出了牛棚。

等牛本的爸爸拿着铁锹跑进牛棚的时候，看到牯子脚下有一条已经死去的蛇，这是一条有剧毒的蛇，如果被它咬到，抢救不及时非死即残。

牛本一家人看到这条一米多长的毒蛇的时候都感到了后怕，大家都说牯子是牛本的"救命恩牛"，牛本的爷爷还专门去集市上扯了一条红布，披在牯子身上，村子里的人都对牯子竖起了大拇指，牛本和牯子的关系又亲密了许多。

岁月如梭，转眼三年过去，牯子从一头小牛犊长成了健壮的大水牛。

牛本的爸爸找村里的木工做了一幅鞍子，准备训练牯子下地干活。牛本见状，心里有些着急，他请求爸爸道："能不能不让牯子下地干活？它可是救过我的命。"

牛本爸爸说："养牛就是为了让它们干农活，不干活养这么大一头牛干什么。你看它这么健壮，干点农活也累不到哪里去。"

牛本虽然觉得爸爸的话在理，可是他心里就是舍不得让牯子去地里干农活，情急之下，他跟爸爸说："等放暑假了我帮你们去地里干活，牯子比我还小，让它长大一点再干活吧。"

牛本的话把牛本爸爸逗乐了，他笑道："你舍不得让牯子干活，我们也舍不得让你干活，你现在的任务是好好学习，将来光耀门庭。"

看到牛本依然一幅沮丧的样子，牛本爸爸摸摸牛本的头说："这样吧，我们父子俩来一个约定，你今年要小学毕业了，如果毕业考试的时候，各科成绩你都能考上优秀，我就让牯子推迟三年干活。"

牛本没有想到爸爸提出了这样一个奇特的约定，以他现有的学习成绩，各科考优秀，他心里毫无底气。他心里从来没有过什么远大的理想，更没有想到过要通过学习光宗耀祖，所以他学习的积极性不高，动力不大，学习成绩在班上只能勉强达到中下水平，毕业考试要达到全部功课都优秀，难度可想而知。而且现在离毕业考试只有三四个月的时间，真是难上加难啊！

牛本一时又找不出更好的理由，能说服爸爸让牯子不下地干活，他强作欢颜地和爸爸举手击掌，外强中干地接受了这个约定。

和爸爸有了这个约定后，牛本就好像变了一个人一样，以前早晨放牛的时候，牛本总是喜欢和牯子打闹玩耍，骑着牯子到处转悠，现在牛本放牛的时候都是带着课本，要么在背课文，要么在做作业，一门心思在学习上，和牯子的交流也少了很多。

牛本爸爸和牛本谈约定的时候牯子就在旁边，它看到牛本爸爸拿来一幅鞍子套在自己肩上的时候，就明白自己要下地干活了，虽然感到很突然，但它并不意外，村子里所有的牛都会下地干活，这是牛的宿命。

牛本和他爸爸的一番对话，它虽然没有听明白，但它知道与自己有关，它看到牛本和他爸爸击掌后，牛本爸爸从自己身上拿下了鞍子，它明白一定是牛本和他爸爸为自己下地干活的事有了什么约定。接下来牛本的行为让它证实了自己的猜测，它感觉牛本的变化一定是为了自己。

现在的牯子身强体壮，牛本放牛的时候喜欢骑在牯子的背上，牯子也很喜欢驮着牛本吃草。以前牛本骑在牯子背上的时候，喜欢大喊大叫跑着调唱歌，或者拍着牛背让牯子跑一圈，现在牛本很安静了，他骑在牛背上背课文、做作业，牯子宽阔的牛背成了牛本的课桌。

牛本在牯子背上背课文或做作业的时候，牯子就格外小心，它尽量保持身子平衡，很少低头吃草，尽量把步子迈得平缓一些，以免打扰牛本学习。牯子食量大，又要保持身体平衡，早晚吃草的时候常常还没有吃饱，就到了要回家的时间，牯子知道回到家牛本还要继续学习，每次到点牯子就很自觉地往家走。

奇迹终于出现了，几个月后的小学毕业考试，除了体育课是良好，牛本的其他各门功课都是优秀。

这一下牛家人高兴了，他们苦口婆心教育了牛本六年，要他好好学习，可六年来一家人的教育还抵不上为了牯子不下地干活的一句约定，一家人都觉得牛本和牯子简直有前世的缘分。

牛本的爸爸没有食言，他们家就这么养着一头身强力壮的大水牛，硬是不让它下地干活，村里人见到牯子和牛本家里的人，总要冷嘲热讽几句。

牯子在牛本和牛本家人的欢乐中，感受到了牛本的成功，它发自内心地为牛本感到高兴，看牛本的目光又多了几分热烈。

牛本和牛家人对牯子的态度，让拴在同一个牛棚里的牛家那条黄牛既羡慕又愤懑，论年龄，牯子正是青春年少时，而黄牛马上就要进入老年了；论体力，牦子身强体壮，而黄牛个子不高，力气也不大，黄牛的四条腿合起来还没有牦子两条腿粗。可是牛家地里的活都是黄牛在干，牦子每天悠闲地在田埂上吃草，吃饱了就躺在田埂上晒太阳，天气炎热的时候牦子还可以下到水里，泡在堰塘和水渠里。都是牛，待遇差距怎么就这么大呢！黄牛也试图讨好牛本，可牛本根本不搭理黄牛，他的眼里只有牦子。这让黄牛心里很是郁闷，晚上在牛棚里，黄牛没少挖苦牦子。

对黄牛的挖苦，牦子一点也不气恼。只要牛本对它好，喜欢它，其他人和牛的羡慕嫉妒恨它都不在意。

牛本小学毕业时，为了让牛本不下地干活发奋学习，以优异的成绩毕业，这让牛本的自信心大增，也让牛本尝到了学习的甜头。在初中阶段，牛本学习的兴趣和热情延续了下来，牛本在牦子的背上看书、做作业成了村子里的一道风景。

一转眼，牛本上到初中三年级，牛本的爸爸故伎重施，他对牛本说："我们三年不让牦子下地干活的约定快要到期了，你也要中考了，要不我们再来一个新的约定？"

父子心意相通，牛本早就知道爸爸会有这样的心思，不过这次和上次小学毕业考试相比，牛本心里有底气多了，他信心十足地说："爸，干脆我们一次约完，我要是初中毕业能考上县里的重点高中，牦子在我高中三年期间不用下地干活；我高中毕业如果能考上大学，牦子一辈子就不用下地干活了。"

儿子的话正合父意，不就是多养一头牛嘛，如果能激发儿子这么大的学习热情，如果儿子能考上大学，让他当牛也行。

于是父子俩一次定下了两个约定。

初中毕业，牛本顺利地考上了县里的重点中学。

初中毕业的那个暑假，牛本天天和牯子腻歪在一起。每天一大清早牛本就牵着牯子去吃草，等牯子吃饱了肚子，牛本就骑着牯子在村子里瞎转悠，有时候牛本骑着牯子去赶集，有时候骑着牯子去亲戚家串门，有时候骑着牯子和村里的小伙伴去河沟里钓鱼。最开心的是骑着牯子，下到堰塘里摘莲蓬和菱角，牯子水性很好，宽大的身体漂在水面上像条船一样，牛本坐在牯子背上很轻易就能摘满一袋子莲蓬和菱角，让其他小伙伴羡慕不已。

牯子能从牛本的语言、眼神和行为中感受到牛本的快乐和成长，它也从牛家黄牛的羡慕嫉妒恨中，感受到自己的特殊地位，心里对能遇到牛本这样的伙伴感到无比庆幸，它不仅能听懂牛本的话，更能懂得牛本的心思，当牛本骑在它背上的时候，它觉得自己是世界上最幸福的牛！

可是牯子没有想到的是，暑假过完，牛本去县城上高中，开始是一周回来两次，后来是一周回来一次，再后来是两周才能回来一次。

牛本不在家的时候，牯子的生活就大不相同了，每天早晨，直到太阳升得老高，牛本的爷爷或者是奶奶才把牯子牵出去拴在田埂上，以前牛本放牛都是牵着牯子在田埂上边吃边走，现在牯子被拴在田埂上，只能吃到缰绳范围内的草。可是这点草不够牯子填饱肚子，牯子被拴在田埂上，常常一天也没有吃饱肚子。牯子虽然不用下地干活，但每天吃不饱肚子，被缰绳拴着，不能四处走动，那种日子也挺难熬。

牯子心里就想起牛本来，它不知道牛本现在为什么不能管自己。它四顾寻找着牛本的身影，支起耳朵想听到牛本的脚步声，它第一次感受到了思念的痛苦，它不停地在田埂上哀叫着、踢踏着。

可是它能见到牛本的日子越来越少。

终于有一天，牸子挣脱了缰绳，像一匹野马一样在田野里奔跑，直到跑得精疲力竭的时候，牸子才想起自己都不知道想跑到哪里去。它站在已经收割完庄稼的田地里，孤独、无助的感觉漫上心头，它想牛本，可是牛本在哪里呢？他也想自己吗？为什么现在这么难见到他？

牸子在庄稼地里踌躇着直到天黑，它想：我不能走，我要是走了，就再也看不到牛本了，在牛家虽然很少见到牛本，但至少我们都知道彼此在哪里，我要是走了，我们可能永远见不着了。

牸子回到牛家的时候，已是半夜三更，但牛家依然灯火通明。

牛家人傍晚发现牸子跑了后，一家人心里很是着急，牸子虽然没有下地干活，但一头牛对一个农户家庭来说毕竟还是一笔很大的资产，更重要的是，牸子可是牛本的幸运之神，要是没有牸子的激励，说不定牛本已经回家种地了，要是牛本知道牸子跑了，该有多伤心。

一家人正要分头去找牸子，牛本的爷爷说："不用找，这牛通人性，它舍不得离开牛本，肯定会自己回来的。"

一家人听了爷爷的话，就安心坐在家里等牸子。

当牸子出现在家门口的时候，一家人兴奋不已，仿佛牛本回家了一般。

牛本高中毕业的时候，考上了北京的一所重点大学，这可是村里第一个考进北京的大学生，当村主任把一朵大红花挂在牛本胸前的时候，牛本转身把大红花挂在了牿子的脖子上，村主任和乡亲们都把目光聚集在牿子身上，大家都觉得牿子是一头神牛。

牿子在众人的目光中显得有几分羞涩，它不知道牛本为什么把大红花挂在自己的脖子上，看到鲜红的颜色，它心里格外兴奋，它真想放开四蹄奔跑；它也不知道自己怎么忽然成了众人注目的焦点。但是它明白这事和牛本有关，它为牛本感到高兴！

又是一个亲密的暑假。

牛本和牿子回到了以前的相处模式，唯一不同的是，这个暑假牛本没有坐在牿子背上看书和做作业，牛本更加愿意和牿子用语言和眼神交流，他们的友情也就更近了一步。

牛本去北京上大学后，牿子就更难见到牛本了。即使每年的暑假和寒假，牛本回到家里，他对牿子的态度和热情程度也发生了许多改变。牛本不再像以前一样，回家就喜欢和牿子待在一起，他有很多的事情要做，看书、听音乐、看手机、打电话、接待远道而来的同学，或者出门去。

就连牛本的外形，牿子也感觉陌生，牛本戴上了一副近视眼镜，头发剪得上面长下面短，衣服的颜色也鲜艳了许多，原来胖乎乎的身材变得瘦削挺拔了。牿子对牛本的变化感到既陌生又惋惜，它已经找不到以前牛本的影子了。

孤独和失望像洪水一样淹没了牿子的心。

时光荏苒，几年后，牛家的黄牛已经老态龙钟，再也不能下地干活了，牛本的爸爸打电话跟牛本商量说："家里那头黄牛已经老得干不动活了，家里还有牿子，不可能再去买一头牛，我想让牿子下地干活。"

牛本着急道："爸！我们可是有约定，我考上大学家里就养牯子一辈子，不让它下地干活，你可不能说话不算数。"

牛本爸爸无奈地说："我们已经养了牯子十几年，对得起它对你的护佑了，我们家里总不至于养三头牛吧。"

牛本在电话里沉默了片刻说："毕业这几年我也存了一点钱，本来准备结婚用，我跟女朋友商量一下，我们把婚礼办简单一点，给你们寄二万块钱，你们去买一辆拖拉机吧，现在好多地方都不用牛种地了，拖拉机比牛能干。"

去年村东头的牛豪买了一辆拖拉机，既能下地耕田耙地，又能收割麦子和稻谷，连上脱粒机可以脱粒，拉上拖斗能拉货物，简直是万能机械，村里人都羡慕得很，可惜那拖拉机有点贵，一般农家还买不起。

儿子说要寄钱给家里买拖拉机，牛本爸爸有点小激动，也顾不上跟儿子客套，连忙说："那当然好。"

挂电话的时候，牛本爸爸有些嫉妒地说："你对牯子比对你亲爸还亲。"

牛家买了拖拉机，牛本再次躲过了下地干活的宿命，可是不用干活的牯子，身体也开始衰老了，快二十岁的牛已经进入老年。

牛和人一样，越老越怀念起过去的时光，牯子对牛本的思念与日俱增。

也许是心灵感应吧，牯子在对牛本的思念中盼回了牛本。

牛本带着媳妇和七八岁大的儿子回到了老家。

牯子看到牛本的儿子，仿佛看到了第一次见面时的牛本，这父子俩太像了，连走路的姿势、说话的神态都一模一样。

牛本的儿子也喜欢牯子，他毫不陌生地抚摸牯子，在父亲的帮助下骑在牯子背上。

背上驮着牛本的儿子，牯子仿佛驮着自己的儿子一样，它心里感觉到暖暖的、柔柔的，眼睛里闪着泪光，它轻轻迈动脚步，就像当年怕打扰牛本在自己背上学习一样，尽量使自己的身体保持平衡，它希望这样的时光慢一些、长一些。

接下来的日子里，只要牛本和他的儿子在身边，牯子的目光就没有离开过他们两人。

一天中午，炙热的太阳把柳树叶子都晒蔫了。几个半大的孩子脱光了衣服，在村子前的堰塘里戏水，牛本的儿子也在其中，可是他还不会游泳，他站在堰塘边，手抓着塘边的水草在水里扑腾着。

牯子满眼柔光地看着牛本的儿子在水里嬉戏，心仿佛要融化一般。

忽然，牛本儿子手里的水草被扯断了，他滑向了深水处。一眨眼的工夫，牛本儿子的头已经没在了水里，头发漂浮在水面，两只手使劲扑腾着。

周围的小朋友并没有发现牛本儿子的危险。

牯子在离堰塘不远的田埂上看到了。

牯子使劲挣脱了缰绳，缰绳将牯子的鼻子勒出了血，牯子顾不上疼痛，它奔跑到堰塘边，跳进水里，快速游到牛本儿子身边，牯子一个猛子扎进水里，它用头和扁平的牛角托住他的屁股，使劲把他举出了水面。

周围的小伙伴发现了牛本儿子的危险，连忙把他拉了上来，一帮孩子在堰塘边惊恐万分。

　　牯子在托举牛本儿子的时候，用力过猛，四肢陷在了堰塘的淤泥里，要是在年轻的时候，牯子只要使点力，就能从淤泥里挣脱出来。

　　可是牯子确实老了，刚才一连串的动作，耗尽了它的力气，它的腿如被淤泥焊住了一般。水很快灌进了牯子的鼻子、口腔和肺里，牯子感觉自己的呼吸和心跳就要停止了。可它一点也没有感到害怕，能救起牛本的儿子，是它对牛本知遇之恩的最后报答，它心里感到无比欣慰！

　　"再见了，牛本！我的好兄弟，来生我还想和你在一起。"

江汉平原最后的泥鳅

细尾是一条泥鳅。

细尾是生活在江汉平原汉北河李家嘴河汊的一条泥鳅。

细尾是一条老掉牙的泥鳅。

细尾老眼昏花，老态龙钟，每天躺在泥里懒得动弹。但细尾的思想还挺活跃，这段时间它的脑子总在想着过去的事情，想着怎么死去。

细尾确实想死了，因为它既老又孤独。它已经很多年未见到过自己的同类了，就连鱼虾这些以前如影随形的异类也很少能遇到，老且孤独的日子还有什么意思呢。

死的意识一直萦绕在细尾的脑海里，想死的时候，细尾首先想到的是被黑鱼吃掉，因为黑鱼是它生命中遇到的第一次生命危机，让它终生难忘。

细尾记得，那时自己刚刚从一个泥鳅卵发育成一条像线头一样细小的泥鳅苗，小到如果它单独在水里游动，都很难被肉眼发现。它是和一窝泥鳅卵一起发育生长的，有些还在孕育中，有些已经发育成了泥鳅苗。泥鳅苗们用新奇的目光打量着这个世界，对周围的一切毫无感知，对身边的危险更是一无所知，而就在这种毫无准备的情况下，灾难发生了。

一条体型巨大的黑鱼发现了它们，黑鱼不慌不忙地游到它们跟前，张开血盆大口，风卷残云般，几口就把一窝泥鳅吞进了肚子里。

细尾本来也被黑鱼吞进嘴里了，但在黑鱼嘴巴合拢吞咽的时候，细尾和几条幼崽被水流带出了黑鱼的嘴巴。细尾被水流带出好远，重重地摔在水底的泥巴上，它来不及翻身，就本能地往泥巴里钻。

细尾在泥巴里待了很久，直到它觉得危险已经过去了，才悄悄从泥里探出头来。

那条黑鱼浮在水面晒太阳呢，细尾发现黑鱼的身边也有一窝鱼子，那是黑鱼子，黑鱼守护着自己的宝贝鱼子。

细尾心里不由得升起了一缕对自己未曾谋面的妈妈的怨恨来，这个粗心的泥鳅妈妈，居然把自己的卵产在天敌黑鱼旁边，这不是找死吗！

细尾没有妈妈呵护，只能自己面对这样危险的现实，它幼小的心灵想到的第一个办法，就是尽快逃离这危险之地。细尾小心翼翼地匍匐在泥面上，轻轻摆动着细小的尾巴，一点点离开黑鱼的地界。

细尾费了好大劲，感觉自己走了很远的一段距离，但还是能清楚地看到黑鱼的黑白鳞片。黑鱼仿佛发现了什么，眼睛正朝着细尾的方向张望呢！细尾的心脏蹦到了嗓子眼。

忽然，细尾感觉到一股水流的力量，它干脆放松自己的身体，让水流裹挟着自己往前流动。

终于，细尾看不到黑鱼的影子了，它长长地出了一口气，随着水流继续向前。

原来，细尾出生的地方是一片稻田，水流带着细尾流到另外一片稻田里，这片稻田和细尾出生的那片稻田区别不大，但这片稻田里没有黑鱼，是泥鳅们的乐园，泥鳅特别多，简直是"鳅山鳅海"。

在这里，细尾和田里的秧苗一样茁壮成长，很快从一条线头一样的幼崽长成牙签一般长短、粗细的"儿童"，它和小伙伴们在这里尽情地嬉戏，有时候也跟着大泥鳅学习一些钻洞、觅食、游泳的本事。

每天早晨，是泥鳅们最快乐的美好时光，明媚的晨光中，空气清新，微风和煦，泥鳅们经过一夜的休息，精力充沛，它们在稻田里追逐、翻腾、跳跃，激起的水泡如烧开了的水一样喧腾，如人类的广场舞一样热闹。

这就是细尾幸福的童年。

唉！那时候它无忧无虑，早忘了黑鱼的血盆大口，压根没有想过死亡，可死亡其实像幽灵一样如影随形。早知道有今天，当初让鹭鸶把自己吃掉也好啊！

让鹭鸶吃掉是细尾想到的第二种死法。

细尾记得第一次知道鹭鸶的危险，还是在那片稻田里的时候。

一天早晨，它和最喜欢与它一起玩耍的长须叔叔正在稻田里玩转圈，长须叔叔一次能转十几个圈圈，它的表演赢得了泥鳅们的赞许和羡慕。

忽然，细尾感觉到头顶有一团黑影掠过，眨眼之间，长须叔叔就被鹭鸶叼在了嘴里，鹭鸶伸长脖子，缩了缩脖颈，长须叔叔就被鹭鸶吞进了肚子里。

鹭鸶平时栖息在水塘旁的树林里，每天早晚的时候它们就飞到稻田里觅食。鹭鸶觅食的时候盘旋在稻田上空，瞄准了稻田里的鱼、虾、螺、蚌、泥鳅后，像子弹一样快速俯冲下来，坚硬的长嘴准确地把目标叼在嘴里，等吞食了猎物，再扇动翅膀飞回空中，寻找下一个目标。

空中盘旋的鹭鸶很多，不停有鱼虾、泥鳅成为鹭鸶口中的美味。

但稻田里的鱼虾和泥鳅更多，它们对鹭鸶的扑杀熟视无睹，依然我行我素地狂欢着。

细尾是一条很聪明的泥鳅，胆小怕事，自从眼睁睁地看到长须叔叔被鹭鸶吞进肚子后，细尾就特别小心，早晚的时候时刻关注着天空中的鹭鸶，发现危险就赶紧往泥里扎。

比起黑鱼和鹭鸶的威胁，细尾经历过的最危险、最残酷、最震撼的还是毒。

被毒死，是细尾想到的第三种死法。

但是它却不想这样死去，现在想起当初的惨状来，依然会感到不寒而栗。

还是在那片欢乐的稻田里，当秧苗开始抽穗孕育稻谷的时候，细尾也长成了一条健硕的青年泥鳅，它的身材修长圆润，浑身泛着黄灿灿的光泽，引来无数公泥鳅追逐。

这天早晨，泥鳅们的广场舞刚刚结束，细尾正准备吃早餐，只见一个农夫背着一只药箱，手握着长长的喷杆，白色的药液从喷杆里喷洒出来。

细尾嗅到了刺鼻的药水味，它连忙往泥里扎。

可是药水喷洒在稻田里，溶解在水里，想逃也逃不掉呀。很快，稻田水面上浮起白花花一片大大小小的各种死掉的动物。

鹭鸶们本来已经吃过早餐，准备飞回树林休息，可看到水面上漂浮起来的鱼虾、泥鳅，抵不住诱惑，又纷纷飞回稻田，鹭鸶们不用找目标，也不用从空中俯冲，直接站在稻田里大吃起来。

等到鹭鸶们把食物从胃里一直填到嗓子眼，悲剧发生了，一顿饭的工夫，先是白花花漂浮起一片死鱼、死虾、死泥鳅，接着是吃了死鱼、死虾、死泥鳅的鹭鸶纷纷倒毙，整个稻田里都是密密麻麻的尸体，惨不忍睹啊！

还是人聪明，平时他们把鱼虾、泥鳅当美食，鹭鸶炖汤也鲜美，可是当他们看到满稻田被农药毒死的这些美味的时候，没有捞回家去煎炸炖煮，他们知道吃了这些美味，自己也会像这些美味一样死去，聪明的人啊！他们做的唯一仁慈的事情，就是把死去的鱼虾、泥鳅和鹭鸶等捡拾起来，在稻田边挖了个坑埋了。

巨大的浩劫！

庆幸的是细尾没有死，年轻旺盛的生命力和强壮的体魄让它躲过了劫难，在昏厥了一天后，细尾慢慢地苏醒过来，它再次感受到了生命的威胁，身边的同伴大部分已死去，幸存下来的一小部分，病恹恹地在痛苦中挣扎。水中弥漫着刺鼻的味道，稻田里泥鳅们丰盛的食物也大部分死去，热闹的稻田沉寂下来，死亡的气息在空气中飘荡。

细尾决定逃离这片死亡之地。有第一次逃难的经历，它顺着田埂游动，寻找稻田里的水流，当它感觉到身体被水流裹挟着向前的时候，便顺着水流飘去。

水流带着细尾流过了一片又一片稻田，有些稻田里泥鳅依然很多，它们热情地挽留细尾留下，但细尾已经对稻田产生了不安全感，它想寻找安全的地方。

走走停停，细尾也不知道顺着水流漂流了多久。

在一次大雨过后，细尾被湍急的水流送进了一口堰塘，堰塘很大，水很深，塘水清冽甘甜，细尾从来没有喝过这么纯净的水。在炎热的夏季，特别是中午时分，稻田里的水被太阳晒得滚烫，那是稻田里的泥鳅最难熬的时光，但在堰塘里，细尾就感受不到太阳的炙热了，堰塘里的水温冰凉舒适。

堰塘的水面被一片片荷叶遮挡得严严实实，远远望去翠绿色一片，荷叶中又钻出许多的莲花，莲花一瓣瓣粉白剔透，如仙子圆润的双手，手中捧着一只莲蓬，莲蓬被粉黄娇嫩的花蕊簇拥着，如新生儿般灿烂俏皮。

堰塘的美景惊艳了细尾，它欣喜若狂地畅游在堰塘里，决定就在这里安家。

堰塘里的泥鳅热情地接纳了亭亭玉立的细尾，它们为它举行了盛大的欢迎舞会，半个堰塘里的泥鳅都来了，特别是那些翩翩少年，争先恐后地给细尾献殷勤。

细尾在这片伊甸园般的堰塘里开始了它美好的新生活。

许多年后，细尾已是"儿孙满塘"，它分不清谁是自己的儿子、女儿，谁是自己的孙子、孙女，谁又是自己的重孙们，它们都像细尾一样，身子修长，泛着黄灿灿的光泽。

堰塘里也有黑鱼、青鱼等天敌，但细尾吸取了自己未曾谋面的妈妈的教训，在每次产卵前它都会观察清楚环境，把卵产在远离黑鱼等天敌活动的地方，所以细尾产下的卵成活率特别高。

那真是美好的生活呀！唯一一次小危机是遇到狐狸那次。

能被狐狸吃掉也可以啊！这是细尾想到的第四种死法了。

细尾记得那时候自己已经到了臃肿肥硕的中年，滚圆的身子已经找不到一丝健硕的影子，为了健身，细尾每天早晨醒来后都要浮上水面，呼吸一下新鲜空气，活动活动僵硬的身体，顺便看看水面上的风景。

那是一个深秋的早晨，满堰塘的荷叶开始枯萎，岸上落满黄叶，细尾不由得吟出两句诗来：半池残荷盼雪，一树黄叶等风……细尾正在思索下半段的时候，忽然，一张大嘴对准水面上游弋的细尾咬来，眼看锋利的牙齿就要扎进肉里，细尾连忙扭转身子，一个弧圈跳，哧溜，从牙缝里溜了出来。

好险啊！细尾在水下翻了两个滚，回头再看，透过清澈的塘水，细尾看到一只白色的狐狸，狐狸心有不甘地盯着细尾，细小的媚眼露着凶光，不停地吧嗒着尖尖的小嘴，原来这狐狸也是吃泥鳅的呀！

好在狐狸水性不好，不敢跳进水里来追逐细尾，细尾劫后余生，心有余悸地扎进了深水里。

细尾躲过了一劫又一劫，几次从鬼门关经过，都化险为夷了，年轻的时候怕死，现在却天天想着死去。死法要是能够选择的话，细尾愿意选择被电死。它想起那次被电的经历，自己不仅没有感觉到痛苦，甚至还有一种舒坦的感觉。

细尾在那口堰塘里生活了若干年，早已习惯了那里的生活环境，舒适安逸的生活让细尾越发胖了，原来身上黄灿灿的光泽已经暗淡成黄褐色，细尾的瞌睡越来越多，活动越来越少。

一个夏日的午后，细尾正在阳光下打盹。忽然，一股强烈的麻酥感传遍全身，身体随之瘫软下来，虽然细尾脑子还很清醒，可身体却完全不能动弹。

只见堰塘边人影晃动，人们一边欢叫着，一边用长杆网兜把水面上漂浮的大大小小的鱼舀起来。有人说："电鱼真是一个好办法，一下子就电到了这么多，而且鱼还新鲜干净。"

细尾被电倒后，身子失去了知觉，漂浮在水面上，万幸的是，细尾的身体漂浮在一片睡莲的叶子下，睡莲叶子紧贴水面，岸上的人看不到漂浮着的细尾。

很快，漂浮着失去知觉的鱼都被人打捞上岸，那些侥幸没有被舀走的鱼慢慢恢复了知觉。

苏醒过来的细尾感觉到脑子昏沉沉的，身子也不听使唤，它目睹了眼前发生的一切，特别是那窝刚出生没几个月的泥鳅崽，居然也被人电晕捞走，不觉悲从中来，这是它第二次感觉到人类的可恶、可憎！

细尾知道人的贪婪，有了第一次的收获，一定还会有第二次、第三次的猎杀，它感觉到这宁静安逸的堰塘也不安全了，逃跑是细尾总结出来的求生之道，可往哪里逃？怎么逃呢？堰塘不比稻田，堤高坝深，水流进来的多，流出去的少，堰塘有一个泄洪的闸门，可细尾就没有看见它开启过。

细尾反复思考着逃跑的办法，它花了十几天的时间，绕着堰塘转了一整圈，也没有找到可以逃跑的路径。它尝试着在堤坝上打洞穿出去，费了好大的劲，往堤坝里钻了好深，可越往里钻，泥土越坚硬，到后来就完全是石子了。

钻洞失败，出口又找不到，细尾的精神很萎靡，它心里有一种危机感，一种时刻都可能会被电晕的恐慌感萦绕在心底，为此它感到十分焦虑！

焦虑使细尾孕育了一个春天的满肚子泥鳅卵流产了，看着排出体外，已经坏死的泥鳅卵，细尾的心像被针扎一样疼。它感觉到自己死期将至，这是细尾第一次感觉到绝望。

苍天有眼，也许是上天感觉到了细尾的绝望，一场暴雨连续下了整整十天，先是稻田里的水满了流进堰塘，没两天，堰塘里的水也满了，眼看着塘水要没过堤坝，已经锈蚀了的堰塘泄洪闸终于被人打开。

开始下雨的时候细尾就在心里默念着：下吧，下吧，下大点。眼看着塘水涨到快要漫过堤坝，细尾便早早地在泄洪闸旁等候，它觉得逃生的机会来了。

当堰塘泄洪闸打开的时候，洪水裹挟着细尾奔涌而出，这一刻细尾感到无比兴奋，有一种死里逃生的感觉，它不知道洪水会把它带到哪里，但总比在堰塘里等死强，前途的未知反而让它对未来充满了期待。

滚滚洪水裹挟着细尾奔涌，也不知道经历了几天几夜几里路，当细尾感觉到精疲力竭的时候，洪水转了几个圈，慢慢缓了下来，细尾被带到了一个水流平缓的河汊里，细尾趴在河汊的泥沙上休息了很久才缓过劲来。

细尾爬起来，查看了一下周围的环境，这是一段老河道，长年累月的河水冲击使主河道偏离出去，这里成了河水的回水湾，河汊里水流平缓，水草丰沛，适合鱼类栖息。只是河汊里的水底与堰塘不一样，不是松软的泥巴，而是以细沙为主的泥沙，泥鳅可不喜欢这样的泥沙，因为很难把身子钻进泥沙里。

虽然细尾不喜欢这里的泥沙，但既来之则安之吧，现在也找不到更好的栖息地了。

细尾就这样安顿在这段河汊里了。

细尾在这段河汊定居下来，生活了一段时间后，它发现比泥沙更闹心的是孤独！在这里没有一个同类，有的只是一些鱼类，它们没法交流，也没法一起嬉戏。

这样的孤独随着时间的推移，让细尾越来越无法忍受。不行，它再次决定出走，去寻找伙伴和更适合它生存的地方。

细尾尝试着离开这段河汊。可河汊只与主河道相连，主河道里水深浪高，进了河道细尾上不着天，下不着地，以它的力量无法游进这样的大河里，要是像来时一样任由河水裹挟，谁知道前方又会是什么呢？

就这样，细尾在这段河汊里犹犹豫豫地生存了下来。

孤独催鳅老，岁月苦无痕。

冬去春来，细尾不知不觉就活成了现在这个样子，细尾想死也就可以理解了。

死的方法想了许多，但一样都没法实现。细尾干脆每天直挺挺地漂在水面上，它渴望被黑鱼、鹭鸶、狐狸吃掉，它渴望被人电死、毒死，可它躺在水面上很久，依然一息尚存。

有一天，细尾索性爬上河岸，躺在河边的草地上。

细尾在草地上躺了大半天，口干舌燥，它正准备爬回水里的时候，终于有一个路过的人发现了它，那人蹲下身子，用一根树枝扒弄了细尾几下，嘴里嘀咕着："这是啥玩意？"随手把细尾扔进了水里。

细尾心里正想着，终于如愿以偿地落在了人的手里，不知道这贪恋美食的人会把它带回去油炸还是煲汤？没想到这人不仅没有带走它，还把它扔回了水里，绝望弥漫在细尾心里。

细尾绝望地活着，每天依然想着怎么死去。

忽然有一天，懒洋洋地漂浮在水面上的细尾被一只渔网网住了。

细尾被渔网兜上河岸，它感觉一双人的眼睛盯着自己看了足足有五分钟，接着传来一声惊天动地的尖叫声："泥鳅！"

尖叫声唤来了一群人，大家围着泥鳅指指点点，仿佛哥伦布发现了美洲新大陆一样。

细尾心想：泥鳅？你们没有见过吗？这不是你们口中的佳肴吗？我的那么多同类都葬送在你们的嘴里，今天怎么反而像不认识我了一样？

细尾百思不得其解！

"快快快！把它放到水箱里，别让它死啦！"

细尾被当成宝贝一样带回了水生物研究所，饲养在一个特制的池子里，池子里泥巴松软，水温适宜，每天有人投放小昆虫和浮游生物等泥鳅喜欢的食物，细尾成了水生物研究所的宝贝。

细尾实在是太老了，生活环境的改变反而加速了它身体衰竭的进程。

没过几天，细尾终于如愿以偿地安静死去。

细尾的死让水生物研究所全体人员懊恼了许多天，惋惜之余，研究人员小心翼翼地把细尾的尸体做成了标本。

细尾尸体的标本被放置在研究所陈列室最显眼的位置，旁边摆放着一块精致的玻璃牌，上面写着：

泥鳅（学名 *Misgurnus anguillicaudatus*），鳅科，曾经广泛生活在我国南方地区，是江汉平原上常见的鱼类。由于自然生存环境的恶化，野生泥鳅数量不断锐减。由于其美味和营养价值高，曾被大量人工饲养，后因不明原因，人工饲养的泥鳅出现生殖隔绝，泥鳅便逐渐消亡。这条泥鳅是我所在野外生物调查中于汉北河李家嘴河汊捕捉到的，也许是江汉平原上最后的一条泥鳅。

蜗牛回家的路

哈衣记不清楚有多长时间没有下雨了，持续的高温使它的身体渐渐失去水分，显得干瘪，土壤表层已经变成了灰尘，水成为比食物更重要的维持生命的物质。

哈衣每天背着重重的蜗壳，在树根、草地、墙角寻找着有点潮气的水分子，就在它觉得很难再坚持下去的时候，酝酿了许久的一场暴雨终于在闪电和炸雷的推搡中下了下来。

半夜狂风暴雨，在黎明时变成了霏霏细雨，暑热虽然减弱了些，但潮气却重了，空气仿佛能拧出水来。

哈衣小心翼翼地把脑袋从蜗壳里探了出来，院子里的花草被风吹雨打得东倒西歪，草地上散落着许多被风吹断的小树枝和树叶，有暗红色的花朵落寞地躺在地上，草地的低洼处积满水，一幅风雨过后的景象。

晨曦中的小院子宁静安详，哈衣在确定没有危险后，"哧溜"滑进了草地里的水坑，好久没有蹚水了，身体泡在水里就像棉花一样饱胀起来。吃一口青草的嫩芽，饱含汁液的清香直冲脑门，这感觉真美好呀。

正当哈衣躺在泥地里品尝美味的时候，"吱一"阳台的大玻璃门打开了，只见一位衣着时尚的女子，撑开一把小雨伞放在阳台上，转身进屋去了。

草莓！哈衣睁大眼睛盯着雨伞上鲜艳的草莓图案，在它的记忆中，草莓是最美味的食物。可是这样的美味它只是在很小的时候尝过一次，就是这一次，让它永生难忘，以后吃过的所有食物都赶不上草莓的鲜美。

哈衣快速向雨伞爬了过去，它灵巧地爬上雨伞。可是当它张开小口对准草莓咬下去的时候，才发现那几只鲜艳的草莓只是画在雨伞上的图案。

哈衣失望至极，它心有不甘地趴在草莓上，用头上的两只触角轻抚着草莓图案。

正当哈衣趴在雨伞上，回味草莓的美味时，阳台上的玻璃门再次被打开，衣着时髦的女子，牵着同样服饰鲜艳的小女孩走了出来，女子拿起阳台上的雨伞递给小女孩，自己撑开手上拿着的另一把雨伞，俩人手牵着手走进雨里。

"哎呀！哎呀！"

当小女孩把雨伞举过头顶的时候，哈衣差一点从雨伞上掉落下来，它大声叫喊着，紧紧趴在雨伞上。

她们迈着轻盈的步伐，走在细雨中，从雨伞上掉落到地上的水滴不时溅到她们的衣裙上。

哈衣很快适应了雨伞的晃悠，心情慢慢放松下来。

可很快哈衣就发现了新的危机，那把雨伞带着它渐渐远离了自己熟悉的领地，那可是自己的家呀，领地里哪里有水，哪里冬天暖和，哪里夏天凉快，哪里安全，哪里有草，哪种草叶好吃，它都了如指掌，闭着眼睛也能找到，离开了这里怎么办？还有蜻蜓、瓢虫、蝴蝶、蚯蚓这些最好的伙伴，它怎么能离开它们呢？

哈衣越想越着急，它想从雨伞上滑下去，可是雨伞离地面太高，滑下去肯定会摔得粉身碎骨。

眼看着离自己的领地越来越远，转过几道弯，那红色的砖墙和灰色的屋顶就不见了。

哈衣伸长自己头上的两根触角，不停扭动着上身，四处张望着，希望找到脱身的办法，焦急的心在身体里膨胀。

终于，女子和小女孩来到了一幢漂亮的房子前，房子里出来一位穿花围裙的阿姨把小女孩接了进去，女子接过小女孩手中的雨伞收拢起来，使劲甩了甩雨伞上的水。

"哎哟！"

哈衣被女子从雨伞上甩了下来，猝不及防地摔在了地上。幸好哈衣摔倒在了一片被雨水浸泡着的草地上，松软如海绵一般，就算是这样，哈衣在着地的时候蜗壳还是被撞裂了一条缝隙，蜗壳边沿也撞掉了几小块，脑子一阵眩晕。

哈衣顾不上眩晕和疼痛，缓缓地从地上爬了起来，慢慢爬进草丛中。

哈衣躲在草丛中，惊魂甫定，它活动了一下身子，让心跳平静下来，分泌出特有的体液涂抹在蜗壳被摔裂的地方，身子虽然有些疼痛，但没有受太重的伤，蜗壳涂抹了体液后会慢慢地自动修复完整。"可我这是到了哪里？我还能回到我的领地吗？"躺在草丛里的哈衣思考着自己该怎么办。

"我既然是被雨伞带到这里来的，那我也可以再被雨伞带回领地。"这个想法刚冒出来，哈衣就得意地在草地上骨碌打滚。

接下来的几天，哈衣都在漂亮房子前徘徊。有一次它甚至爬上漂亮房子的窗户，从窗口看进去，房子里有许多儿童聚集在一起玩耍，他们时而唱歌，时而做游戏，按时吃饭，中午还要睡一次午觉，真是幸福的童年啊。

哈衣不由得想起自己的童年乐园来，在那片属于它的领地里，草绿、花香、水暖，还有翩跹的蝴蝶、俏皮的蜻蜓、知识渊博的瓢虫、故作深沉的蚯蚓，多么美好的领地。它想，我一定要回到自己的领地，回到自己的生活中去。

哈衣在漂亮房子前候着，它看到每天傍晚，就会有一群花花绿绿的男女在漂亮房子前接回自己的孩子，每当看到那位自己领地旁边熟悉的女子时，哈衣既激动又亲切，仿佛自己马上就可以回家一样。

可哈衣在漂亮房子前等待了许多天，天空仿佛又忘记了下雨，每天晴空万里、烈日炎炎，就连空气里的水分也几乎被蒸发殆尽，小女孩的雨伞自然也就派不上用场了。

有一天，哈衣忽然想到，就算到了下雨天，就算小女孩要打雨伞回家，可自己怎么才能爬到雨伞上去呢？哈衣呆住了，它才意识到原来自己的希望是如此渺茫，怎么办？

哈衣环顾四周，这里的环境实在是不适合蜗牛生存啊。没有好的办法，它就只能依靠自己了，靠自己才是最稳妥的。

哈衣下定决心，要依靠自己的力量回家。

它要做的第一件事，是确定家的方位。

　　鹌鹑蛋一般大小的哈衣，在草丛里都探不出头来，要确定家的方位只能登高望远了，哈衣虽然小，但它可以登高。

　　哈衣爬出草丛，打量周围环境，这里有两处地方可以登高，一处是小女孩每天进出的那幢漂亮楼房，登上楼顶就能放眼远望；还有一处是漂亮楼房前面那棵高大的香樟树。那棵香樟树枝繁叶茂，树冠比楼房还高，站在它上面，看得一定会更远。

　　以哈衣的速度，不论是爬上楼房还是爬上香樟树都需要好几天的时间，几天的时间里总要进食、要喝水。楼房外墙刷了涂料，既不能吃也不能喝，而且夏季楼房外墙的温度能把哈衣烤熟了；香樟树就不一样了，饿了可以吃点香樟树的叶子，渴了可以吮吸一点树干缝隙里的汁液，香樟树茂密的枝叶还可以保护哈衣不受阳光炙烤，两相比较，哈衣毫不犹豫地选择爬香樟树。

　　说干就干，哈衣信心满满地爬向香樟树。

　　香樟树上没有阳光炙烤，没有行人干扰，哈衣一心一意不分昼夜地往树上爬。渴了吮吸一点树干裂缝里的汁液和早晨的露珠，饿了啃几口树叶充饥，虽然汁液和树叶的味道苦涩，不是哈衣喜欢的食物，但要维持生命能量是完全没有问题的。

　　昼夜四个轮回后，哈衣眼看就要爬上树梢了，它休息片刻，准备最后冲刺。

　　一只喜鹊歇在树枝上，正在梳理自己蓝白相间的羽毛，抬眼看见一只蜗牛慢腾腾地朝着自己爬上来，喜鹊大喜过望，简直是送上门来的美味呀。看着蜗牛爬到了自己跟前，喜鹊伸嘴对准蜗牛啄了下去。

　　哈衣忽然感觉到一缕劲风袭来，它本能地把自己的身子缩进了蜗壳里。

喜鹊的小嘴啄在蜗壳上，美味没有吃到，小嘴磕得生疼，这么个硬壳喜鹊不能囫囵吞进肚子里，喜鹊盯着蜗牛，心想：我看你能坚持多久。

哈衣把身子缩进蜗壳里，它知道把身子伸出去就是死。生死关头，它想干脆就在这里睡一觉，耗光敌人的耐心，没准就得救了。

哈衣和喜鹊就这样憋着劲僵持着，从中午一直到傍晚，喜鹊终于憋不住了，不就是一口美味吗？犯不着在这里跟它耗着，还是去找别的晚餐吧，不然夜里要饿肚子了。

哈衣确认喜鹊飞走后，才慢慢将身子从蜗壳里探了出来，它活动一下有些僵硬的身子，乘着暮色，爬上了树梢。

"登高临四野，北望青山阿。"

哈衣第一次登上这么高的地方，心境豁然开朗，有一丝豪情漫过心间。

暮色中，城市里的一切尽收眼底，楼房鳞次栉比，马路在各种建筑物之间蜿蜒，平时见到的庞然大物——汽车，此时远远望去和自己一般大小，城中心的湖泊和广场周围的树木被最后一抹晚霞涂抹成一幅风景画，哈衣陶醉于美景之中。

一阵晚风袭来，哈衣才想起自己爬上树梢的目的，"红墙灰瓦"，哈衣看到了绿树掩映下自己领地旁边那幢熟悉的楼房。

看到了！终于看到自己的家了，哈衣兴奋不已，回家的心情更加迫切。

夜幕降临，哈衣运用瓢虫教给自己用北斗七星确定方位的办法，反复确认好家的方位。

当初瓢虫教哈衣用北斗七星确定方位，哈衣只是觉得好玩就记下了，没想到今天派上了用场。

望着夜色中灯火璀璨的城市，哈衣决定就在树梢住一夜，明天早晨看看日出再出发。

哈衣爬上香樟树梢用了四个昼夜，回到地面依然用了四个昼夜。

回到地面后，哈衣马不停蹄地向自己家的方向爬去，望乡情更浓，思乡心更切。

炎炎夏日，马路和人行道被烈日炙烤得滚烫，哈衣不敢走马路和人行道，它只能穿行在路边的草地和树林间。

经过无数个昼夜的艰难爬行，哈衣来到了一条小溪前，小溪不宽，水流也不急，涉过这样的小溪对哈衣来说再平常不过了。

哈衣爬进水里，疲惫而干涸的身体感觉到舒缓和放松，心里很惬意，它脑子里冒出在小溪旁逗留几日的想法，甚至冒出了就在这里安家的念头。

哈衣在小溪旁躺了很久，它有点饿了，想找点鲜嫩的草茎充饥。忽然，它发现不远处闪现出几个亮点，且亮点快速向自己靠近，哈衣迅速一个滚翻，滚进溪水里。

好险啊！哈衣差点成为萤火虫的美食。

原来这小小的萤火虫居然是蜗牛的天敌，萤火虫发现蜗牛后，先给蜗牛注射一种毒液使其麻痹，让它失去知觉，再给蜗牛注射另外一种液体，使蜗牛的肉变成流质，然后用管状的嘴吮吸，所以哈衣看到萤火虫只能本能地逃跑。

哈衣在水里待了很久，直到黎明时分，萤火虫纷纷回到阴暗处歇息，哈衣才小心翼翼爬上岸来。

此处虽好，但显然不适合成为它的新家，哈衣只得继续前行。

炎热的夏日迎来了一场持续降雨，城市出现大面积的积水，马路上行驶的车辆变成了河里的小船，这是哈衣最喜欢的天气和环境，长途跋涉的疲惫一扫而光。

这天傍晚，哈衣爬行在湿漉漉的马路边上，它沿着一条长长的绿化带穿过一个宽阔的广场，一栋摩天大楼横亘在面前。

哈衣从来没有见过这么高耸的大楼，左右两边一眼望不到头，抬头往上看，大楼直插云天，尖尖的屋顶隐现在云雾之上。

要想从这样高的楼房屋顶翻越过去，对哈衣来说是不可能的，只能从两边绕过去。哈衣往大楼两边望去，一眼望不到头，它一时弄不清楚往哪边绕会近一些，就随机往右边爬过去。

哈衣往右沿着大楼墙根爬，好在是刚刚下过雨，气温不高，地面还有些潮，不然在这样的环境下哈衣不仅不能爬行，炙热的太阳还能把它烤熟。

哈衣爬了两夜一天，也没有爬到大楼的尽头，好难得才爬到一个转角处。哈衣顺着墙根转过去又爬行了一天一夜，发现自己爬进了一处封闭的环境里，四面都是墙。

哈衣想通过北斗七星确定一下方位，可头顶和四周全是明晃晃的灯光，连天空都看不到。哈衣彻底蒙了，它完全失去了方位感，一种不祥的预感爬上心头。

哈衣往墙上爬到三、四米高的地方，想观察一下周围的环境，发现自己居然爬进了大楼的地下车库。

原来哈衣在大楼转角处顺着墙根爬的时候，没有注意到地面坡度，顺着墙根就爬到了地下车库。

这可怎么办？在这样完全封闭的环境里没吃没喝，自己可能坚持不到三天就会饥渴而死。必须尽快离开这里，回到地面。

哈衣思考着，怎样才能尽快离开这里。最好的办法是借助外力离开，要么想办法吸附在人的衣服和随身物品上，但这样很容易被人发现，一旦被人发现就凶多吉少了，大多数人不太喜欢蜗牛这种黏糊糊的小动物，轻则被扔在马路上，重则被摔死，而且车库里的人下车后都是往大楼里去，如果被人带进大楼里，哈衣必死无疑；要么想办法吸附在汽车上，车库很大，不停有汽车进进出出，想要吸附到汽车上应该不难，可汽车开得快，不知道它会驶向何方，上车容易下车难，如果不能及时下车，就不知道会被汽车带到哪里，自己这段时间的辛苦就白费了，回到领地的心愿就可能化为泡影。看来唯一的办法还是只能依靠自己了，一定要在三天之内爬出车库。

哈衣下定了决心，看准了车库出口的方位，一改慢悠悠、不慌不忙的爬行风格，急急忙忙向出口爬去。

车库里不论白天和黑夜都被灯光照得亮如白昼，哈衣已经没有了时间概念，它朝着既定的方位拼命地爬着。

也不知道爬了多久，哈衣感觉身子越来越沉重，呼吸越来越困难，就连意识也逐渐模糊起来，它感觉自己快不行了，只是求生的本能驱使着自己往前爬行。

当一阵风迎面扑来的时候，哈衣用尽了最后一丝力气，它晕死过去了。

不知道过了多久，哈衣慢慢苏醒过来。

苏醒过来的哈衣神智也慢慢清醒了，它看到自己瘫软地躺在大楼车库的出口处，夜色阑珊，大雨倾盆，是雨水把自己泡醒过来，它想起自己从车库里爬出来的经历，心里有一丝劫后余生的庆幸。

脑子已经清醒过来的哈衣，感觉到自己的身子还没有苏醒过来，浑身软绵绵的，无法动弹，蜗壳裂开了几条缝隙，蜗壳的边沿全部磨毛了，还破损了好多处，有一只触角受了伤，火辣辣的疼。

好险啊！要是没有坚定的信念，就爬不出车库，要不是正好赶上这场雨，即使爬出了车库，也很难保住性命。

哈衣瘫软地躺在大楼车库出口，它贪婪地饱饮了一顿雨水，直到黎明时分，身子才慢慢苏醒过来。

脑子和身子都苏醒了的哈衣强打精神，缓缓地爬过车库出口的车道，爬进了车道旁边的绿地。

大楼前面的这片绿地很大，从笔直宽阔的马路边一直延续到大楼前，绿地依次为树林、灌木、草地、花圃，郁郁葱葱，花团锦簇。

哈衣决定在这片绿地里休养调理一段时间再上路，眼前的一切虽然陌生，但哈衣相信这里已经离家很近了，只要身体恢复好了，回家指日可待。

这天早晨，雨过天晴，空气里弥散着青草和花的芬芳，哈衣吃饱喝足，用体液涂抹完受伤的蜗壳，惬意地躺在草地上休息，只见一只蜻蜓飞过去又返回来，歇息在哈衣面前的一棵草茎上。

"哈衣！"

"维诺！"

哈衣和面前的蜻蜓同时喊出了对方的名字。

哈衣一骨碌从草地上爬起来，维诺直接飞落到哈衣的蜗壳上，它们兴奋得嗓音都变了调。

维诺说："哈衣，这么长时间你都去了哪里？离开我们你也不打声招呼，我们还以为你发生什么意外了，伙伴们都很想念你。"

意外遇到自己的好伙伴，哈衣有千言万语涌上心头，它一时不知道从何说起，千般的艰难、万般的委屈，化成止不住的泪水，模糊了哈衣的眼睛。

当维诺听完哈衣讲述这段日子的经历后，心里五味杂陈，有对哈衣意外遭遇不幸的怜惜，有对哈衣顽强坚持返回领地行为的欣赏，更多的是对哈衣百折不回、顽强不屈精神的敬佩。

听完哈依的经历，维诺安慰道："好啦，你最艰难的日子已经挺过来了，这里离我们的领地很近，我飞回去用不了多长时间，可惜你没有翅膀，还得自己慢慢爬行，不过我能给你指引方向，用不了几天你就能回到我们的领地，回到小伙伴们身边了。"

听了维诺的话，哈衣露出了久违的笑容。

维诺又给哈衣讲了些哈衣离开领地后小伙伴们的趣事，末了，维诺说："你在这里休息几日，等身体恢复后再出发，我先回去给小伙伴们报信，它们要是知道了你的着落，不知道该有多高兴。"

哈依说："你也代我问候伙伴们，我还要特别感谢瓢虫教给我的利用北斗七星定位的知识，不然我是怎么都回不到我们的领地来了。"

维诺依依不舍地告别哈衣后，很快飞回它们的领地。当领地的小伙伴得到哈衣的消息后，都欢欣雀跃，为哈衣感到高兴，纷纷表示要去迎接哈衣。

维诺笑道："去接哈衣回来？蝴蝶跟我一样有翅膀，飞去接哈衣没问题；瓢虫嘛，虽然有翅膀也会飞，但速度太慢，一次飞不了多远；至于蚯蚓，你比哈衣爬得还慢，去接哈衣反而成了累赘。我看瓢虫就在路边候着，蚯蚓就在家里等着，哈衣快到了我通知你们。"

瓢虫和蚯蚓听了维诺的话，虽然心里不高兴，但它们明白，维诺讲的也是实情，它们也只好听从维诺的安排，嘱咐维诺哈衣快到家的时候一定要提前通知它们。

第二天早晨，维诺和蝴蝶一起飞往哈衣所在的绿地，当它们见到哈衣的时候，哈衣已经爬出绿地，正往领地的方向爬行着。

维诺说："你的身体还没有恢复，干吗不休息几天再出发？"

蝴蝶看到哈衣的样子，忧伤地说："一段时间不见，你都瘦成这样了，你的蜗壳比你的身子大出一截了，看到你遍体鳞伤，真让人心疼，你还是休息几日再出发吧。"

哈衣虽然身体很虚弱，但心情很好，它看到蝴蝶和维诺来接它，更是兴奋不已。它对蝴蝶和维诺说："我归心似箭，想早一点回到朝思暮想的领地。你们飞得快，不用陪着我，只需要给我指引方向，每天抽点时间来给我修正一下方位就行。"

蝴蝶和维诺在来的路上已经商量好了，它们会轮流陪伴哈衣，不让哈衣再孤单前行。

有了蝴蝶和维诺的陪伴，哈衣一路顺畅，在遇到维诺的第六个昼夜，哈衣终于回到了自己的领地，得到消息的瓢虫和蚯蚓早已在领地等候，它们载歌载舞，以自己的方式欢迎哈衣归来。

当小伙伴们为重逢而庆祝的时候，哈衣看到那个年轻的女子牵着那个扎小辫子的女孩也从外面回来，她们并没有注意到正在欢庆哈衣归来的小伙伴。哈衣望着小女孩，心里想着：她的无意之举差点改变自己的命运，也给自己带来了难以想象的挑战和磨难，幸好最终自己以坚强的意志战胜了困难，赢得了新生，回到了心心念念的家园。

　　这是生命中最宝贵的经历，有了这样的经历，哈衣心里充满了战胜困难和挑战的勇气和力量。就像人类常说的："宝剑锋从磨砺出，梅花香自苦寒来"，一只小小的蜗牛也能从磨砺和苦寒中成长为坚强的勇士！

南飞的大雁

一丝冰冷的寒意从脚上窜到身体里，把灰点点从梦中冻醒。

深秋的夜晚，静谧而安详，鼓噪了一个夏天的小虫合唱团偃旗息鼓，小虫们全没有了踪影；一勾弯月挂在天空，清新而明亮，闪耀的繁星仿佛是缀在墨绿色丝绒上的钻石，熠熠生辉。

灰点点在浩瀚的星空中很轻易地分辨出北斗七星，在银河两边找到了牛郎星、织女星，辽阔的湖面水波不兴，调皮的微风偶尔会吹起一片粼粼波光，让倒映在水面上的星光更加璀璨；湖边绿茵茵的水草，刚结完籽还想再盎然一下呢，却被无情的霜摧残着开始枯黄；夏天热闹的湖畔，现在只剩下了它们这最后一群大雁了。眼看着早晨的湖面已经开始结出一片片的薄冰，头雁选好的南飞日程被几个雁妈妈们央求着推迟了好几次，雁妈妈们的理由让头雁无法拒绝：今年出生的几只小雁长得还不够强壮，正好秋天鱼肥蚌美，让它们再好好饱食几天，把身体养得更壮实一些，免得南飞时掉队。

昨天晚上，头雁召集雁群开会，宣布说："明天是我们南飞的最后日子，北方的强冷空气就要来了，再不离开我们就会被冻死在这里了。明天等太阳出来，大家最后饱餐一顿，雁爸爸们再带小雁练一练队形，交代清楚注意事项，太阳落山前我们就出发。"

第一次南飞，灰点点和小伙伴们既紧张又兴奋，雁妈妈们给它们讲了许多南飞路上的故事，也讲了许多温暖南方的趣事，雁爸爸反复教它们飞行技巧和注意事项。这几天它们都按捺不住想赶紧飞的感觉了，灰点点想着这些，又迷迷糊糊睡去。

灰点点再次醒来的时候，已是霞光满天的早晨，阳光明晃晃地照在身上，却没有一丝暖意，扑面而来的晨风带着寒意，湖水冰凉。

但湖畔在晨曦中还是恢复了几分生机，有的小伙伴跟着爸爸在天空翱翔，最后抓紧练习一下飞行技巧；几个大哥哥大姐姐在湖的上空翩翩起舞，表达着彼此的爱意；更多的雁妈妈雁爸爸在为小雁寻找美味的食物，这就是天鹅湖畔日常的一幅图画。

深秋的白天是短暂的，天色很快就暗淡下来。

头雁"刺啦啦"飞向天空，它在辽阔的湖面上空翱翔一圈。"啊！"一声短促而洪亮的呼唤，湖面上几十只大雁全部飞上天空，大家在头雁的带领下绕湖心一周，向这个养育它们一个夏天的母亲湖致意。然后它们在湖面上空整理好队形，浩浩荡荡的雁群排成"人"字行，向南方飞去。

第一次南飞的小雁们异常兴奋，它们一会儿飞到雁群的前方，一会儿又下滑落在雁群的最后面，它们叽里呱啦地叫唤着，交流彼此的感受。

当夜幕降临的时候，天空下起了霏霏细雨，气温也骤然寒冷起来，周围一团漆黑，看不清飞行的方向，感觉总会撞到前面的物体。

第一次经历这样的飞行环境，小雁们心里开始有些害怕，它们赶紧找到自己的妈妈，按照雁妈妈事前交代的办法，飞行在雁妈妈身后略低的地方，既可以紧跟着雁妈妈不掉队，还可以利用雁妈妈飞行的气流减轻自己飞行的阻力。

雨点越来越密，气温越来越低，雁群在夜色中飞行，相邻的大雁只能勉强看到对方的影子，安静的雁群里只有头雁不时发出一声提示性的"呱啊"声，以提醒进入"浅睡"状态的大雁别睡过去。

灰点点本能地扇动着翅膀，感觉上眼皮越来越沉重，意识也迷迷糊糊的，眼看着就要睡去。

"呱啊！"雁妈妈一声轻唤，把灰点点的意识唤了回来，它打起精神，紧盯着前面雁妈妈模糊的身影，继续飞行。

也不知道过了多久，忽然，混沌的夜色中透出一丝光亮，这光亮迅速弥散开来，紧跟着东边地平线上弹出一颗圆圆的红球，转瞬间红球光芒四射，一个阳光灿烂的早晨就在眼前。

雁群里发出一阵欢快的叫声。

雁妈妈轻声对灰点点说："点点，你看看下面。"

灰点点低头往下看，下面是一望无际的金黄色广袤的大地，灰点点好奇地问雁妈妈："妈妈，这是哪里？真壮观！"

雁妈妈说："这就是沙漠。"

灰点点听雁妈妈讲过沙漠的故事，但是它没想到这蛮荒之地远远望去是这么壮观。

雁群在沙漠上空飞行，明晃晃的太阳像挂在头上的火球，既刺眼又炎热，昨晚嫌薄的羽毛，这时恨不得全脱下来。

灰点点悄声跟雁妈妈说："妈妈，我饿、我渴、我好累。"

雁妈妈说："点点，别想这些，前面的路还长着呢！你每扇动一下翅膀，就在心里默念一次：坚持！你念到一万次的时候我们就该休息了。"

灰点点按照雁妈妈教的办法，心里默念着坚持、坚持、坚持，感觉似乎轻松了一些。它一路上就这样本能地扇动着翅膀，心里默念着坚持。

灰点点不知道自己扇动了多少次翅膀，也数不清默念了多少个坚持，当太阳坠入地平线的时候，灰点点的身体才感觉轻松下来，腹中的饥渴感也减轻了许多，它第一次这么讨厌太阳，第一次这么喜欢夜晚。

夜晚给灰点点带来的轻松并没有维持多久。它感觉自己的身子越来越沉，翅膀每扇动一下都要使出全身的力气，视线也变得模糊起来，水和鱼的影子一直在脑子里翻涌，挥之不去。

而雁妈妈这时候精神好像更足了，它有力地挥动着翅膀，嘴里小声地念叨着："坚持！坚持！"

当黎明再一次来临的时候，领头的哨雁发出了"喔啊！喔啊！"的警报声。

雁群马上警觉起来，大家睁大了眼睛，警惕地环顾四周，很快发现雁群左前方有一个小黑点迎着阳光飞了过来。

头雁惊呼道："是老鹰，大家赶紧爬高！"

头雁领着雁群往高处飞，雁妈妈对气喘吁吁的灰点点说："老鹰捕食都是从高处猛扑下来，利用两只锋利的前爪紧紧地抓住猎物，老鹰要是从下往上飞就没有力量了，所以遇到老鹰，我们要赶紧往上飞，不给老鹰机会。"

经过长途跋涉，雁群已显疲态，但面对死亡威胁，大家还是拼命往上飞。

在头雁的指挥下，雁群变成了一字长蛇队形，老鹰向着雁群尾部飞快冲了过去，眼看就要抓住一只小雁，小雁一个急转弯躲过了老鹰。

老鹰冲过了雁群，在前面掉转头，再次冲了回来。

这时大部分雁已经飞到了高处，几只体弱的大雁和小雁落在了后面。老鹰盯准一只小雁，猛扑上去。小雁想急转弯躲避，可惜动作稍慢，未能逃脱老鹰的利爪，小雁凄厉的呼叫声响彻天空。

见小雁被老鹰抓住，头雁和雁爸爸赶了过去，它们勇敢地向老鹰冲去。

老鹰灵活地躲闪开，抓着自己的猎物快速下降，很快消失在雁群的视线中。

惊魂未定的雁群在头雁的带领下继续前行，天空中响彻雁妈妈悲恸的呼号。

整个白天，雁群都保持着高度的警觉，它们保持着一字长蛇队形，高高地飞在云朵之上。

灰点点觉得自己已经不行了，脑子一片空白，有几次都差点掉了下去，雁妈妈依然呼唤着："坚持！坚持！"但声音也明显虚弱了许多。

雁妈妈鼓励灰点点说："点点，再坚持一会儿，飞过前面这座山就到了我们中途休整的地方了，坚持就是胜利！"

灰点点低头望去，下面是连绵起伏的山峦，它咬紧小嘴，使出最后的力气，扇动着沉重的翅膀。

就在灰点点觉得自己气力已经耗尽的时候，雁群中发出一阵嘶哑的欢呼声，已经没有队形的雁群向着山间一个不大的湖泊扑了下去，灰点点也跟着滑落下去，一头扎到湖里，大口啄饮着清澈甘冽的湖水。

冰凉的湖水让灰点点清醒过来，身子也慢慢缓过劲来，它睁开眼睛，一条细长的小鱼从身旁游过，它张开嘴巴熟练地把鱼叼起，快速浮出水面，扬起脖子把鱼囫囵吞进肚子里。

灰点点四下打量，狭小的湖面和湖岸茂密的树上，歇满了各色候鸟，有大雁、天鹅、鹭鸶、野鸭等。它们在湖中自由自在地游弋着，不时有鸟从水里冒出头来，嘴里叼着或大或小的鱼儿。

雁妈妈在不远处充满爱意地看着灰点点，灰点点快速地游到雁妈妈身边，亲昵地靠着雁妈妈，有一条小鱼从面前游过，灰点点用嘴迅速把鱼叼起，把鱼送到雁妈妈嘴边，雁妈妈温柔地看看灰点点，张嘴接过灰点点嘴里的鱼，伸长脖子，把鱼吞到肚子里，脸上露出慈祥的笑容。

雁妈妈对灰点点说："好好休息几天，多吃点东西，好恢复体力，我们还有好远的路程要飞。"

灰点点好奇地问道："妈妈，这里不是挺好的吗，我们干吗还要飞？"

雁妈妈说："这里的湖太小，养不活我们这么多候鸟，而且到了冬季，这里也会下雪、结冰，那样我们就找不到食物了，只有温暖辽阔的南方大湖，才能呵护我们度过寒冷的冬季。"

雁妈妈的话让灰点点再一次对温暖的南方充满了美好的向往，也对未来的漫漫长路充满了信心。

夜幕降临，小湖泊安静了下来，偶尔不知道谁发出几声梦呓。

灰点点依偎在雁妈妈身边，很快进入了梦乡。

忽然，岸边传来一声巨响，正在睡梦中的候鸟们不知道发生了什么状况，在迷蒙中本能地舞动翅膀，呼啦啦飞向天空。

灰点点从梦中惊醒，它本能地随着候鸟们飞向空中。等飞到了高空，灰点点脑子完全清醒过来，它往下俯瞰，夜色中，小湖泊岸边闪过几束亮光，紧接着又传来几声巨响，响声里夹带着候鸟的哀鸣声。

灰点点从来没有经历过这样的场景，它感到害怕，它想找雁妈妈。可夜色中什么也看不清楚，只能感觉到身边有很多飞舞的候鸟，灰点点大声呼唤着雁妈妈，但它的呼唤声淹没在了候鸟们嘈杂的呼唤声中。

灰点点不敢飞远，它就在小湖泊上空盘旋，直到天边露出鱼肚白。

灰点点看到黎明中的小湖泊一片狼藉，湖面上有许多死去的候鸟，几个人划着一只小船正在打捞那些死去的候鸟，天空中的候鸟遮天蔽日，这些候鸟和灰点点一样，既不敢回到湖面上，又不能随意飞走，因为它们还没有联络好自己的族群。

灰点点担心妈妈的安危，害怕妈妈遭遇不测。它在漫天飞舞的候鸟中寻找着雁妈妈，遍寻不见后，它小心翼翼地飞近湖面，生怕在湖面上看到妈妈的身影。

忽然，灰点点听到湖面上传来几声熟悉的呼唤声，妈妈！是妈妈的呼唤声。

灰点点循声而去，它在湖边的草丛里见到了妈妈，爸爸守护在妈妈身边。灰点点看到妈妈的一只翅膀耷拉着，羽毛上染着鲜血，它惊呼道："妈妈，你受伤了吗？"

雁妈妈见灰点点安然无恙，欣慰道："点点没事就好，我和爸爸都在为你担心呢。"

雁妈妈看一眼身边的雁爸爸，接着说："我没事，只是翅膀被火铳的子弹打穿了两个小洞，养几天就好了。"

雁妈妈正说着，高空中传来几声熟悉的声音，那是头雁召集雁群的呼喊声。

雁爸爸对灰点点说："你妈妈受伤了，要养一段时间才能飞，你先随雁群飞往南方，我陪着妈妈在这里养伤，等妈妈的伤好了，我们再去南方找你们。"

灰点点摇着头说："我要陪着妈妈，跟你们在一起。"

雁妈妈安慰灰点点道："点点，你先随雁群去吧，往后你要独自照顾自己了，你不用为我们担心，我们会平安无事的。"

灰点点还想争辩，雁爸爸说："你快去和雁群会合，它们马上就要离开这里了，现在这种情况你留在这里反而会成为我们的负担，分别是最好的选择。"

灰点点听了爸爸的话，知道自己留在妈妈身边不仅帮不上什么忙，还需要它们照顾，它只得与爸爸妈妈交颈惜别，依依不舍地向头顶的雁群飞去，天空中留下了灰点点的嘱咐："爸爸妈妈，你们一定要平安归来！"

黑斑蛾与黄鹂鸟

清晨的阳光涂抹在树冠上，树叶像巧克力一样丝滑。

黑斑蛾裘歇息在树叶上，贪婪吮吸着树叶上的露珠。裘记不清楚有多长时间没有下雨了，干燥的空气里弥散着灰尘的味道，早晨的露珠就显得格外的珍贵。而这珍贵的露珠只要太阳一出来，热风一吹，立马就会蒸发得无影无踪，裘必须抓紧这短暂的时间，吮吸到能够支撑自己一天所需的水分。

树冠上歇满了和裘一模一样的黑斑蛾，它们像孪生兄妹一样，黑黢黢一片，都在争分夺秒吮吸着清晨甘甜的露珠。

忽然，一只毛茸茸的黄蝴蝶飘飘然歇在了裘身边的树叶上，起初裘并没有特别注意这只黄蝴蝶，裘虽然基本都生活在这棵大树上，周围二百米远的地方以外它都没有去过，但蝴蝶它还是见到过，经常会有一些好奇的蝴蝶飞到树冠上来看看风景。可这只黄蝴蝶实在是太耀眼了，通身黄灿灿、光闪闪，除了两只扇形翅膀的上沿有两条蓝色曲线外，浑身找不出一点其他的杂色，而且这身黄也很特别，颜色饱满通透，有一种浸透水分般的润。

裘被这只黄蝴蝶吸引了，它两眼盯着这只黄蝴蝶，心里想，世界上还有这么绚丽的蝴蝶呀！它瞅瞅自己浑身上下通体的黑色，还是那种暗淡的黑，一种羡慕和自卑的情绪在心里交织开来。

黄蝴蝶感受到了裘盯着自己的目光，它受不了这样专注的目光，轻轻扇动翅膀，摇曳着向树下飞去。

看到绚丽的黄蝴蝶袅袅飞去的身影，裘像着了魔一样，情不自禁地飞身跟了过去。

黄蝴蝶迎着阳光飞下树冠，飞过一片低矮的灌木丛，又飞过一片绿茵茵的草地。黄蝴蝶轻巧地兜兜转转地飞着，裘却感觉到有些累了，它从来没有连续飞过这么长时间，它想放弃跟踪，心里却有些不甘。

就在裘感觉精疲力竭的时候，黄蝴蝶飞到了一处鲜花盛开的院子里。

这是一个经过精心打理的小花园，花园里姹紫嫣红，太阳花、向日葵、月季、蓝雪、绣球、三角梅争奇斗艳，芬芳四溢，院子里的空气甜丝丝的，大群蜜蜂"嗡嗡嗡"欢叫着在花丛中忙碌，色彩斑斓的蝴蝶在花丛中嬉戏舞蹈。裘一时看花了眼，它跟随的那只黄蝴蝶飞进花园后就没有了踪影，绚丽的颜色融入这绚丽的花海里，就像水滴融入大海一样。

裘第一次看到这样绚丽的景色，有点不知所措，看看一身灰黑的自己，心里的自卑膨胀开来，对自己生活的那棵大树也生出很深的厌倦来，它不想回到那个单调的世界里去了，它希望自己能融入眼前这个五彩斑斓的世界里。

裘在花园边踌躇着，用羡慕的目光打量着花园里的蜜蜂、蝴蝶、蜻蜓、小鸟，它想融入它们。

裘的专注使它没有感受到天气的变化，当它看到花园里的动物们四散而去的时候，大风和暴雨已经骤然而至。在这个陌生的环境里，裘在慌乱中躲进了灌木丛中的一片树叶下，惶恐地打量四周的环境，忽然发现身后有一双眼睛正死死地盯着自己。

黄鹂鸟！这可是黑斑蛾的天敌，裘从来没有也不可能有这样的机会，这么近距离观察黄鹂鸟，它的羽毛绿黄白相间，色彩如蝴蝶般绚丽，圆圆的眼睛晶莹剔透，尖尖的嘴巴短促而坚硬，它只需要伸长脖子，张开小嘴，往前一啄，裘这条小命也就归西了。

裘的身子不由自主地抖了起来，它甚至听到了黄鹂鸟打雷般的呼吸声。

裘看到的是一只雌性黄鹂鸟，此时正匍匐在自己狭小而舒适的鸟窝里，身下五枚蛋中的小宝宝眼看着就要破壳而出了，第一次做妈妈，它有些激动，不停地查看着身子下的五个小精灵，它也时刻保持着警惕，防止有入侵者闯进自己的领地。

黄鹂鸟全程观察到了狼狈不堪的黑斑蛾，看到它跌跌撞撞飞进灌木丛中，停歇在自己伸嘴可及的树叶下，它戏谑地看着裘。

黑斑蛾也是黄鹂鸟食谱中的食物，但它们一般不会捕食黑斑蛾，因为黑斑蛾有一种很厉害的自卫手段，就是在感觉到致命威胁的时候，它们会炸开裹着自己身体的那层厚厚的蛾粉，蛾粉具有很强的刺激性，炸开的蛾粉飞舞着附着到攻击者的眼睛、鼻子的黏膜上，能像辣椒水一样让攻击者眼泪、鼻涕长流，顿时失去攻击能力。但黑斑蛾这样的防御手段是一把双刃剑，在有效防御天敌攻击的同时，自己也会付出生命的代价，因为失去蛾粉的黑斑蛾身体就失去了保护层，失去保护层的黑斑蛾在细菌的侵蚀下，很快也会失去生命。

所以，不到生命的最后一刻，黑斑蛾是不会使用这招自杀式防护手段的。

食蛾类动物知道黑斑蛾这招厉害的防护手段，不到饥肠辘辘也不会对黑斑蛾发动攻击。

黄鹂鸟正在专心致志地孵化自己的宝宝，而且此时正是盛夏时节，食物充沛，它对这只送到嘴边的黑斑蛾没有多少兴趣，它看到瑟瑟发抖的黑斑蛾，戏谑地伸了一下脖子。

看到黄鹂鸟伸长脖子，裘感觉大祸临头了，它紧闭双眼，屏住呼吸，等待着自己的末日来临。

裘正想使出自己的拼死防卫手段的时候，忽然听到了几声稚嫩的"叽喳"声，裘睁开眼睛，发现黄鹂鸟的嘴并没有向自己啄过来，而是低头，看着自己身下的几枚绿壳蛋，绿壳蛋已经裂开了几条长长的缝隙，"叽喳"声正是从这些缝隙里传出来的。

当黄鹂鸟再次抬起头来的时候，裘看到了它眼里的惊喜和满满柔情，这惊喜和柔情甚至感染到了裘的内心。裘没有做过妈妈，但是黄鹂鸟的情绪传递给它，让它感受到了温暖。

稚嫩的"叽喳"声越来越大，黄鹂鸟挪开自己的身子，几只毛茸茸的小脑袋从绿色蛋壳的缝隙里钻了出来。

五个幼小的生命先后从绿壳蛋里爬了出来，它们闭着眼睛，颤巍巍摇晃着挤在一起，小黄嘴里发出又细又柔的叫声。

黄鹂鸟把它的宝宝们拥在怀里，用体温温暖着这些幼小的生命。

当风停雨住的时候，黄鹂鸟爸爸飞了回来，黄鹂鸟爸爸风尘仆仆，嘴里叼着满满的肥美小虫，黄鹂鸟爸爸把小虫送到黄鹂鸟妈妈嘴边，想喂给它吃。

黄鹂鸟妈妈没有吃下去，而是往旁边挪挪身子，怀里露出五个毛茸茸的小脑袋。五个黄鹂鸟宝宝张着大嘴巴，撒娇般"叽喳"叫着，黄鹂鸟爸爸由惊愕转为惊喜，它轻柔地把嘴里叼着的小虫一点点喂到五只小宝宝嘴里。

裘看到眼前发生的一切，心里感到无比温暖，它既羡慕黄鹂鸟宝宝，希望自己能够得到爸爸妈妈的呵护，又羡慕黄鹂鸟爸爸妈妈能有这么可爱的宝宝。

忽然，裘的心中升起了以前就有过的疑问，我从哪里来？我有爸爸妈妈吗？这个疑问裘问过自己的伙伴，伙伴们都回答不了，还说它脑子里尽瞎想。也许黄鹂鸟能够回答它这个疑问，它想问问它们，可它不会讲黄鹂鸟的语言。

不知道黄鹂鸟妈妈跟黄鹂鸟爸爸讲了什么，黄鹂鸟爸爸转头看了裘一眼，并没有攻击它，也没有搭理它。

裘就这样在黄鹂鸟的巢旁边安顿下来，它喜欢看黄鹂鸟夫妻轮流出去给黄鹂鸟宝宝找来美食，一点点喂给黄鹂鸟宝宝吃，也喜欢看黄鹂鸟宝宝们一边争抢着爸爸妈妈嘴里的美食，一边相互推搡着、拥挤着、欢叫着，这种欢乐温馨的场景让裘沉浸其中，欲罢不能。

裘只有在饿了、渴了的时候，才去旁边花园里吮吸露珠和花粉，吃饱喝足了，裘又飞回黄鹂鸟的巢旁，去感受那温馨的场景，裘心里早就忘记了自己的领地和伙伴，仿佛成了黄鹂鸟的家庭成员，裘心里向往着能体验家庭的甜蜜和温馨，可它和黄鹂鸟之间却无法交流。

然而，一次偶然的事件，一下子拉近了黄鹂鸟和裘的关系，使它们真的成了"一家人"。

这天早晨，天刚蒙蒙亮，裘在朦胧中感觉到有个重物从自己身边碾过，重物没有碾压到裘的身体，只是与裘擦身而过，但重物擦过时的力道让裘感觉到这是一个庞然大物。裘心里一惊，完全清醒过来，它睁开眼睛，看到一条长长的绿蛇就在身边，绿蛇的身体缠绕在树枝上，上半身高高探起，嘴里吐着信子，观察着黄鹂鸟的鸟巢。

鸟巢里，黄鹂鸟妈妈和三只小宝宝还在睡眠中，有两只已经醒来的宝宝看到头顶上吐着信子的蛇，正好奇地叽喳着，全然不知道危险已经降临。

裘使出了浑身的力气，扯破了嗓子呼叫，可它的嗓音实在太小，小到连近在咫尺的绿蛇和黄鹂鸟母子都未能听到。眼看着绿蛇就要对黄鹂鸟母子发起攻击，裘"嗡"地一下飞了起来，它知道以它的能力无法阻止绿蛇，于是快速飞到黄鹂鸟妈妈的身边，它用自己的翅膀不停拍打黄鹂鸟妈妈的脑袋。

黄鹂鸟妈妈被裘的翅膀拍醒，它睁开眼睛，看到了眼前凶险的状况。

黄鹂鸟妈妈敏捷地飞出鸟巢，躲过了绿蛇快如闪电的一击。黄鹂鸟妈妈在丛林上空转过身来，不管不顾地扑向绿蛇，用短小而坚硬的嘴对准绿蛇的头部啄去，一场蛇鸟大战就此展开。

黄鹂鸟妈妈护子心切，它不顾自身的危险，拼命攻击着绿蛇的头部。

绿蛇缠绕在树上，没有黄鹂鸟妈妈动作敏捷，但抗啄力强，蛇头上虽然被黄鹂鸟妈妈啄了几口，却并无大碍，它贼心不死地瞄着鸟巢里的五只幼鸟，不想放弃快到口的早餐。

裘在一旁看到这激烈的打斗场面，心里十分焦急，可是它也帮不上黄鹂鸟妈妈的忙。

正在危急关头，外出为宝宝们觅食的黄鹂鸟爸爸赶了回来，它看清树林里的状况，吐出嘴里的食物，勇敢地冲了上去，与黄鹂鸟妈妈一起展开对绿蛇的攻击，局面终于出现转机，被黄鹂鸟啄得满身伤痕的绿蛇败下阵来，向树下逃去。

大战结束，两只黄鹂鸟都精疲力竭，但它们看到五只小宝宝完好无损，依然张着大嘴等待喂食，心里无限宽慰，它们拥着宝宝们亲了又亲。

黄鹂鸟妈妈回头看到惊魂甫定的裘，眼里露出了无限的感激。

此后，黄鹂鸟爸爸妈妈对裘的态度发生了根本的转变，它们虽然语言不通，但能看懂彼此的眼神，黄鹂鸟爸爸还经常把给宝宝们觅来的小虫摆在裘的面前，虽然它知道裘不吃小虫，但它依然想表达自己的感激之情。

小黄鹂鸟宝宝也已经习惯了鸟巢旁这只小小的蛾子。裘仿佛成了黄鹂鸟家庭的一员，它除了每天早晨飞去小花园里吸食露珠和花粉外，其他的时间都待在黄鹂鸟鸟巢旁的树枝上，看着黄鹂鸟爸爸妈妈进出出，忙碌着给黄鹂鸟宝宝叼来食物，把食物一点点喂给小宝宝们吃。

黄鹂鸟宝宝整天张着大嘴巴，看到爸爸妈妈飞来，就相互推搡着、叽叽喳喳叫着争食吃。

　　裘也好想能有这样一个温暖的家，有时候它幻想着自己成为黄鹂鸟家庭的成员，可惜它知道自己终究不是黄鹂鸟，无法用语言和它们交流。

　　黄鹂鸟宝宝一天天长大，身上的绒毛一点点褪去，翅膀上长出了一根根粗壮的羽毛，黄鹂鸟爸爸妈妈除了给黄鹂鸟宝宝喂食外，也开始教宝宝们说话、走路和飞行。

　　裘每天看着宝宝们学说话，居然慢慢跟着学会了不少黄鹂鸟的语言。

　　一次，黄鹂鸟宝宝好奇地问黄鹂鸟妈妈："为什么我们身上长满厚厚的羽毛，而这只黑斑蛾身上却没有？"

　　黄鹂鸟妈妈说："那是因为我们要度过寒冷的冬天，没有羽毛我们就无法抵御严寒。而黑斑蛾不会越冬，所以它们不需要羽毛。"

　　黄鹂鸟宝宝问道："为什么我们要越冬，而黑斑蛾不越冬？"

　　黄鹂鸟宝宝的问题正是裘心中的疑问。

　　黄鹂鸟妈妈说："再过一段时间，当秋天来临的时候，黑斑蛾就会产卵，产完卵的黑斑蛾就会死去，它们永远看不到冬天，体验不到寒冷的感觉。"

　　黄鹂鸟宝宝没有听懂黄鹂鸟妈妈的话，裘好像听明白了，它知道了，自己的生命比黄鹂鸟要短，永远感受不到寒冷的冬天，永远不会见到自己的爸爸妈妈，也不会见到自己的宝宝。裘的心情很沮丧。

　　五只可爱的黄鹂鸟宝宝长大了，身材已经和它们的爸爸妈妈一般大小了，浑身的羽毛色彩艳丽，五只宝宝挤在小小的鸟巢里显得特别拥挤，黄鹂鸟爸爸妈妈决定让它们的五只宝宝走出鸟巢，开始学习自己独自生活的技能。

这是一个阳光明媚的早晨，黄鹂鸟爸爸妈妈呼唤着五只黄鹂鸟宝宝走出鸟巢，第一次走出鸟巢的黄鹂鸟宝宝步态踉跄，摇摇摆摆地站在树枝上，新奇地打量着周围的世界，心里有惊喜，也有些对未知世界的担心。

黄鹂鸟爸爸妈妈站在宝宝们的身边，鼓励着宝宝张开翅膀飞起来。

五只小宝宝你看看我，我看看你，爪子使劲抓着树枝，不敢张开翅膀腾身飞起。

看到黄鹂鸟宝宝们胆怯犹豫的样子，站在一旁观看的裘有些着急，它轻轻扇动翅膀，飞到五只黄鹂鸟宝宝面前示范着各种飞行动作。裘一会儿挺直翅膀滑翔着向下俯冲，一会儿快速扇动翅膀向上爬升，一会儿旋转着不停转圈，把黄鹂鸟宝宝看呆了，不时发出欢叫声。

忽然，裘一个趔趄，差点撞在树枝上，但裘一个灵活的滚翻，轻巧地歇在树叶上，就连黄鹂鸟爸爸妈妈都情不自禁地叫起好来。

裘的一番表演，让黄鹂鸟宝宝们紧张的心情完全放松下来，有一只黄鹂鸟宝宝勇敢地张开翅膀飞了起来，可刚飞起来把握不好平衡，它很快就跌在了树林里。好在丛林树枝密布，黄鹂鸟宝宝跌在树枝上爪子能顺势抓住树枝，虽然动作有些狼狈，但身体没有受到什么伤害。

有了第一次的尝试，黄鹂鸟宝宝心里有了些自信，跌在树枝上刚刚站稳，它马上又飞了起来，几次跌跌撞撞地扑腾后，宝宝终于稳稳地飞出了灌木丛，飞上了天空。

剩下的四只小宝宝看到了成功的示范，纷纷张开翅膀飞了起来，一样的扑腾，一样的跌跌撞撞，但最后它们都成功地飞出了丛林，飞上了蔚蓝的天空。

黄鹂鸟宝宝飞走了，看着空空的鸟巢，黄鹂鸟爸爸妈妈松了一口气，心里弥漫着成功的喜悦。但黄鹂鸟爸爸妈妈还没有完成育儿工作，他们还要教宝宝们许多的生活和生存技巧。

第一次飞行，黄鹂鸟宝宝也不会飞太远，它们还需要爸爸妈妈的呵护。

黄鹂鸟妈妈回头看到有些落寞的裘，它飞到裘的身边说："宝宝们要开始学习自己独立生活了，不久后我们也会离开这片树林，感谢你对我们的关注、陪伴和关照，我们已经习惯了与你朝夕相处的日子，但我们还是不得不分开。这里不是你的家园，也没有你的同类，你准备怎么办？有什么打算？"

裘说："与你们一家朝夕相处的这段日子，让我感受到了生命的温度和美好，现在我也想明白了，虽然世界上的生灵生命有长短，生活的方式千差万别，但它们都有着自己完整而独特的生命轮回，这些独特的生命轮回构成了世界完整的生命体系，一切都是完美的，一切都是美好的，我们要珍惜每一个生命，珍惜每一次轮回。我想回到我自己的领地，回到自己的伙伴中去，完成属于我自己的生命轮回，感受生活的美好。"

黄鹂鸟妈妈听了裘的一番话，惊讶地睁大了眼睛："你能有这样的生命感悟，也不枉我们朝夕相处这些天，我们也十分感激与你相处的这些日子，你带给我们守望相助与和睦相处的美好。"

话已至此，黄鹂鸟妈妈和裘的心中有了一种共鸣，它们都想把对方拥抱在怀里。

良久，裘幽幽地说："可是我回不去我的领地和同伴中去了，我不知道它们在哪里。"

黄鹂鸟妈妈笑道："这不成问题，我比你飞得高、飞得远，我能很快帮你找到属于你的领地和你的伙伴。"

裘惊喜道："是真的吗？这几天我还在为这事发愁呢。"

又是一个阳光明媚的早晨，天空湛蓝，微风习习，阳光洒满大地。

五只黄鹂鸟宝宝，不，它们现在已经长大了，身形矫健，羽毛艳丽，浑身充满着活力，它们已经不需要鸟巢遮风避雨了，一大清早就在丛林之上欢快地跳跃、翱翔、鸣啾，仿佛世间的一切都属于它们。

黄鹂鸟爸爸妈妈把孩子们招呼到跟前说："孩子们，黑斑蛾要回到自己的领地和伙伴中去了，我们跟它告别吧。"

五只小黄鹂鸟惊讶地围在裘的身边说："你怎么要走呢？你不是生活在我们身边的吗？"

"你就是我们的伙伴呀，我们都舍不得你离开！"

"你要去哪里？"

小黄鹂鸟七嘴八舌，道不尽的依恋和不舍。

黄鹂鸟妈妈说："孩子们，黑斑蛾有自己的生活领地和伙伴，它只是偶然出现在我们的生活中，现在它要回到自己的生活中去了，让我们一起祝福它！"

裘依依不舍地和黄鹂鸟一家一一道别，眼里满含泪水地跟随在黄鹂鸟妈妈的身后，向着自己的领地徐徐飞去，阳光洒在它们身上，仿佛闪着金光。

　　五只黄鹂鸟宝宝和黄鹂鸟爸爸站在丛林树梢，目送着黄鹂鸟妈妈领着黑斑蛾裘渐渐远去。

青蛙纹虎历险记

暮春的夜晚静谧深邃，辽阔的星空繁星点点，使这没有月光的夜晚呈现出黛青色，朦胧而神秘。小草新绿、塘水微凉，包裹着花香的暖风熏熏然，令人心旷神怡！

冬眠后和破茧而出的小虫们有气无力地寻找着可以充饥的食物，看不到它们优雅的滑翔姿势，也听不到它们悦耳的大合唱。

青蛙纹虎是一只健壮的青年雄蛙，但此时它刚刚经过冬眠苏醒过来，修长的后腿显得肌肉松弛，宽阔的后背微微塌陷，后背上线条优美的纹饰暗淡无光。

纹虎趴在水塘边的草丛里，注视着眼前的天空和水面。忽然，有一只绿色的小虫扇动着透明的大翅膀从纹虎头顶悠悠飞过，纹虎奋力跃起，张开大嘴，伸出舌头，准确地把小绿虫一口咬住。纹虎嘴里含着大翅绿虫，身体掉落在水面上，它顺势扎个猛子，悠然地浮出水面，把嘴里的小虫囫囵吞进肚子里，再慢悠悠滑到水塘边。

纹虎四下张望着，不时发出"呱、呱、呱"的呼唤声，它在寻找自己的伴侣青青。

青青和纹虎是一对恩爱的伴侣，去年它们认识并结合，产下了一大堆青蛙卵，这个水塘里许多青蛙都是它们的后代。

去年入冬，它们本来找了一个很好的地方在一起冬眠，可等到今年春暖花开，纹虎从冬眠中苏醒过来，却发现身边的泥土被挖开了，也不见了青青的身影。

纹虎拖着冬眠后虚弱而疲惫的身体，在冬眠地焦急地四处寻找，不停地呼唤青青，可是只看到三三两两的伙伴们从松软的泥土里爬出来，却没有看到青青的身影。

纹虎回到水塘里，一边寻找着食物，一边寻找着青青。

原来，开春时节，有人来水塘边种树，在挖树窝时一锹正好挖在青青和纹虎之间，万幸的是这一锹没有伤到它们俩，但青青被包裹在土里填到另外一个树窝里，还被紧紧地压实了。

这一切进入冬眠状态的纹虎和青青都不知道。

等到气温适宜，纹虎苏醒过来，很轻松地从松软的土壤里爬了出来。

青青苏醒过来的时候，感觉身体被土壤紧紧地挤压着，它试探着活动了一下四肢，身体四周的土壤很紧实，自己的四肢根本无法动弹，这可怎么办？青青心里有些着急，它想呼唤纹虎，可身子被土壤紧紧地包裹着，根本发不出声音来，甚至连呼吸都有些困难，好在土壤很潮湿，青青用四肢使劲蹬踏着土壤，直到精疲力竭，才感觉身体四周的土壤宽松了一些，四肢勉强可以活动一下。

长期没有进食，只靠身体能量供给度过冬季的青青疲惫不堪，身体显得虚弱瘦小，它躺在土壤里休息，思考着怎样才能脱离这样的困境。

青青知道，在这与世隔绝的土壤里，要摆脱目前的困境，只能靠自己，而且时间长了自己会越来越虚弱，冬眠过后的身体特别需要养分、空气和水来恢复体力。不行！得拼命从这里爬出去才行。

青青用干燥的舌头舔舐了几下湿润的土壤，感觉身体有了一丝气力，它使劲用四肢蹬踏着土壤，慢慢地，身体四周的土壤被蹬踏成一个小坑，青青感觉身体可以稍微活动一下了。它躺在那里稍事休息，然后用嘴巴使劲往上顶，嘴巴把泥土顶开一点，身体往上挪动一下，休息片刻，再往前顶。

就这样，青青以顽强的毅力，在土壤里一点点往外爬。好多次，当青青感觉自己精疲力竭，再也没有力气往上顶的时候，它仿佛听到了纹虎那洪亮的"呱呱"声，这声音让它已经模糊了的意识能够继续坚持。

也不知道过了多久，当青青完全绝望，觉得自己就要长眠在土壤中的时候，它本能地使出最后一丝力气，后腿使劲，嘴巴向上拼命一顶，青青感觉到脑袋一阵轻松，泥土、青草和花香的混合味道扑面而来。

我出来啦，我终于出来啦！

青青兴奋地想呐喊，想跳跃，可它未能喊出声来，也未能跳起来，虚弱的身体和干哑的嗓子，让它只能疲惫地躺在那里无法动弹，好在它再次看到了满天的星星。

青青瘫软在地上，暖风吹拂在身上，四周有三三两两的小虫在鸣叫，它望着漫天的星星，庆幸自己又艰难地度过了一个冬天。

"呱！呱！呱！"

是纹虎！青青听到了熟悉而亲切的声音，精神为之一振，它艰难地抬起头，见自己躺在水塘的土埂上，便使劲蹬了两下后腿，身体顺着土埂的斜坡，骨碌碌滚到了水塘里。

青青掉落到水里，大口喝了几口水，脑子完全清醒了，身体也轻松了。青青在水里游了几下，浮出水面，爬到水塘边的草茎上休息，看到几只小虫正在草茎上爬行，青青伸出舌头把小虫吞到肚子里，清冽的塘水、美味的小虫都让它感到快意。

青青吃饱喝足了，它想起纹虎来。

"呱！呱！"

"呱！呱！"

水塘对岸响起了纹虎热烈的回应，青青和纹虎惊喜地向对方游去。

纹虎和青青又相聚在一起了，它们形影不离，一起看星星，一起捉虫子，一起唱歌，一起嬉戏，过着无忧无虑的生活。

这天晚上，纹虎和青青像往常一样，依偎在水塘边的草地上呢喃。

忽然，一道强光明晃晃地照射过来，纹虎和青青心里都大叫一声："不好！"

它们几乎同时高高跃起，跳向水塘，纹虎跳到空中，一只塑料网兜快速兜了过来，腾空的纹虎无法改变方向，被网兜兜个正着。

网兜兜着纹虎放到地上，一只有力的大手捉住纹虎，把纹虎扔进一个塑料编织袋里。

塑料编织袋里已经有好多青蛙，大家相互拥挤着、踩踏着。身强力壮的青蛙挣扎着总能站在最上面，个头矮小、体力不支的则被压在下面。有好些青蛙已经奄奄一息。

纹虎身强体壮，它站在上面，看清楚了眼前的情形，最担心的还是青青有没有跟它一样被捉了来。它在拥挤的编织袋里钻来钻去，当它确定青青不在袋子里的时候，放下心来，松了一口气，这才想起自己的处境来。这是要把我们捉到哪里去？不是说我们专吃害虫，是庄稼的保护神，要保护我们的吗？怎么还捉我们？纹虎一时没有想通。

编织袋被人拎在手里，上下颠簸着，不时还有青蛙被扔进袋子里来。

不知道过了多久，编织袋里装满了青蛙，纹虎感觉自己被扔到了车上，一路颠簸了很长时间。

当纹虎感觉到饥渴难耐时，编织袋被拎起来，又重重地扔在了地上。青蛙们大部分已经神志不清，只有纹虎和几个健壮的青蛙依然保持着清醒。纹虎感到了恐惧，它警惕地等待着未知的状况，心里有一丝不祥的预感。

又过了很久，编织袋被打开，青蛙们暴露在强烈的光线下，一双脏兮兮的大手伸进编织袋里，扒拉着把那些神志不清、奄奄一息的青蛙抓了出去。

纹虎警惕地看着眼前发生的事情，那些被抓出去的青蛙被放在托盘电子秤上称了称，然后被一一砍头、剥皮。

纹虎看到同类的遭遇，不免心惊肉跳，脑子一片空白，人怎么会这样对我们？在它的心目中人是很友善的，平时看到人在田里劳作，也算是朝夕相处，彼此都没有感到有危险。有一次，纹虎被一条水蛇攻击，水蛇已经咬住了纹虎的后腿，纹虎拼命挣扎，也未能摆脱小小的蛇口，纹虎感到自己凶多吉少了，青青在一旁看着纹虎被蛇咬住，焦急万分，可它没有办法帮助纹虎摆脱困境，只能在水蛇的身边跳来跳去。正在危急关头，一个路过的农夫看到了被蛇咬住的纹虎，他捡起一根树枝打跑了蛇，农夫看到纹虎跳进水里，开心地拍拍手走了。

可眼前的一切又是怎么回事呢？纹虎不能理解。

编织袋里的青蛙在一点点减少，过一会就会有青蛙被捉出去宰杀，纹虎从最初的惊恐中镇静下来：我要想办法逃走，不然我也逃脱不了被宰杀的命运。可怎么逃呢？编织袋这么结实，连一个大的缝隙都没有，唯一的机会是在编织袋被解开，到被那双手抓住的这段短暂的时间里，还要能准确地从编织袋打开的小缝隙里一跃而起跳出去，至于跳出去后会不会再次被捉住就不知道了，只能听天由命，生死关头总得一搏，大不了就是一死。纹虎决心一试。

纹虎静静地等待着时机，它不停地活动着四肢，心脏仿佛要跳到嗓子眼里了。

当编织袋再次打开的时候，纹虎瞄准敞开的袋口，迎着强烈的光线，猛然一跳。

等一手扯着袋口、一手探进编织袋抓青蛙的那人反应过来，快速收紧袋口，可还是慢了一步，纹虎已经跳出编织袋落在了地上。

那人扑上来抓纹虎，纹虎再次跳起来，纹虎连续跳跃几次，它看到这是一个小房间，靠门口摆放着一排塑料盆，塑料盆里盛满水，水里放满了鱼。

纹虎看清楚了眼前的状况，它向塑料盆下面跳去，往盆下的犄角旯旮爬，那人跑过来挪开塑料盆，眼看着纹虎又暴露在强光下，就在塑料盆被挪开的刹那间，纹虎发现盆下是一条水沟，水沟上盖着铁栅栏，栅栏的缝隙很窄，窄到纹虎的身体无法从缝隙里穿过，眼看着又要被那双大手抓住，纹虎眼睛一闪，猛然发现栅栏中间断了两根，仿佛专为自己准备的逃生之门。纹虎来不及细想，一头跳进了水沟。

水沟不深，但很长，也很阴暗。

纹虎跳进水沟，来不及看清水沟里的情形，它本能地向更阴暗的地方游去，几个猛子就游出去好远，只听见身后那人失望地嘟哝了几句，纹虎松了口气，知道自己暂时安全了。

纹虎在水沟里慢慢平息下来，它都不敢想象这一切——自己能从编织袋里跳出来，几次躲过那双大手的抓捕，在绝望之际又恰巧发现了水沟栅栏的缺口，只有上苍的安排才能有这样的好运气。

惊魂甫定的纹虎慢慢从惊恐中回到现实，仿佛从梦中忽然醒来，它仔细观察所处的环境：这是一条长长的下水道，不深也不宽，黑黢黢的也不知道通向何方，时大时小的水缓缓流淌着。青蛙本来是喜欢水的，可这下水道中的水浑浊，还散发着浓烈的腥臭味，纹虎趴在水里，能感觉到不时有黏糊糊的脏物从身边流过，让纹虎浑身麻酥酥的，嗓子眼感到一阵阵恶心。

纹虎不知道脏水流向何方，它无法忍受这臭气熏天的下水道，只得往进来的方向小心翼翼地游回去。

暂时没有了生死之虑，纹虎才感到又饥又渴，这么长时间没有进食和饮水，它的身体也变得很虚弱。下水道里有水，可它实在无法吞下这样的脏水。脏水里漂浮着动物内脏，纹虎尝试着吃了一口，一股腥臭味直扑脑门，它强忍着直往上涌的胃液，还是吞进了肚子里。

纹虎打量着眼前的情形，唯一的出路还是在逃跑时跳进来的那个栅栏缺口。它顺着微弱的光线游了回来，停在离缺口不远的地方，仔细查看铁栅栏上面的情况。这是一间不大的房子，房子里摆满了用塑料盆和塑料桶装着的各种鱼，不时有人进来挑选着自己想要的鱼，选好了的鱼被开膛破肚，场面很血腥。

那只装青蛙的编织袋还在，但编织袋已经瘪了，很显然里面的青蛙已经所剩无几，纹虎的心像被刀扎一样疼。

纹虎望着铁栅栏上的情景，不知道如何是好。

忽然，纹虎看到那个"杀青蛙的刽子手"（纹虎在心里给他贴上了这样的标签），打开装青蛙的编织袋，那双肮脏的手从袋子里抓出一只青蛙来，青青！纹虎看到从袋子里被抓出来的青蛙居然是青青，可纹虎在袋子里反复寻找过青青，它没有发现青青的影子呀，原来青青也被抓了，那人把青青按在案板上，举起刀，对准青青的头正要砍下去。

纹虎大叫一声，想跳过去救青青。

哎哟！纹虎的头重重地撞在铁栅栏上，从梦中惊醒过来，心依然怦怦直跳。还好只是做梦。

夜幕已经降临，铁栅栏上的小房子被夜色笼罩着，大门口的卷闸门拉了下来，有灯光从千疮百孔的卷闸门破洞里照射进来。

纹虎确认房子里已经空无一人后，小心翼翼地从铁栅栏的破损处爬上小房子里。

塑料盆和桶里的鱼基本上已经没有了，剩下的几条鱼，要死不活地躺在塑料盆里苟延残喘，鱼看到跳到跟前的青蛙，一副漠然无睹的样子，装青蛙的编织袋扔在墙角，虽然那些青蛙的头和内脏已经清理干净，但纹虎依然能感觉到房子里强烈的血腥味和死亡气息，也许那些青蛙的亡灵依然在房子里游荡。

纹虎看到，装鱼的塑料盆里还盛着水，它跳进盆里大口吞食起来，虽然水里有很浓的鱼腥味，但比起下水道里的污水已经是甘露了。

喝足了水，纹虎感觉到肚子"咕咕"地叫，好在房子里蚊子很多，纹虎毫不费劲就能把这些蚊子捕食进嘴里，只是这些蚊子太细小，难以缓解纹虎已经饿了一天一夜的饥荒。

忽然，纹虎发现，有一只蟑螂慢悠悠地从面前爬过，纹虎闪电般地张开嘴，伸出舌头，蟑螂转眼就进了纹虎的嘴里。房子里蟑螂还不少，一阵忙碌，纹虎总算填饱了肚子。

吃饱喝足的纹虎想起自己的处境来，它再次强烈地感觉到房子里的死亡气息，怎么办？它要赶紧逃离这个死亡之地，但往哪里逃呢？纹虎仔细打量周围的环境，它发现紧闭的卷闸门已经破旧不堪，门上有许多的小洞。纹虎跳到卷闸门前，透过门上的破洞看到外面很空旷，昏暗的灯光下悄无声息，纹虎从破洞里爬了出去，外面是一个很大的菜市场，晚上摊点已经收摊，门店已经关门，偌大的菜场空荡荡的，只有两排昏暗的路灯慵懒地散着光。

纹虎深吸一口自由的空气，它一时拿不定主意，该往何方去，正在踌躇间，忽然听到一声大喊："青蛙！"

紧跟着一只大脚从纹虎头顶泰山压顶般踩了下来，纹虎来不及细想，它本能地使出浑身力气跳开，那只脚"噗"的一声踩在地上，激起一阵尘土。

好险啊！纹虎要是稍微慢一点，一定会被那只脚踩得粉身碎骨。

纹虎跳出去刚刚落地，那只脚又跟着踩了过来，一脚、两脚……纹虎拼命跳跃奔跑，眼看着就要成为那只脚下的冤魂。

正在危急关头，纹虎跳到了那扇卷闸门跟前，它瞅准门上的破洞，机敏地爬了进去。

那只脚使劲踹在卷闸门上。

纹虎又逃进了那间死亡之屋。一天多来，接连遭受到死亡威胁和饥渴之苦的纹虎，感到疲惫之极，它在下水道破损的铁栅栏附近蹲了下来，想好好地睡一觉，可那把明晃晃的菜刀和那只大脚总是在头顶晃悠着，它甚至不敢闭上眼睛，就这样痛苦地煎熬着，直到晨曦从卷闸门的破洞里透了进来，纹虎才打了个盹。

仿佛刚刚闭上眼睛，纹虎就被一阵"咣当当"的声音吵醒，它艰难地睁开眼睛，立马吓得跳了起来，它看到那人打开卷闸门，走进房子里，拉亮了电灯。

纹虎连忙从铁栅栏破损处跳进下水道，它不敢大意，向下水道深处游去，直到完全看不到那房子里的灯光。

就这样，纹虎白天躲在下水道里，晚上爬出来，靠鱼盆里的水和房子里的蟑螂充饥。

也不知道过了多久，纹虎感觉到自己越来越没有力气，两条健美修长的后腿只剩下皮包骨，更糟糕的是浑身奇痒难忍，肚皮和后背有几处皮肤已经溃疡，视力也明显下降，捕食蟑螂的时候常常扑空，纹虎感觉到自己快不行了，死亡正在一步步逼近。

这天午后，纹虎有气无力地趴在下水道里想心事。忽然，外面传来几声惊天动地的雷声，没过多久，纹虎感觉下水道里的水快速增多，水的流速也不断加快。很快，整个下水道都被水淹没了，纹虎被水裹挟着往下水道的黑暗深处流去，纹虎感到呼吸越来越困难，它使出浑身力气，逆水往回游。

纹虎艰难地游回房子里的铁栅栏缺口处，房子里空无一人，卷闸门紧闭着，纹虎壮着胆子爬进房子里，透过卷闸门的破损处往外看，外面的菜场一片泽国，虽然才是下午时光，天色昏暗，大雨倾盆而下，有几个人经过菜场，水已经齐了人的腰间。

有了这一片浩荡的水面，纹虎的胆子大了起来，它从卷闸门的破洞口爬了出来，雨点砸在身上，粘腻的皮肤感到了久违的清爽，纹虎终于喝到了甘甜的雨水。

纹虎感到这是千载难逢的逃跑机会，它顺着水流往前游去。

水流越来越湍急，纹虎干脆爬上一块木板。

木板漂到大街上，马路上的汽车已经被水淹熄了火，有几只气垫船和冲锋舟在忙着运人，有人瞅了一眼趴在木板上的纹虎，纹虎正准备跳进水里逃跑，可瞅见它的人一脸麻木，目光呆滞，纹虎终于看到人也有慌乱、惊恐、无助的样子。

夜幕降临，雨势丝毫没有减弱，纹虎被大水裹挟着往前奔涌，灯火辉煌的城市在身后已经越来越远，纹虎不知道自己会流向何方，但它没有丝毫慌乱，只要离开城市，虽然回不到自己生活过的水塘，再也见不到自己日夜思念的青青，但能够逃离那间死亡之屋，回到大自然，已是不幸中的万幸了。

小鸡出生记

仿佛从遥远的混沌中归来，又仿佛从百年沉睡中苏醒，我的脑子开始有了感觉和思维，绒毛湿淋淋的，身体有些冷，翅膀、腿脚和整个身子被紧紧地包裹着，浑身没有一丝力气，动弹不得，就连睁开眼睛的力气也没有。黑暗中我本能地用嘴啄向包裹着我的蛋壳。

一下、两下、三下……

当啄到第六下的时候，我听到了碎裂的声音，蛋壳终于裂开了一条缝隙，一缕新鲜的空气涌了进来，我贪婪地呼吸着，脑子陡然清醒，强烈的光线刺激得我睁不开眼睛。我休息了片刻，感觉力气慢慢充盈我的身体，便挣扎着用脑袋顶开蛋壳，艰难地从蛋壳里爬了出来。

我缓缓地努力睁开眼睛，终于看到了蛋壳外的世界，在我身旁或站或躺着的是我的兄弟姐妹，几个还没有破壳的鸡蛋，一堆凌乱的蛋壳，还有几个和我一样刚刚破壳而出的小鸡，张着小黄嘴，睁着圆圆的眼睛，新奇地打量着眼前的一切。

肥硕而强健的妈妈慈祥地看着我们，满眼都是怜爱。它轻柔地挪动身体，小心翼翼地把刚出生的我们和还没有破壳的鸡蛋拥在怀里，用体温温暖我们的身体，让我们湿淋淋的绒毛尽快干爽，也继续孵化没有破壳的兄弟姐妹们。

妈妈的怀抱既温暖又柔软，我香甜地睡去。

当我醒来的时候，我感觉到浑身充满了力量，满身浓密的绒毛让我感到无比的温暖，我从妈妈的怀里爬了出来，嘴里欢快地叫着："妈妈，妈妈。"

我在妈妈面前轻快地转了几圈，黄色的绒毛轻轻摆动，像一个毛茸茸的小球团。

妈妈开心地笑了，它低下头，用它长长的脖子轻抚我的头顶，然后伸长脖子，在鸡窝旁边的一只平底碗里啄水喝。

忽然，有个年轻的女子推开鸡棚的门走到鸡窝边，她围着带小碎花的围裙，衣袖上还戴着同样颜色的袖套。她用双手抱起妈妈，看到妈妈身下只剩下两个还没有破壳的鸡蛋，她拿起鸡蛋摇了摇，又举起鸡蛋迎着亮光看了看，摇摇头，把这两个鸡蛋直接放到围裙前面的一个大兜里。

妈妈"咕咕咕"大声抗议着，趴在鸡窝里不肯离开。

年轻女子动作麻利地把我们一群小鸡仔从鸡窝里捉到地下，然后又把妈妈从鸡窝里抱到地上。

妈妈本来还想回到鸡窝里去，可它看到我们这群小鸡仔正惊慌失措地满地转悠后，打消了回鸡窝的念头，它"咕咕咕"叫唤着，把我们叫到自己的身边。

年轻女子从鸡窝旁边的一个布口袋里抓出一把细碎的米粒，轻轻地撒在地上，妈妈示范着告诉我们先用嘴尖勾住米粒，再用舌头粘住米粒送到嘴里。

　　我们很快学会了吃米的方法，大家欢快地啄着米粒，嘴里发出"叽叽喳喳"的声响。

　　正当我们兴高采烈地享受着生命中的第一顿美食时，妈妈怜爱地说："仔仔们，第一顿饭不能吃得太饱，你们的小胃还不能承受太多的食物。走，我带你们出去玩，去看看外面的世界。"

　　我们欢欣雀跃，叽叽喳喳地拥到妈妈的身边，跟着它向鸡棚外走去。

　　在鸡棚门口我们遇到了第一个难题，一步向上的台阶拦在了我们面前，台阶很高，超过了我们的身高，妈妈站在台阶前，让我们想办法自己爬上台阶。

　　前面几个身高体健的哥哥姐姐张开还没有长出羽毛的翅膀，借力跳跃到台阶上，力量比较小一些的弟弟妹妹们经过几次尝试，也都爬上了台阶，最后只剩下我和一个小妹妹反复扑腾，总也上不去，我们焦急而盲目地一次次往上跳，又一次次地跌落下来。

　　妈妈站在一旁，既不着急，也不埋怨，就这样慈祥地看着我们，眼神里充满了鼓励。

　　在妈妈的镇定中，我们受到了鼓舞，终于艰难地爬上了台阶。

　　外面的世界真美啊！阳光灿烂而温暖，高大的树木撑着硕大的树冠枝繁叶茂，许多小鸟在树叶间跳跃、欢叫，绿茵茵的草地上盛开着黄的、白的、红的各种颜色的小花朵，两只小黑狗在草地上嬉戏、追逐。

　　妈妈呼唤着我们："仔仔们，别乱跑。"

　　我们乖巧地聚集在妈妈身边，妈妈接着说："来，仔仔们，你们刚吃的米粒不好消化，可以吃几粒小沙子在胃里摩擦，帮助你们消化食物。"

妈妈说着，还啄了几粒小沙子喂给我们吃，大家很新鲜地找沙子吃。

忽然，草丛中爬出一条长长的虫子来，大家没见过这样的怪物，"呼啦啦"惊叫着纷纷跳开，妈妈跑了过来，惊喜地说："仔仔们，别怕！这是蚯蚓，味道很鲜美，也没有危险，是我们的美食。"

妈妈说着，用嘴啄向虫子，只几下，就把虫子啄成了碎片，我们抢食着虫子碎片，我抢到一小块，好滑腻的口感啊。没有抢到虫子的小鸡仔们纷纷散开，继续寻找着小虫。

正当我们四处散开，寻找着美味虫子的时候，忽然，从草丛中爬出一条翠绿色的大虫来，小伙伴们"呼啦啦"围了上来，对着大虫就是一阵猛啄，没想到大虫的皮很厚，我们的小嘴啄在它身上就像啄在石头上一样。

我们啄不动大虫，大虫却回过头来，张开血盆大口，转眼间，一只小鸡仔就被大虫叼在了嘴里。我们发出一阵惊恐的尖叫声。

妈妈听到我们的尖叫声，飞奔过来。妈妈看到嘴里叼着小鸡仔的大虫，大声喊道："仔仔们快闪开！这不是虫子，是条蛇！"

我们"呼啦啦"闪开，母鸡妈妈冲了上去，一场鸡蛇大战就此展开。

妈妈不顾自身安危，拼命一般对着蛇头一阵猛啄。

蛇一边躲闪着，一边对着妈妈张嘴就咬。可是蛇嘴里叼着一只小鸡仔，它没法再咬到妈妈。

渐渐的，妈妈占了上风，蛇落荒而逃，可那只小鸡仔也被蛇叼走了。

妈妈看着惊魂未定的我们，忧伤地说："仔仔们，以后看到蛇要赶紧逃离，它可是我们的天敌，我们的天敌还有很多，我要慢慢教你们躲避这些天敌。就是小虫子也不是都能吃的，有些虫子有毒，不能吃。"

我们七嘴八舌地说："哪些虫子有毒呢？我们也不知道啊。"

妈妈说："仔仔们别着急，你们才走出鸡窝，有很多东西要学，我慢慢地教你们。"

有了妈妈的警告，我们谨慎多了，都紧跟在妈妈的身边，亦步亦趋，警惕地观察着周围。

可是我们的警惕性并没有保持多久，不一会儿又开始散漫起来。

忽然，我看见有一只蝴蝶歇在面前的草茎上，这是一只黄色中带着小黑圈斑点的小蝴蝶，粉嘟嘟的真可爱！我想，这么可爱的小蝴蝶应该是没有危险的吧，而且就身材体量来看，我可比它强壮得多，我决定抓住它。

我蹑手蹑脚地扑向蝴蝶，眼看就要抓住它了，可它轻盈地扇一扇翅膀，不慌不忙地飞了起来，我眼睁睁地看着它从我的头顶飞过，我想飞起来抓它，可我的身子太沉、翅膀太小，连着蹦跶了几次，根本飞不起来。

我正感失望，小蝴蝶却很淡定地歇在了前面不远的一朵喇叭花上，我又扑了上去，还是扑了个空。

如此这般，我被一只小蝴蝶逗引着跑了很久。等到那只蝴蝶终于飞走了的时候，我才发现不对劲了，妈妈的呼唤声和小鸡仔们的欢叫声都听不到了，周围是一望无际的草丛，我完全迷失了方向，不知道去哪里找我的妈妈和小伙伴们，也不知道怎么样回家。

我焦急地大叫起来，毫无目标地拼命奔跑，小心脏仿佛要从胸口跳了出来一样。可空旷的草地上只有我尖叫的声音在回响，太阳和风儿仿佛什么也没有发生一样，完全无视我的焦急和无助。

我漫无目标地奔跑着、呼喊着，直到精疲力竭，才跑出了那片无边无际的草丛。草丛边有一片很宽阔的水塘，水塘四周长满芦苇，远处是高高的山坡和一望无际的原野。

我该怎么办？会有天敌把我吃了吗？恐惧包裹了我，虽然艳阳高照，我依然感到瑟瑟发抖，我茫然地站在水塘边，泪水充满了我的双眼。

忽然，我看到从水塘边走过来一群鸭子，一只鸭妈妈带着一群黄嘴黄毛的小鸭子，悠悠然走了过来。这不是我的妈妈，也不是我的小伙伴，甚至都不是我的同类，但我心里依然燃起了巨大的希望，特别是看到那群和我一般大的呆萌可爱的小鸭子的时候，我心里产生了依赖和温暖的感觉。我满怀希望地迎了上去，鸭妈妈惊讶地看着我，仿佛在问我："你这么小，怎么没有待在妈妈身边？"

我委屈地走上前去，想在鸭妈妈身上蹭蹭，让它收留我。

鸭妈妈剜了我一眼，躲过了我的亲昵举动，带着它的小鸭子们继续前行。

我偷偷摸摸地进入小鸭子群里，想跟随着它们一起行动。

鸭妈妈发现了我的企图，走到我的身边，用它坚硬的大嘴把我推出了小鸭群。

我绝望极了，看看快要落山的太阳，我觉得自己无论如何都难以独自在这个荒郊野外过夜，恐惧袭来，我摇摇晃晃地倒在了地上。

眼看着小鸭群就要从我眼前消失，忽然，小鸭群里有一只小鸭子向我跑来，鸭妈妈大声呼喊着，想拦住小鸭子，小鸭子却坚持要往我这边来，我听不清楚鸭妈妈和小鸭子在争论什么，但我感觉小鸭子是想来邀请我加入它们的小鸭群，我满怀希望地看着它们。

最终，小鸭子说服了鸭妈妈，跑到我的身边说："我妈妈同意了，你跟我们走吧。"

我如释重负，感激涕零地跟着小鸭子进入了小鸭群。

小鸭群走走停停，在最后一缕阳光没入地平线，夜幕即将拉开的时候，在鸭妈妈的带领下走进了鸭棚。

一个精瘦、黝黑的老头子在鸭棚门口迎接鸭群。他一眼就在鸭群里发现了我这只小鸡仔，惊讶地一把抓住我，把我捧在手里仔细看了看，回身把我放进身边一只竹筐里。

虽然我又离开了鸭群，但我知道人是友善的，看到老头子慈祥的样子，我知道他是不会伤害我的。我蹲在竹筐里，感觉无比疲乏，困意袭来，我在竹筐里沉沉睡去。

我做了一个梦，梦见自己回到了妈妈身边，小鸡仔们为我欢呼，妈妈严厉的目光里，带着深深的责备，但是当它看到我疲惫不堪的样子时，心马上软了，它叼了一只小虫喂到我的嘴里。

我满眼泪花地说："妈妈，我错了，以后我会听你的话，再也不乱跑了。"

我和小鸡仔们又一起嬉戏、玩耍。

可是我的美梦被一阵吵闹声打断了，我睁开眼睛，发现自己躺在一只竹筐里，清晨的阳光照在身上，空气中弥漫着青草的清香。

竹筐外传来一阵小鸭子们喧闹的声音，我从竹筐的缝隙里看到昨天带我回来的那群小鸭子，在鸭妈妈的带领下正从鸭棚里出来，它们一定是要外出觅食了，正欢快地打闹、歌唱着。

我要加入它们的队伍里去，我不想孤单地待在这狭小的竹筐里。眼看着小鸭子们从竹筐旁经过，我试着跳出竹筐，可竹筐太深，我跳了几次都失败了，我使劲叫唤着，还是一次次往竹筐外跳。

小鸭子们听到了我的呼叫声，它们围着竹筐转着圈地寻找声音的来源，竹筐缝隙太小，也许小鸭子们根本看不到我的身影。

鸭妈妈走到竹筐跟前，从竹筐缝隙往里看了看，它看不清我的模样，我的呼叫声也不是它熟悉的声音，鸭妈妈招呼着小鸭子们继续前行，不一会儿就看不到小鸭子和鸭妈妈的身影了。

我既失望又疲惫地站在竹筐里，美好的梦境在脑海里荡然无存，我该怎么办？

正在我感到无助的时候，昨晚捉我进竹筐的那个老头子出现在我的面前，他用粗糙的手指抚摸了一下我的身子，把另一只手里抓着的一把细米撒到竹筐里。

可是细米太小，撒在竹筐里后全部从竹筐的缝隙里漏了出去。

我抬头望着老头子：我吃不到啊！

老头子自嘲地笑笑，把我从竹筐里捉出来放在地上，又把竹筐拿开，我看到那些漏到地上的细米，立即扑了上去，饿了！我都记不清楚自己有多长时间没有进食了。

老头子看到我进食的样子，嘴里咕噜了几句什么，拍拍手走了。

偌大的鸭棚里就只剩下我了，我一边进食，一边思考着接下来该怎么办，我想起了昨晚梦里的情形，多么希望能回到妈妈的身边。

就在我沉浸在思考中的时候，忽然一个黑影从草丛里跃起，向我扑来，我心里一惊！还没有明白是怎么回事，一张流着涎水的血盆大口便向我咬来。

我惊慌失措，一下子呆住了，是黄鼠狼，妈妈讲过的，这是最残暴的野兽，是我们小鸡仔的天敌！这下彻底完了，我要成为它嘴里的美味了，我仿佛闻到了它嘴里的血腥味。

正在这千钧一发之际，一只黑公鸡尖叫着，扑闪着翅膀冲了过来，黑公鸡尖叫着把坚硬的嘴对准黄鼠狼的脑袋啄去。

机敏的黄鼠狼感受到来自后面的威胁，它回过头去咬黑公鸡，就这样一场公鸡对黄鼠狼的激烈战斗打响了。

相对黑公鸡而言，黄鼠狼力量足，有着丰富的捕食经验，对鸡这样的家禽有着必胜的把握。

但黑公鸡面对黄鼠狼这样的天敌毫不畏惧，它一边躲闪腾挪，一边用坚硬的嘴和爪子攻击黄鼠狼，好在黑公鸡虽然力量不够，但却可以借助翅膀高高跃起，利用高度差攻击黄鼠狼。

好一场恶斗，最终灵巧和勇气战胜了力量和凶残，黄鼠狼看自己一时拿不下黑公鸡，反而被黑公鸡挠了几爪子，它知难而退，逃进了草丛中。

胜利后的黑公鸡依然大张着翅膀，伸长着脖子，向周围巡视几圈后，它走到我的面前，看到我惊魂未定的样子，问道："你怎么独自在这里，多危险啊！今天要不是遇到我，你就成了黄鼠狼的点心了，你妈妈呢？"

我看到黑公鸡，就像遇到救星一样，特别是看到刚才它舍命恶斗黄鼠狼的一幕，心里无比感激。我委屈地向黑公鸡讲述了自己这两天的遭遇，希望黑公鸡带我去找妈妈。

黑公鸡听了我的遭遇后，有些为难地说："这附近没有养鸡的人家，你妈妈应该在远处的村子里，可是远处有几个村子，不知道你妈妈在哪个村子里？"

听了黑公鸡的话，我既惊喜又无助，惊喜的是终于知道妈妈就在远处的村子里，这是我第一次听到关于妈妈的消息；无助的是远处的村子有好几个，我该去哪里找我的妈妈呢？

我焦急、无助、委屈地望着黑公鸡。

黑公鸡转身走开，可它走了几步又返回来说："好吧，好吧，在这里你迟早会被黄鼠狼吃掉，我带你去远处的村子吧，看能不能找到你的妈妈。"

我惊喜万分，紧紧地跟在黑公鸡后面，向远处的村子走去，心里升起强烈的期盼。

猫咪搬家

布谷鸟的"咕咕"声把我从睡梦中唤醒的时候，天刚蒙蒙亮，晨曦从鸡冠树叶子间撒下来，周围的一切渐渐变得清晰。

对面楼房里的二楼和三楼有两间房子里的灯光先后点亮，远远地从窗口望去，女主人在精心地准备早餐。眼前桂花树枝上两只翠鸟在树叶间欢快地追逐着，不时发出清脆的鸣叫。湿润的空气里夹杂着青草和树叶淡淡的清香。

我怀里的三个小宝还沉睡着，大黑枕着我的后腿，两只前爪抱着我的尾巴，自己的后腿放肆地打开着，两腿间的小尾巴不时地颤动一下；小黑和花花相拥着挤在我的怀里，两只前爪互相搁在对方的脑袋上，保持着睡前嬉戏的姿势，从鼻翼呼出的气息吹动着对方的胡须。

一夜沉睡，我都保持着这样的姿势，半个身子被小宝们压得麻木了，特别是后腿被胖胖的大黑压得酸痛，醒来后好想翻个身，又怕惊醒了它们。

可是我要起来了，随着小宝们一天天长大，它们的食量也在大幅度增长，我每天要吃大量的食物才能保持充足的奶水喂养它们。

我要在太阳出来前赶紧到树林里去，抓那些活动了一夜，吃得溜圆，还没有来得及躲到洞穴的老鼠、蜥蜴、蚂蚱，来一顿丰盛的早餐。

我轻柔地把身子从小宝们温暖、柔软的身体下腾挪了出来，再把它们扒拉在一起，让它们能感受到彼此的心跳和体温。

我端详着熟睡中的小宝们，心里感到无比温暖。我伸了伸懒腰，用一双前爪捋捋脸面，洗完脸，感到神清气爽。

环顾一下我精心挑选的这个小家，这是二楼放置空调的室外平台，这个单元很久没有人居住了，空调从来没有开过，虽然隔壁紧邻单元住着人，但他们从阳台上看过来的视线正好被空调挡住，在空调和墙壁之间有一个较大的空间，足够我和我的小宝们活动，只要小宝们不叫唤，不爬上空调，隔壁住的人很难发现我们。这是我生产前精心挑选的住所，看着这宁静温暖的小家，我心里感到十分得意。

我跳上平台栏杆，顺着栏杆走到阳台上，再顺着阳台的落水管跳到房子后面的草地上，直奔屋后的小树林。

当阳光洒满屋顶的时候，我轻松地用完美味且丰盛的早餐，步履轻快地返回住所。刚转过阳台拐角，忽然看到从隔壁房子里走到自家阳台上来的一个中年男子，我们俩打个了照面，都有点不期而遇的感觉。我担心他会发现我的住所，一边盯着他的举动，一边偷瞄我的住所，我担心小宝们醒来后跑到平台栏杆附近玩耍被他发现。

我的紧张举动仿佛被他洞察，他顺着我的目光看去，机敏地看出了某种端倪，他趴在自家阳台的栏杆上，踮着脚，伸长脖子，一边仔细打量，一边学着我的声音轻柔地叫唤着："咪吆、咪吆。"

我浑身的毛紧张得竖了起来，心里默默祈祷，小宝们，千万别动，别出声。我两眼紧紧地盯着他，思索着，要是他翻过栏杆去抓我的小宝们，我一定要冲过去，咬他！

正在我紧张不安的时候，那家阳台上又出来了个风姿绰约的女子，她伏在男子的肩头一起张望着我的住所，两个人指指点点议论了一番，女子便拉着男子回到屋内，关上了阳台上的门。

我等了片刻，确信隔壁房子里没有了动静，便翻身跃上阳台，快步跑进我们的住所，小宝们抱成一团，害怕得瑟瑟发抖。

我把它们揽在怀里，舔舔它们的脑袋，安慰它们。

花花边抻着脖子边对我说："妈妈，我们没有动，也没有叫唤。"

我夸奖它们说："都是妈妈的小乖宝，不过隔壁那家人肯定是发现我们了，他们要过来抓我们很容易，我们要赶紧搬家。"

看着不知所措的小宝们，我安慰道："没事的，我早就选好了备用住所，大黑你看好弟弟、妹妹，我去查看一下新家就回来带你们过去。"

我跃上平台栏杆，看到大黑学着我的样子，把小黑和花花揽在怀里，心里觉得一阵欣慰。

在我生产前，我选好了三处备用住所，除了现在这个住所外，第二个备用住所在这户人家的阳台下面，这栋楼房的一楼下面是车库，一楼的阳台与地面之间有一个空间，空间很宽敞，也很隐蔽，进出十分方便，但由于在地面上，有点阴暗潮湿，特别是下大雨的时候，雨水可能灌进来，我的小宝们太小，现在住这样的地方显然不太合适。第三个还比较满意的地方也是在这户人家的空调平台上，不过是在房子的另外一面，这面靠东，紧邻小区内的车道，车子驶过比较吵闹，而且那个平台小一些，没有与之相连的阳台，进出只能从房子跟前的一块大石头上跳过去，虽然没有现在的住所理想，但既然最理想的住所已经被人类发现，搬来这里也算是不错的选择了。

我查看了沿途的地形后返回住所，小宝们再次乖巧地聚集在我怀里。我说："我们现在就搬家了，大黑带花花等着，我先带小黑过去。"

我张开嘴，咬住小黑的后脖颈，叼起小黑。

小黑可能感到后脖颈有些痒，身子扭动了几下，我连忙用前爪扶一扶它，小黑虽然不胖，但也不轻，我嘴里叼着它，很难轻易跃上栏杆。我借助空调管子，爬上栏杆，沿着栏杆小心翼翼地走到阳台上，再沿着落雨管跳到草地上。

这条我走了无数次的道路，今天走起来却十分费劲，因为我嘴里叼着小黑。跳到草地上的时候我已经气喘吁吁了，我把小黑放下来，想休息片刻。

第一次离开小窝，小黑感到无比新鲜，它从草地上站起来，好奇地打量了一下四周，摇摇晃晃地往前跑去，草丛里一只蝴蝶飞了起来，小黑撵着蝴蝶追，一根小树枝绊了一下小黑，它以为遇到了什么好玩的小动物，用前爪拨弄着树枝。

一转眼，小黑跑出去好远，它转回头等我，兴奋地说："妈妈，外面好好玩啊，我要多玩一会儿。"

我走过去，舔一舔它的小脑门："等你们大一点我就带你们满世界玩，现在你们太小，外面有危险。"

我带着小黑走到大石头上，小黑显然无法靠自己从石头上跳到平台栏杆上，我用嘴叼起小黑的后脖颈，半蹲着站起来，两条后腿使劲蹬踏了一下，借力跳到了平台上。

我把小黑放到平台上，浑身已是大汗淋漓。

我休息片刻，招呼小黑不要乱跑，自己熟悉一下我们的新家，便去带大黑和花花过来。

花花体重比小黑轻许多，也比小黑乖巧些，我叼着它后脖颈的时候，它一动不动，我很轻松地把它叼到了新家。

可在我第三次去叼大黑的时候却遇到了麻烦。

大黑很重，我艰难地把它叼到草地上的时候两腿已经发软，我决定多休息一会儿。

大黑贪玩，第一次见到外面的世界，便在草地上疯跑，看到蝴蝶追蝴蝶，看到蜻蜓扑蜻蜓，我看到它跌跌撞撞高兴坏了的样子，心想就让它多玩一会儿吧。

正当大黑玩得起劲的时候，忽然传来一阵狗叫声，转眼间一只壮实的沙皮狗蹿到了大黑跟前，沙皮狗狂吠着，想咬大黑，大黑惊恐地倒在地上，本能地伸出了自己的前爪。

我冲了上去，挡在沙皮狗面前，愤怒地炸开尾巴，露出牙齿，低声咆哮着。

沙皮狗看到我凶狠的样子，有些犹豫了，不敢肯定自己是不是有百分之百的把握战胜我。它张开血盆大口，咆哮着试图咬我，我灵活地躲闪着，并抓住时机回击它。

正当我和沙皮狗你来我往较量的时候，沙皮狗的主人——一个光头男子赶了过来，光头男子看到在我们的较量中沙皮狗占着明显的优势，但他没有及时制止我和沙皮狗的战斗，反而伸手抱起了惊恐万状的大黑，我顾不上沙皮狗的进攻，怒吼着扑向光头男子。

光头男子抱着大黑跑了，我想追过去，沙皮狗乘机咬了我两口。我眼睁睁地看着光头男子抱着大黑消失在房子的拐角处，同时他还吹了声口哨。沙皮狗听到口哨声后不再跟我打斗，追着光头男子而去。我的后腿被沙皮狗咬伤了，血渗了出来，当我一瘸一拐地追到房子拐角处的时候，光头男子和沙皮狗早没有了踪影。

我的大黑呢？它还要吃奶呢！我眼前浮现出大黑惊恐而哀伤的样子，我一定要找到它。

这是一个老旧小区，小区里的居民楼都不高，最高的楼也只有七层，但楼栋不少，足有三十多栋。

我在附近几栋楼转悠了一会，找不到丝毫大黑的踪迹，想着家里还有花花和小黑等着我喂奶，我决定先回家把花花和小黑安顿好再来找大黑。

当我来到新家门口的时候，我发现受伤的后腿使不上劲，自己很难从石头上跳到平台栏杆上。我仔细查看了周围的环境，发现有一棵小树紧挨着墙根长到了平台之上，我从大石头上下到地面，用两只上肢的力量艰难地爬上紧挨房子的小树，然后从树上跳到栏杆上，由于后腿的伤痛，我的身子重重摔在栏杆上，最后滚落在平台里。

正在焦急等待着我和大黑归来的花花和小黑看到我狼狈地掉落进平台里，吓了一跳，它们本能地跳到了旁边，当它们认出突然降落的是我时，惊慌变成了惊喜，它们一起依偎到我的身边："妈妈，你怎么去了这么长时间？我们好担心你呀。""妈妈，大黑哥哥呢？"

我使劲摇了一下身体，抖落掉满身的尘土，坐下来抬起后腿，用舌头舔舐后腿的伤口，唾液能防止伤口感染并帮助伤口尽快愈合。

做完这些，我躺下来说："宝宝，快来吃奶吧，你们一定饿坏了。"

花花和小黑看到我狼狈的样子，并没有像以往一样快速扑进我的怀里，它们相互望望，仿佛在说，妈妈都这样了，应该让妈妈好好休息。

我看出了花花和小黑心里的顾忌，装作若无其事地说："你们再不吃，奶就流出来浪费啦。"

花花和小黑这才扑进我的怀里吃起奶来。

我也累了，便乘机打了个盹。

只一会儿时间，我就醒了，小宝们已经吃完奶。

吃完奶的花花和小黑并没有像以往一样在一起打闹玩耍，它们伏在我身上安静地看着我。

我不忍心让两个小宝为我担心，用爪子拂着它们的脑袋说："别担心，妈妈没事的，就是大黑走丢了，我要去找它，你们就乖乖在家里待着，不能往外爬，也不能大声叫唤，等着妈妈回来。"

花花和小黑懂事地说："妈妈放心，我们乖乖等着妈妈和大黑哥回来。"

我告别了花花和小黑，忍着腿上的伤痛，艰难地跳上了那棵小树，顺着树干溜到地上。

大黑在哪里呢？我毫无目标，决定一栋楼、一栋楼去找。

烈日当空，上班时间小区里人很少，我从小区最后面的住宅开始，围着每栋楼转一圈，一边观察每个窗户、每个阳台上的动静，一边不停地呼唤着大黑。

从早晨到黄昏，我跑遍了整个小区，跑遍了所有的楼栋，没有找到大黑的任何信息，就连大黑身上的味道我都没有闻到。

天渐渐黑了下来，我的嗓子嘶哑了，身体精疲力竭。我在小区里找了些吃的充饥，拖着疲惫的身体回到家里。

花花和小黑看到我归来，没有像之前那样关心我、心疼我，而是一下子扑进我的怀里，狼吞虎咽地吃起奶来。

我知道花花和小黑一定饿坏了，我能想象到它们这一天是在焦急和不安中度过的。让小宝们承受这样的焦急和不安，我感到很内疚。可我更担心大黑的安危，它在哪里呢？分别一天了，没有奶吃该有多饿呀，它还好吗？大黑，一定要坚持住啊！

花花和小黑在我的怀里吃着奶就睡着了，但是它们的睡姿却没有了以前的放肆，四肢紧缩着依偎在我的怀里，身体不时颤抖一下，我心疼极了。

夜已经很深了，月光如水一样泼洒在平台上，就连聒噪的虫鸣声也安静了许多，我怀里躺着花花和小黑，不敢辗转反侧，只能望着深邃的天空发呆。今天找了一天，该找的地方都找过了，大黑在哪里呢？

忽然，我脑子里闪过一个念头，我可以先找到光头男子和它的沙皮狗，只要找到了他们，就能找到我的大黑了，只要他们住在小区里，找到他们应该也不难，养狗的居民每天早晚都会带着小狗在小区里遛弯，我明天早晨就去找他们。

想好了主意，我的心情也放松了些，不知不觉沉沉睡去。

我做了个梦，梦见沙皮狗在追大黑，我使劲叫喊着让大黑快跑，自己也想跑过去帮助大黑，可是我的四肢却怎么也抬不起来……

"妈妈！妈妈！你醒醒！"

花花和小黑叫喊着，把我从梦中唤醒，它们一定是被我梦中的叫喊声惊醒了，不知道发生了什么事情。晨曦中我看到它们惊慌的样子，安慰道："宝贝，没事，妈妈只是做了个梦，你们也会做梦的，对吧？"

花花和小黑如释重负地点点头。

我把它们拢进怀里说："妈妈今天还要去找大黑哥哥，你们先吃奶，我早点出去，你们还是要像昨天一样乖乖待在家里，我争取早点把大黑哥哥找回来，让我们一家团聚。"

花花和小黑没有说话，乖巧地躺在我怀里吃奶。

等花花和小黑吃完奶，天已大亮，我告别花花和小黑，来到小区会所旁，这里是小区环道的必经之地，每天早晚在环道上遛狗的居民都会经过这里，我不敢太靠近步道，以免被小狗们骚扰，我蹲在会所二楼的窗台上，每个经过会所的人我都能看得一清二楚。

果然不出所料，太阳刚刚爬上树梢的时候，我看见那只浅黄色的沙皮狗寻寻嗅嗅一路走来，那个光头男子远远跟在后面。

看到沙皮狗，我仿佛看到大黑一样，激动地跳了起来，我不敢太靠近沙皮狗和光头男子，只能在路边的草丛和树林里远远跟着沙皮狗和光头男子。

一圈、两圈、三圈……

沙皮狗和光头男子仿佛精力过剩一般，在小区步道上遛了一圈又一圈，虽然速度不快，但时间长了，我受伤的腿每迈一步都钻心地疼，我咬牙坚持着。

终于，我看见沙皮狗和光头男子走进了一栋楼的楼道里，我瘸着腿跑了过去。

我蹑手蹑脚地跟在沙皮狗和光头男子后面，看到他们走进了五层东边的单元，我悄悄退了下来。

弄清楚了目标，我在光头男子的楼栋下使劲呼唤着大黑。果然，我听到了一声细微的若有若无的回答，是大黑的声音！

我的小心脏差点跳到嗓子眼。我抬头找到五层东边那所房子的阳台，阳台门开着，却看不到大黑的影子，我急不可耐地想看到大黑。我仔细观察了一下环境，又伸了伸受伤的后腿，虽然还很疼，但活动功能影响不大，如果我没有受伤，要爬上五楼是轻而易举的事，现在我的后腿虽然受了伤，但要爬上五楼应该还是可以的，我毫不犹豫地往上爬去。

当我爬上五层楼东边的单元，翻进阳台里，惊讶地看到大黑龟缩在阳台一角，木讷地看着从天而降的我。

我奔向大黑，把它揽进怀里。

大黑如梦中惊醒般，紧紧抱住我，嘴里不停地呼唤着："妈妈，妈妈！"

我问大黑道："饿坏了吧？来，先吃几口奶。"

大黑一边吃奶，一边说："他们家里人先喂我米饭和肉，我咽不下，吃不了，他们就用瓶子喂我奶喝，那奶不好喝，没有妈妈的奶香甜。而且那个沙皮狗老围着我转，欺负我。妈妈，你带我回家好吗？"

我轻抚着大黑的毛皮，安慰道："妈妈带宝宝回家。"

我想，我如果拖着受伤的腿，叼着大黑爬下五层楼很困难，大白天还容易被人发现，我要先回去吃饱喝足，好好休息一下，晚上利用夜色掩护再来叼大黑回家。

大黑还没有吃完奶，我听到房子里有人走动的声音，我怕有人到阳台上来，赶紧告诉了大黑我的想法，让大黑晚上在阳台上等我。

大黑说："白天阳台门都是敞开着的，但晚上阳台门会关上，我到不了阳台。"

我说："你在关门之前跑到阳台上，藏在花盆后面等我。"

大黑点点头。

我翻过阳台，顺着原路回到了地面。

我回到家里，花花和小黑看到我这么快就回来，欢天喜地地围着我打转。

我说："宝贝们乖，让妈妈好好休息一下，养好精神，晚上我要去接大黑哥哥回家。"

花花和小黑听说我晚上要去接大黑，马上安静下来，乖巧地卧在我身边，看着我休息。

我再次舔舔了一遍受伤的后腿，伤口已经结痂，疼痛感也减轻了许多，我躺下来闭上双眼。

整个白天我都处于似睡非睡的状态，中途还给花花和小黑喂了一次奶。傍晚时分，我去小区旁边的树林里饱餐了一顿，一切准备停当，只等夜幕降临。

真应了人类说的那句话，好事多磨！

黄昏时分，天下起雨来，且越下越大，还伴有大风。这样的天气要爬上五楼，再叼着大黑爬下来，实在太危险了。

可是我已经让大黑躲在了五楼阳台上，这样的夜晚，风吹雨淋，大黑的身体肯定经受不住。

我焦急地在屋檐下观望着，风雨一阵紧似一阵，急得我抓耳挠腮。

漫长的半夜过去，午夜时分，风停雨住，我顾不上墙面和管道的湿滑，迫不及待地爬上了五楼阳台。

大黑蜷缩在阳台花盆旁，浑身的毛已经被雨水淋湿，微风中，小身子瑟瑟发抖。

我跑到大黑身边，把它揽进怀里说："对不起，妈妈来晚了。"

等大黑的身子稍微暖和过来，我咬住大黑的后脖颈，小心翼翼地翻过阳台，顺着落水管道往下爬去。

落水管道很湿滑，爪子抓在上面不停地往下滑，我忍住后腿的疼痛，四肢紧紧抱住落水管，一点点往下挪。四肢和嘴巴因为用力而酸疼，我咬牙坚持着。我知道，只要我稍一松懈，我和大黑就会从高空坠落下去，后果不堪设想。

坚持！再坚持！当我感觉已经用尽了自己最后一丝力气的时候，我们终于下到了地面。

我把大黑放下来，抬头望望刚刚爬过的水管，一种劫后余生的庆幸弥漫在心头，我四肢瘫软地躺在了泥地里。

大黑也许被这一晚的经历吓坏了，傻不愣登地站在那里。

我在泥地里休息了很久，直到东方已经露出了鱼肚白，才稍微缓过一点劲来。我再次叼起大黑，向家里走去。

当我叼着大黑，爬上平台，回到家里的时候，从睡梦中惊醒的花花和小黑被眼前的情景惊呆了，我和大黑浑身皮毛凌乱，神情疲惫至极，我倒在地上，大黑呆若木鸡。

片刻惊讶后，它们立马上前抱住了我，把头紧紧地贴在我身上。

大黑缓过劲来，也扑进了我的怀里。

当新的一天来临，雨后的阳光格外明媚灿烂，夏日的晨风清凉和煦，我们一家终于在新家团聚了。看着我身边躺着的大黑、花花和小黑又恢复了肆无忌惮的睡姿，幸福的感觉弥漫在我心头。

愿我们的生活宁静安逸！愿我的宝宝们平安幸福！

石家河，是我国已发现的历史悠久的古文化遗址之一，这处兴起于新石器时代晚期的遗址距今已有近6000年的历史，与长江上游的三星堆、下游的良渚等遗址共同构筑了长江文明的璀璨帷幕，是长江文明带最耀眼的三个星座，是中华文明的重要组成部分。

与三星堆堪比外星文明的青铜特色文化和良渚完整诠释中华农耕文明的特色相比较，石家河也有着自己鲜明的文化特色，被考古专家誉为城之始、陶之都、玉之巅。

我就出生在这片古老的土地上，虽然无从考证我的先祖是石家河的原住民还是外来移民，但我在石家河生活了十八年是有据可查的。我第一次知道石家河遗址是在石家河中学读书期间，石家河遗址距离石家河中学不到一公里的距离，当时身在其中，并不识庐山真面目。

时过境迁，我已经离开石家河三十六年了，一次偶然的机会，我高中的同窗张中平先生跟我聊起石家河文化来，我们脑海里冒出来几百个问题：上古时期的石家河人吃什么？穿什么？养牲畜、种稻谷吗？信奉什么？社会结构是怎么样的？语言运用到了什么程度？劳动工具和生活器皿发展到了什么地步？等等。张中平先生调侃道："你写了那么多小说，何不写一部上古时期石家河人生活的故事，让读者幻想一下上古时期的感人故事也很有意义啊。"

　　说者无意，听者有心，经过几个月的冥思苦想和起早贪黑，我完成了这部虚幻小说《消失的淼国故都》。

　　本故事纯属虚构，如与史实不符，敬请谅解。

消失的淼国故都

全篇设定：

语言和文字　石器时代中晚期人类已经能熟练运用语言进行沟通和交流，但文字尚未萌芽。

人名　小说中石器时代的人物全部使用了单音节人名，以适配当时的语言发展水平。

记数　有数的概念，但尚未发明进位制，手指计数、结绳计数是主要的计数方式。

时间概念　没有发明年、月和四季的概念，以花季、热季、收获季、冷季等直观感受来替代春夏秋冬四季；尚未出现年的叫法，但知道年的轮回，所以比照树木一年留一圈印记的方式称年为年轮；没有时辰的概念。

鼍龙　鳄鱼。

水道　江、河。

乳果　梨子。

一

笕苹被父亲笕登高从梦里叫醒的时候心里老大不高兴，他躺在床上闭着眼睛嘟哝道："今天不是周末吗？还不让人睡个懒觉！"

笕登高站在笕苹床边压低声音，故作神秘道："别睡了，陪我回一趟老家。"

笕苹睁开一只眼睛道："上周你在老家待了一周，祖宅都拆了，还回去干什么？"

笕登高俯下身子悄声道："从祖宅规模看，我们家祖上肯定是大户人家，前几天拆房子的时候我不眨眼地盯着，硬是没有发现一点值钱的东西。也是啊，谁会把财宝藏在房子里呢？要藏也是埋在地下，你看我们村得到祖上财宝的那几家人都是从地底下挖出来的。过几天你姑姑就要在我们家祖宅宅基地上盖新房子了，今天我们回去在祖宅宅基地里挖挖，我觉得一定能挖出一点什么来。"

笕登高的语气和信心一下子勾起笕苹的好奇心，他翻身起床，有点迫不及待地说："好事呀，赶紧走。"

从武汉机场高速转武汉外环上武荆高速跑七十多公里，在天门北下高速，走十分钟到天门市区的高速连线，再走十分钟乡村公路，两个小时就到了笕苹的老家天门市石家河镇。

千万别小看现在这个不起眼的乡村小镇，约 6000 年前，这里可是长江流域的大都市！这是笕登高在外人面前夸赞自己老家的惯用说法。

笕苹把车开到姑姑家门口，姑父坐在大门口的竹椅上刷抖音，看到从车上下来的笕登高和笕苹父子，站起身来说："现在真方便，说来就到了，跟孙悟空一样。"

笕苹的姑姑扎着围裙从屋里出来说："快进屋吧，饭都做好了，吃了午饭再去挖。"

在吃饭的时候姑父说："政府早就发了公告，我们周围几个村都属于石家河古文化遗址保护范围，任何人不能在遗址保护范围内随便开挖。等会我们要是大张旗鼓去挖祖宅宅基地，村干部肯定会出面阻止，搞不好还会惊动镇派出所。"

笕登高有些着急道："那怎么办？在自家祖宅宅基地挖都不行吗？"

姑父说："我找了几根钢钎，等会儿我们先用钢钎往土里插，钢钎插到有硬物了再挖，有的放矢，动静小一点。"

笕苹笑道："盗墓啊。"

姑父笑道："跟盗墓差不多。"

吃完午饭，姑父、笕登高和笕苹拿着钢钎和铁锹来到了笕家祖宅宅基地上，三个人一字排开，用钢钎从宅基地前厅往后院的土里探查，钢钎遇到硬物后再用铁锹开挖。

烈日炎炎，知了聒噪，三个人汗流浃背地在宅基地里忙碌了三个多小时，心里的希望慢慢变成了失望，除了挖出来几个装腌菜的坛子、瓦片、砖头、石块外，还挖出来一堆笨拙、粗糙的陶器，值钱的东西一样都没有。

等探查到宅基地后院的时候笕苹彻底失望了，他把钢钎使劲插进土里，从裤兜里摸出一包烟递给父亲和姑父。在宅基地里转悠着抽完烟，笕苹走到钢钎前，刚才钢钎好像插在了一件硬物上，他心想，最后挖一次吧。

笕苹挖了几锹，发现土里有一个很大的陶缸，他故作惊讶地叫道："陶缸！"

笕登高和姑父听到笕苹惊讶的叫声，连忙围了过来，三个人你一锹我一铲，很快一只倒扣着的陶缸露了出来。陶缸很大，直径足有一米，要是这么大一缸银圆那可值钱了，至少可以在武汉买一套不错的两居室，笕苹和笕登高的眼神开始发亮，姑父则露出了疑惑的神情。

三个人加快了挖掘进度，倒扣着的陶缸下面还有一口一般大小的陶缸，两口陶缸对扣着，接口处居然还封死了。

"陶棺！"姑父脱口而出。

"什么是陶棺？"笕苹疑惑地问道。

姑父用考古专家的口吻说："石家河号称中国古代陶都，远古时代制陶业极其发达，陶器用途极其广泛，有钱、有身份的人死后像这样用两口陶缸对扣着安葬，考古专家就把这对扣着的葬器叫陶棺。"

虽然姑父讲得头头是道，笕登高和笕苹都有点不相信，准确一点说是不甘心，笕苹举起钢钎想把陶缸砸开，姑父制止道："别砸，还是从接口处撬开吧。"

笕苹在接口处仔细找了一圈，居然没有发现一丝缝隙，他用钢钎在接口处凿了几下，接口依然严丝合缝，笕苹有些不耐烦了，他举起钢钎对准陶缸砸去，上面的陶缸应声碎成了几块，三个人的目光聚焦到陶缸里。

陶缸里是一具保持着坐姿的骷髅。

"真晦气！"笕苹说着就用铁锹铲土准备将陶棺埋起来。

笕登高制止道："等会儿，陶棺既然埋在我们家祖屋宅基地，就很有可能是我们家祖先，可不能对祖先不敬。"

笕登高转身对笕苹说："你开车去镇上买些冥钱、香烛来，我们把这具遗骸迁葬到我们家祖坟里去。"

姑父说："不用去镇里买，我们村里有一家小超市，这些祭祀的东西都有，我去买。"

姑父去买祭祀用品，笕苹对笕登高说："还不知道他是不是我们祖先，干吗要迁葬到我们家祖坟里去？"

笕登高说："他本来就安葬在我们家祖屋的宅基地里，把他迁葬到祖坟里说得过去。"

等姑父买来了祭祀用品和一只大塑料桶，笕登高将人骨从破碎的陶缸里一根根捡拾出来放进塑料桶里，一边捡拾遗骨一边念叨："祖宗，对不起，不肖子孙打扰您了，我们给您迁移到祖坟里去，那里安静，再也不会有人打扰您了，请您保佑我们子子孙孙平平安安！"

站在一旁的笕苹听到父亲的念叨，不屑地撇嘴。

忽然，笕苹看到已经捡拾完遗骨的陶缸里有一件比自己戴着的平安玉扣稍大的圆形物件，从形状上看显然不是人体骨骼，笕苹捡起物件，用手擦去物件表面的灰尘，晶莹剔透的白色透了出来，"玉佩！"三个人不约而同地惊呼道。

笕苹扯起自己的T恤把玉佩仔细擦拭干净，一块精美的玉佩呈现在眼前。玉佩为圆形，直径大约五厘米，中间镂空，外圈分为三等分，由三条蛇首尾相连而成，通体白色，润而不失光泽，蛇形栩栩如生、雕刻精细。

笕登高和姑父传看了，都觉得是件宝物，笕苹解下自己脖子上戴着的平安扣，把玉佩穿在平安扣的绳子上后戴回脖子。

三个人拎着装着遗骨的塑料桶来到笕家祖坟，烧过冥钱、点过香、将遗骨安葬在祖坟里。

忙活了大半天，金银财宝没有挖到，笕登高心里很是不甘心，住了几代人的三进老宅子，拆了、挖了居然没有找到一点值钱的老物件，这笕家的祖先不该这么穷啊。

笕苹的心里本来没有寄予太大的希望，好歹挖到了一块小玉佩，心里也没有失望，他时不时地摸摸挂在胸口的玉佩，忍不住从T恤领口里拎出玉佩来瞧。

在笕苹姑姑家吃完晚饭，天已经黑了下来，笕登高和笕苹准备返回武汉。

笕苹上车发动汽车的时候却怎么也打不着火，汽车"吱吱"响着发动不起来。姑父在格尔木当过几年汽车兵，会修车，他根据汽车的响声，打开前面的引擎盖，仔细检查了汽车的电瓶和保险盒里面的各个保险丝，也没有发现有什么问题，再让笕苹点火的时候汽车又很正常地发动了。

笕登高上车，汽车刚开出村口，笕苹发现汽车仪表盘闪烁着胎压报警，他把车靠边停下，下车查看，右边后轮胎瘪了，笕苹使劲踢了两脚车轮，打电话叫姑父来帮忙换轮胎。

换好了轮胎，姑父说："好好的车接连出状况，你们晚上就别走了，住一晚明天早晨再回去吧。"

笕苹道："今晚赶回去明天早晨可以睡个懒觉。"

姑父只得嘱咐道:"路上小心!慢点开!"

笕登高平时坐车上车就睡觉,可今天汽车接连出现状况,他心里隐隐感觉到一丝不安,在车上没有一点困意,他两眼瞪着前方,发现视野不佳:"苹苹,你没有开车灯吗?"

笕登高这一提醒,笕苹才发现汽车大灯不亮,他连忙把车灯开关和近、远光转换杆拨了几下,车灯毫无反应,他感觉很蹊跷,心里有些发毛,自己的这辆车开了三年多,一点毛病都没有,今天怎么就接二连三地出故障呢?

笕苹说出了自己心里的疑惑,笕登高心里更加紧张起来,他坐在车上喃喃自语道:"祖宗保佑,今天晚辈不敬,动了祖宗遗骨,晚辈罪过,改天给祖宗烧纸磕头,请祖宗饶恕晚辈!"

笕登高念叨了一阵,对笕苹说:"你在前面汉川服务站停下来,今晚不能走了,我们在车上对付一晚,明天白天再走。"

笕苹心里本来有些疑惑,多少有些不安,听父亲这么一唠叨反而感觉释然,他笑道:"哪来那么多鬼神,我就不信这个邪,今天偏要开回去不可。"

笕登高在开车这件事上不好勉强儿子,只得提心吊胆地虚坐在座位上,两眼使劲盯着前方。

笕苹虽然心里有点赌气,但开车不敢马虎,他等到一辆速度不快的小车驶来,小心翼翼地跟在小车后面跑。

小车开进了武汉市区,马路上亮如白昼,笕苹提速正要超越前面慢腾腾的小车,不料小车忽然左拐弯,两车碰到了一起。

从前面小车上下来的是一个胖胖的中年女子,女子也不看撞车的情况,冲着笕苹喊道:"你这人怎么回事,一路跟在我车后,现在直接撞上来，跟我有仇啊！"

　　笕苹一时不知道该如何解释，他仔细查看了两车碰撞的情况，回头对女子说："大姐，还好，车速不快，撞得不重，都只是留了个印迹，不用找交警了，各自走人吧？"

　　女子道："不找交警怎么行，你撞我呢！"

　　笕苹说："大姐，交警来了也是你的责任，关键是车没有受损，找交警来干什么？"

　　女子这才走近车旁看看，一句话没说，开车走了。

　　等小车开到自家楼下的地下停车位，笕苹和笕登高都长长出了一口气，感觉浑身冰凉，用手摸摸衣服，全汗湿了，心里有一种逃过一劫的感觉！

　　夜里，笕苹躺在床上，一天的劳顿和返程时的紧张让他很快进入了梦乡。

　　进入睡眠状态的笕苹似睡非睡，感觉自己的灵魂离开了身子，飘飘然升向天空，在夜空中打了个转快速飞向远方。

二

　　曦感觉自己的灵魂从遥远的地方飞了回来，脑子从混沌中苏醒过来，身体慢慢有了知觉。

　　曦睁开眼睛，目光在夜色中聚焦了很久，才发现自己躺在水道的岔口上，下半身还浸在水里，四周全是齐人高的芦苇。

　　曦想坐起身来，手脚却钻心的疼，他挣扎着坐起身来，手脚被麻绳捆绑过的痕迹清晰可见，勒痕处红肿着。除了疼痛外，曦的肚子饿得"咕咕"叫，他艰难地爬起身，跌跌撞撞走进芦苇丛中，借着月光捡拾了几枚鸟蛋。他把鸟蛋敲开，仰起头把蛋清和蛋黄囫囵吞下，芦苇丛中的浅水处爬行着小蟹和小虾，曦一并捡拾起来塞进嘴里，咀嚼几下后吞下肚。

曦暴食了一顿鸟蛋和虾蟹，感觉体力和精神像水流一样缓缓流进自己的身体里，这才坐在水道岸边回想自己昏迷前的经历。

曦是陶族聚落的少年，珠是石族聚落的少女，他俩虽然不是同一个聚落，但共同生活在土城，从小玩到大，随着年龄的增长，两人心里慢慢生出了情愫。

这天早晨，两个人相约去芦苇荡里捉小鸟，珠已经养了一只苦瓜子和一只白鹭，她还想要一对小鸳鸯。

两个人手牵手走进芦苇荡，小鸳鸯还没有找到，两个人却抱在了一起，四目相对，目光比蜂蜜还黏稠。

珠肆无忌惮的声音引来了一只竹筏，竹筏上是石族聚落的两个少年坡和亦，他们循声从水道拐进芦苇荡，看到两个抱在一起的男女，正要调转竹筏离开，站在竹筏前面的坡发现仰面躺着的女人正是石族聚落的珠。

珠美丽活泼，是石族聚落长辈心中的开心果、同辈年轻人的梦中情人，只是珠还没有束发，按习俗还是未成年女孩，没想到竟被一个陌生男人搂在怀里，一股怒气直冲坡的脑门，他弯腰拿起竹筏上的竹矛对着男人的后背狠狠扎去。

神智处于迷离状态的珠眯着眼，她感觉天空和白云混沌一片，一支竹矛向自己身上的曦扎来，她心里顿时大惊，连忙手脚并用，使劲把曦推开。

曦被珠猛然推开，脑子清醒了一大半，他侧身疑惑不解地看珠时，珠的脖颈处已是一片殷红，鲜红的血不断从脖颈处涌出，一支竹矛扎在伤口上。

曦大惊，他站起身来，看到身后竹筏上的坡和亦傻呆呆站在那里，坡的手上还握着竹矛的尾端。曦忽然明白了眼前的状况，心里愤怒至极，他拿起自己的竹矛，狠狠将竹矛扎在坡的胸口。

看到倒在竹筏上的坡，站在竹筏后面撑筏的亦从惊恐中回过神来，他连忙把撑杆插进水里，撑着竹筏逃去。

曦回身把珠抱在怀里，他用手捂住珠的脖颈，珠眼睛盯着曦想说什么，可嘴里已经发不出声音来，少顷，珠就断了气。曦号啕大哭起来。

亦撑着竹筏飞一样回到自己的聚落，他把竹筏停在聚落的码头上，抱起坡跑进聚落公屋，聚落掌事们闻讯聚集到公屋里来。

几个老者查看了坡的伤势，发现坡已经死去。

石族聚落族公问亦道："是怎么回事？谁杀了坡？"

亦惊魂未定地说："早起我和坡去芦苇荡里猎鸟，听到芦苇荡里有人呼喊，我们撑着竹筏过去查看，发现是一对男女在芦苇荡里交合，我和坡正准备离开，坡发现那女人竟然是我们石族聚落的珠，珠尚未束发，一定是那男人强迫的，坡见状大怒，他拿起竹矛对准男人后背扎去，眼看竹矛就要扎进男人的身体，珠突然使劲推开身上的男人，坡的竹矛就扎在了珠的身上，男人看到珠被扎，大怒，转身就用自己的竹矛扎在坡的胸口，我见势不妙，连忙撑起竹筏逃了回来。"

石族聚落族母连忙问道："珠怎么样了？"

亦说："我看那男人还想杀我，转身跑了，只见珠的身上鲜血直流，生死不明。"

族母连忙喊道："快！赶紧去救珠儿！"

族公问亦道："你看清那男人是谁没有？"

亦说："看清楚了，那男人就是陶族聚落的曦。"

这一下公屋里炸开了锅，有人要去救珠，有人要去杀曦，有人要去陶族聚落讨说法。

族公厉声呵斥道："大家不要乱，听我安排：郓掌事你带一帮人去救珠，最好把曦抓来；我和族母去找祭公呈情，其他人准备家伙，不行我们就跟陶族聚落干仗。"

众人得令，分头行动起来。

石族聚落的族公和族母带着亦一行人，抬着坡的尸体到祭公居住的祭祀台。

土城三面环水，只有北面是丘陵地带，土城人的生活离不开水，捕鱼、猎鸟、种稻都依赖水；水中的芦苇、水麻是主要的生活用品原材料，与外界的交通运输主要靠竹筏和木筏，这些同样离不开水；人们既爱水、离不开水，但又怕水、恨水，每年水都会吞噬无数条生命。

当人们意识到人类在水面前的渺小和无能为力后，只能臣服于它。土城人视水为神，在土城人心目中水是神圣的，不可冒犯的，土城每个年轮的播种和收获季节都会有固定的水神祭祀日，人们抬着水神木雕来到水道边，由祭公舀水给水神沐身，全土城的人都要来跪拜水神。

祭公是水神的使者和化身，其威望甚至在城公之上。祭公除了组织、主持土城的祭祀活动外，还为各聚落之间的纠纷主持公道，判别是非，代表水神惩恶扬善，是土城秩序的重要维护者。

这日，祭公正在祭祀台上指挥祭师们整理祭祀用品，看到石族聚落族公、族母一行人抬着一具尸体进来。

石族聚落族公向祭公弯腰施礼道："陶族聚落少年曦，奸我石族聚落未束发女娃珠，杀死我石族聚落少年坡，请祭公为我石族聚落主持公道。"

祭公听了，感觉事情重大，他吩咐祭师去请城公和陶族聚落族公来祭台。

很快城公来了，陶族聚落族公、族母也来了，大家正在疑惑间，只见石族聚落一帮人押着曦，抬着珠的尸体过来。

陶族聚落族公、族母看到曦被人捆绑着押进来，不知道发生了什么事，他们焦急地想上前问曦。

祭公制止道："陶族公别急，现在石族聚落族公告你们陶族聚落少年曦奸石族聚落未束发女娃珠，杀死石族聚落少年坡，本公就此开神坛摆事，请城公见证。"

祭公说完，请城公和自己一起坐在祭祀台中间的石凳上，陶、石两聚落族人分列两旁。

祭公道："先请石族聚落族人讲明所告之事实情。"

石族聚落族公让亦上前将事情的原委讲了一遍，并将珠和坡的尸体抬放到祭公和城公面前。

祭公对站在身旁的祭师吩咐道："查验死者尸身。"

两名祭师上前，一边查看尸身一边口述道："男尸胸口有竹矛伤口一处，未见其余伤口，男尸腰间记年轮麻绳有三手余二指；女尸脖颈处有伤口一处，未见其余伤口，女尸未束发，腰间记年轮麻绳有两手余三指。"

彼时，土城族人还不能完整计数，一般以手指计数，一手为5，两手为10，如此超过十手就为无数，如两手余三指就是13；土城族人还没有年月的概念，婴儿出生时在其腰间系一根麻绳，每到收获季节祭祀水神日，所有土城族人拜祭水神时就会把腰间的麻绳解下来打个结，族人腰间麻绳的结数代表人的年轮；按照土城聚落风俗，女娃成年后会将头发分两股束在脑后，族人习惯将束发的成熟女娃叫丫头，男娃成年后要将与生俱来的头发用石斧齐肩轧断，称轧发。男娃、女娃以腰间记年轮绳结数确定是否成人，男女均以有三手绳结视为成年。成年后，聚落就会举行一个简单的仪式为男孩轧发、为女孩束发。如果成年男女和尚未束发或轧发的女娃、男娃发生性行为，不仅会受到聚落族人的谴责和鄙视，还会受到聚落的惩罚。

两名祭师查验、口述完两具尸身的情况，祭公问陶族聚落族公道："你聚落少年曦是否轧发？"

陶族聚落族公回复道："我聚落正准备给曦轧发。"

祭公对祭师道："查验曦的绳结。"

祭师上前撩起曦腰间麻绳查验绳结数，口述道："陶族聚落曦记年轮绳结数三手。"

祭公问陶族聚落和石族聚落族公道："你们对查验结果和当事人所述过程是否有疑问？"

陶族聚落族公道："我聚落曦与石族聚落珠相好，整个土城人人皆知，珠虽然未束发，但二人交合应是自愿，并无强迫之嫌。"

石族聚落族公道："我聚落连殒两命，皆由陶族聚落曦引起，请祭公主持公道。"

祭公问曦道："陶族聚落曦还有什么话说？"

曦还沉浸在失去珠的悲伤中，伤心欲绝，低头不语。

祭公问身旁的城公道："城公有何指点？"

城公回道："全凭祭公判定！"

祭公站起身来，微闭双眼，正色道："水神在上，本公代为判定：陶族聚落少年曦已成年，与未成年石族聚落女娃珠交合不合伦理，判陶族聚落豆一粒。"

站立一旁的祭师往代表陶族聚落的陶钵里放入一粒豆子。

祭公接着说道："石族聚落女娃珠被本族坡误杀，属石族聚落内部事务，由石族聚落自行了结，本公不予判定；石族聚落坡被陶族聚落曦杀死，判陶族聚落豆两粒。"

祭师又往陶族聚落的陶钵里放入两粒豆子。

祭公道："将陶族聚落和石族聚落豆子进行抵扣。"

祭师拿起两只分别代表陶族聚落和石族聚落的陶钵，拿出里面的豆子道："石族聚落无豆子，无抵扣。"

祭公道："本公判定毕，请水神判决！"

祭公转身走到水神木雕跟前，施跪拜礼。

水神木雕前横放着一根木头，木头上挖有四个小坑，第一个小坑旁边雕刻着一张撕裂的兽皮，寓意破财；第二个小坑旁边雕刻着两根轧断的手指，寓意伤身；第三个小坑旁边雕刻着一个狰狞的人头像，寓意判命；第四个小坑旁边雕刻着一个破碎的木牌，寓意破族。

祭师拿着装有豆子的陶族聚落陶钵，拿出一粒豆子放在水神木雕前横着的木头第一个坑里，再拿出第二粒豆子放在第二个坑里，把第二粒豆子放在第三个坑里。放完豆子，祭师道："水神判决完毕。"

祭公上前查看木头上三坑三豆，转身朗声道："水神判决陶族少年曦判命！"

听到祭公的判决，石族聚落和陶族聚落人群一阵躁动，但祭坛之上没有人提出异议。

祭公吩咐祭师道："将陶族聚落曦押入栅笼，等今日太阳落地时判命。"

曦被祭师押进祭坛旁边的栅笼，众人散去。

陶族聚落族公、族母安排族人给曦送来吃食。

当日傍晚，如血残阳把土城西水道染得通红，热季的空气燥热而潮湿，整个土城的族人都聚集在西水道边，来看曦被判命。

当太阳即将没入湖荡水面的时候，曦被几名祭师押到了水道旁，祭师把曦的手脚捆绑在一根木头上，祭公站在水道边朗声道："水神明鉴，今有陶族聚落成年族人曦与石族聚落未成年女娃珠交合，杀死石族聚落坡，曦是否当死？请水神判决。"

祭公说罢向祭师挥挥手。

祭师把捆绑着曦的木头连同曦一起推入水道中。

夜幕降临，绑着曦的木头顺水漂去，曦挣扎着一会儿露出水面，一会儿没入水中，渐渐隐入夜色里。

三

　　曦的回忆被刺眼的阳光打断，他手搭凉棚看看周围渺无人烟的水道和一望无际的湖荡，一时没了主意，为了躲避炙热的阳光，他折了些树枝和芦苇在水道旁搭了个窝棚。

　　一连数日，曦饿了就去湖荡里捡食鸟蛋、虾蟹，困了就在窝棚里睡觉，过着与世隔绝的野外生活。

　　也许是吃了太多的鸟蛋、虾蟹，加上心中郁闷，曦病了，病情日渐加重，躺在窝棚里奄奄一息。

　　这日中午，一只木筏逆水而上，木筏上五个人使劲撑着木筏，眼看着木筏后面一阵雷暴雨渐渐逼近，木筏上的领头人指挥着木筏靠岸躲避雷暴雨。

　　五个人固定好木筏后上岸，发现了岸上的窝棚，一个瘦高的年轻人紧跑几步爬进窝棚，又快速退了出来，他指着窝棚对跟上来的几个人说："里面有死人。"

　　五个人来到窝棚外，领头的那人爬进窝棚，他仔细查看后惊叫道："曦，是曦啊！"

　　几个人纷纷爬进窝棚，窝棚太小，只能容纳两三个人，后面的两个人只能把头伸进窝棚，他们不约而同地认出这个躺着的人竟然是自己聚落的曦。

　　先爬进窝棚里的领头人用手试了试曦的鼻息，发现曦一息尚存，连忙吩咐族人生火煮粥。

　　这只木筏正是土城陶族聚落专门做易货贸易的商筏。陶族聚落的制陶作坊很大，同时拥有好几支贸易商队，他们几人就是其中一支贸易商队，他们把陶器运往西水道沿岸的一些聚落，换回麻布、芦席、鱼丁、豆子、稻米等粮食和生活日用品，负责陶族聚落贸易的掌事就是这只商筏的领头人棠。

棠比曦长一辈，曦应该喊他叔。

棠吩咐族人去木筏上取来陶罐里保存的火石，生火煮好粥喂给曦吃。

半日后，曦苏醒过来，当他认出棠的时候挣扎着坐了起来。

棠早些时日带着木筏去易货，他们并不知道曦被判命的事，在这远离土城的荒野里遇到奄奄一息的曦，让他们着实感到意外。

曦跟棠一行人讲了自己被判命的事，大家都感到很惊讶。

判命的事在土城每个年轮基本上都会发生，但第一次听说被判命的人生还。大家困惑的是人被结结实实捆绑在木头上推进水里，怎么还能逃过一劫。

曦说："我刚被推进水道的时候接连呛了好几口水，好在我水性好，呛水后并无大碍，我很快冷静下来，利用木头翻滚的间隙换气，木头顺流而下，夜色中也不知道过了多久，漂了多远，我一边本能地挣扎，一边利用木头翻滚的间隙换气，渐渐的，我脑子发懵，意识也模糊起来。当我再次苏醒过来的时候发现自己躺在水道旁的芦苇荡里。"

棠和一行人面面相觑，判命不是死命，还是有生有死，看来是水神显灵，判了曦活命。大家心中对水神更多了一分敬畏！

翌日，风停雨歇，艳阳高照，棠一行人带着曦往土城进发。

晓行夜宿，又过了几日，棠的木筏到达土城，他们把木筏停靠在陶族聚落的码头上，棠用一块麻片盖住曦的头，把曦直接带到聚落公屋里。

当曦忽然出现在族公族母和众人面前的时候，大家都惊呆了，有胆小的族人纷纷后退。

曦跟族公族母和众人讲述了自己被判命后遇棠被救的过程，族公听完曦的讲述，率众人跪倒在地，高呼："陶族聚落族人谢水神活命之恩！"

族公让族母准备了两份厚礼，族公带着礼物和曦去面见祭公和城公。

很快，曦被判命后活着回来的消息传遍了整个土城，像曦那天被判命推进水道里一样，全土城的人纷纷跑到陶族聚落去看死里逃生的曦，仿佛曦也成了神一样。

陶族聚落族人都觉得曦是得水神护佑才保住了性命，能被水神护佑的人在族人心中的地位自然就不一般了。本来曦就是陶族聚落族公继任者的热门人选，他阳光帅气，性格开朗，心地善良，再加上被水神护佑的光环，曦在陶族聚落的地位一下子提高了许多。

然而，福兮祸之所倚，曦在聚落地位的变化招致其同辈兄长忝的嫉妒。忝长曦一手年轮，身材魁梧，性格刚烈，做事雷厉风行，深得族公族母喜欢，刚满四手年轮就做了陶族聚落制陶坊掌事。

陶族聚落在族公和族母之下有三名掌事。

一为内掌事，由族母兼任，负责整个聚落的生活事宜，日常工作就是管理聚落的炊事、缝纫、洗刷、编席、制绳、养育婴幼儿等，内掌事下面又有三名执事，分别是炊事执事、手工执事和哺育执事。

二为制陶坊掌事，忝就是制陶坊掌事，主要工作就是制陶，掌事下有制坯执事，负责将陶土制成各种各样的陶坯，将陶坯置于阴凉处晾干成陶器；还有供料执事，负责供应陶土。

三为贸易掌事，贸易掌事就是棠，贸易掌事下分两路水道执事和一路陆路执事，东水道执事负责东水道和南湖荡一带的易货贸易，西水道执事负责西水道沿岸的易货贸易，陆路执事负责北方陆域的易货贸易。

曦小小年轮，一夜之间成了土城的名人，陶族聚落族公和族母把聚落的掌事、执事召集到公屋商议道："曦虽然年轮不大，但现在整个土城的人都在关注他，他再也不能像以前一样晃荡了，从现在开始曦就是陶族聚落的成年男子，要承担起成年男子的活计，先让他去制陶坊当徒工吧。"

听到族公的想法，忝寻思，制陶坊是陶族聚落最主要也是最重要的生计，是聚落的核心，自己掌管制陶坊就占住了在聚落的优势地位，为以后继任族公创造了有利条件。曦因祸得福，现在风头正劲，可不能让他挤占了自己的位置。想到这，还没有等族公把话说完，忝连忙插话道："曦弟来制陶坊不妥，一来他年轮太小，心浮气躁，恐难以沉下心来当徒工；二来他现在在陶族聚落甚至在整个土城都是名人，大家都敬他三分，哪个匠人敢教他，我看还是让曦弟先跟棠叔去跑贸易吧，我当初也是从跑贸易开始的，可以看看外面的世界，多历练历练。"

虽然贸易这块也是陶族聚落的主要生计之一，但比起制陶坊来，其重要性和技术含量就差了很多，而且四处奔波，既辛苦又危险，族公和族母让曦去制陶坊当徒工，本意也是舍不得曦去冒风险和吃苦，现在听忝这么说，一时找不到驳回的理由，族公转头问棠道："棠，你觉得怎么样？"

族公希望棠能反对曦去做贸易，这样他就能坚持让曦去制陶坊了。

棠长忝和曦一辈，执掌陶族聚落贸易许多年，从能力到威望在他这一辈无人能及，完全具备继任族公的条件，只是他的年轮和族公相差不多，等到继任之日可能他也老了，而现在忝和曦两位后辈的风头渐渐超越他，他想，与其和后辈去争继任之位，还不如辅佐后辈继任，自己照样能名利双收。现在一时难以判断忝和曦谁最有可能继任族公，因此最好谁也不要得罪。

听到族公询问自己的意见，棠斟酌着说："先让曦做贸易历练一下，再去制陶坊也行。"

棠的话既顺了忝的意思，也欢迎曦来跟自己做贸易，大体上也没有违背族公的意愿。

族公不好再说什么，就让曦跟着棠去做贸易。

棠带着商筏去西水道沿途贸易回来后，休整了一段时间，等收获季结束，他又要带队去东水道方向做贸易，这次是陶族聚落一年之中最重要的一次贸易活动，他们要带足大量的陶器，也会捎带一些干鱼、干虾、鸟蛋，甚至活鸟去易货。

这条贸易线路是先顺着东水道往东进入浩瀚的云梦泽，再往北深入大洪山南麓的荆谷。荆谷地处山区、平原、湖荡交汇处，还是北方商人南下和南方商人北上的交汇点，每年收获季之后，这里就成了一个超大的贸易集市。北方商人会远道驮来青铜制作的武器和器皿、玉石制作的工具和饰品、羊毛织成的毯子、肉干等物资；山里来的商人会带来兽皮、果干、盐巴、菌子等物资；湖荡沼泽聚落族人会带来稻米、干鱼、干虾、鸟蛋、陶器等物资；大家聚集在这里相互交换着自己需要的物资，然后又匆匆忙忙返回。

陶族聚落的贸易掌事棠这次携带了整整三只木筏的物资，他们要去荆谷易回陶族聚落冷季所需的盐巴、兽皮、毛毯等生活必需品。

曦跟着棠踏上了自己平生第一次的贸易之旅。

棠率领的土城陶族聚落商筏顺着东水道一路向东，出发的时候棠交给曦一根麻绳，让他每过一日在麻绳上打一个结。曦在麻绳上打到两手余二个结的时候，筏队进入了浩瀚的云梦泽，曦是第一次见到碧水连天、无边无际的云梦泽，站在木筏上他感觉到眩晕，完全迷失了方向，他问棠道："棠叔，这云梦泽水天一色，你是怎么辨别方向的呢？"

棠拍拍曦的肩膀，指着远方的天际说："你仔细看，在水天之间有什么？"

曦睁大眼睛仔细看，隐隐约约看到水天连接处有山峰的轮廓，曦是见过山的，在土城晴朗的日子能看到远处的山峦，但是他没有看到过如此高耸入云的大山。

木筏在水道航行时水道里的水不深，用竹竿能轻易撑到水底，木筏前进的动力就是撑杆。木筏进了云梦泽后，云梦泽深不见底，把竹竿完全插进水里也探不到水底，这时改用木桨划筏，木筏一边坐两人不停地划桨，但前进的速度却十分缓慢。

在水道行筏时晓行夜宿，太阳落山的时候木筏靠岸停歇，筏上的族人可以上岸生火煮饭，夜宿岸上；到了这茫茫无际的云梦泽上，吃喝拉撒全在筏上，即使是夜晚，木筏找不到停靠的地方，还得继续划行，每只木筏上有六个人，四个人划桨，两个人一组轮流休息。

山虽然能看到，但要划到山前却十分遥远。三只木筏在云梦泽里像三只爬行的蚂蚁，仿佛忘记了时间，不分昼夜地在水面上爬行着。

木筏终于爬到了山前，爬到了岸边，木筏上的族人终于登上了陆地。

曦做梦都没有想到自己要来的地方如此遥远，路途如此艰辛，三只木筏十八个人，每个人身上都脱了一层皮，瘦得皮包骨。

曦上岸的时候脚步踉跄了几下，差点摔倒在地。

棠指挥大家把木筏停靠在一起后上岸砍树、折芦苇，搭起了几个窝棚，再把木筏上运来的陶器、干鱼、干虾等物资卸到岸上。

一切准备妥当，棠留下几个族人在自家的货物旁守着，等别人来易货，自己带上几个人拎着陶器等货物去与别人易货。

曦手里拎着两只陶器，跟在棠的身后，他第一次看到如此繁华的集市，第一次看到令人眼花缭乱的各种各样的生活物资和器皿，第一次看到五颜六色的服饰，第一次看到与土城居民模样不同的人。曦目不暇接，晕头转向。

当棠一行人走到一个摆放着各种玉器的摊位前的时候，曦看到正在低头摆弄着玉器的女孩，他像忽然被人点中穴位一样呆在了那里，惊呼道："珠！"

这个女孩太像珠了，那清纯甜美的样子，从眉眼、身姿，到一颦一笑，与珠毫无二致，甚至脖颈上的那颗痣也是长在同一个地

方，曦简直不敢相信自己的眼睛，她是珠的转世吗？可是她的年轮
分明和珠差不多大。

也许是感受到了曦专注的目光，女孩抬起头来，四目相对，两
个人都感受到了自己雷鸣般的心跳。

这是哪里突然冒出来的一个如此俊美、灿烂的男子？我们见过
吗？好面熟！女孩觉得浑身燥热，脑子里不自觉地冒出了一连串的
问号。

曦问女孩道："你叫什么名字？从哪里来？"

女孩说："我叫玑，来自遥远的西域。"

曦问道："我们见过吗？"

女孩羞涩道："也许吧。"

他们俩就像是久别重逢的亲人一样，丝毫没有陌生的违和感。

棠走出去很远，发现曦没有跟上，他回头来找曦。曦问棠道：
"棠叔，你说她是珠吗？"

棠看看女孩，拉着曦的胳膊说："有点像珠，但肯定不是珠，
走吧。"

曦把手上的两只陶器放在女孩面前说："我明日再来，你等
着我。"

女孩笑而不语，看着曦离去。

整个白天，曦的脑海里都闪现着珠，不对，是玑的影子，以往
和珠一起玩耍的片段也不断在脑海里浮现。

傍晚，棠一行人回到自己的窝棚，放下易来的各种货物，吃完
晚饭，曦跟棠说："我自己出去遛遛。"

曦等不及明天，径直来到玑的玉器摊位前，玑不在，他问看摊

位的一个长须男子说："请问玑姑娘在吗？"

长须男子打量了一眼曦："你认识我们玑姑娘？"

曦点点头，长须男子说："玑姑娘出去了，一时也回不来，你明日来吧。"

曦悻悻地离开玉器摊位，回到自己聚落的临时窝棚。

曦晚上躺在窝棚里，透过芦苇的缝隙看着满天星斗，思绪在星际里遨游，他回想起自己和珠在一起的场景，感到浑身燥热，不能自已，他爬出窝棚走到湖荡边一头扎进水里。

第二日大清早，曦就跑到玑的玉器摊位前，太阳刚刚升起，玑正在梳理着自己的长发，婀娜多姿的倩影沐浴着阳光，像一只荧光闪闪的粉蝴蝶。

曦小心翼翼地走到玑的跟前，就这样愣愣地站在那里。

阳光将曦的影子投射到玑的面前，玑抬头看到傻愣愣的曦，脸上绽放出灿烂的笑容，如花朵一样娇艳。

和玑在一起，曦完全失去了对集市的兴趣，他的注意力集中在玑的身上。

玑从曦身上看到了阳光，感受到了温暖，两个人一发不可收地坠入了爱河。

一个月光皎洁的夜晚，曦和玑手牵着手爬上了一座小山包，月亮看到他们在草地里拥吻，连忙躲进了云朵里……

激情退去，曦把玑抱在怀里说："你跟我回土城陶族聚落吧，我一刻也不想和你分开。"

玑把头埋在曦的怀里："我也离不开你了，可是我们聚落里的男娃和女娃离开聚落前必须得到首领的允许，要是私自离开就会被诅咒，死了没有来生。"

曦问道："你的聚落在哪里？"

玑从腰间解下一根羊毛绳递给曦说："从我们聚落走到这里要走这么多日。"

曦数了数羊毛绳上的结，一时也数不清楚，他解下自己腰间的麻绳，这是来时棠要曦结绳记的日数，曦把自己的绳子和玑的绳子进行比较，玑绳子上的结显然多了许多。

曦和玑每日如胶似漆、形影不离，晨曦中、夕阳下都留下了他们拥吻的影子。

这日黎明，曦照常去找玑，可走近玑的玉器摊，曦听到了哭声和呼喊声，玉器摊旁边的窝棚前聚集了很多人，从穿着打扮看都是玑的族人。

曦挤进人群，看到玑毫无生机地躺在窝棚里，他连忙蹲到玑的身边，问道："这是怎么了？昨日还好好的。"

一旁的长须男子说："玑夜里被蛇咬了，开始只是有一点疼，后来浑身红肿，黎明时分就这样昏迷不醒了，现在呼吸微弱，怕是不行了。"

曦听了长须男子的话，连忙站起身往外跑去，他跑到湖荡边，一边跑一边扒拉着岸边的草丛，跑了好远才找到两株自己要找的草，他拔起草，一边往回跑一边把草放在嘴里嚼。

曦气喘吁吁地跑进窝棚，他把嘴里嚼碎的草浆敷在玑被蛇咬过的伤口上，把手里拿着的草交给长须男子说："快去把草煮成水喂给她喝。"

给玑喂了草煮的水，伤口上敷了草浆，到了中午，玑的脸色由黑转白，虽然还处于昏迷状态，但呼吸均匀起来。

曦在湖荡边又拔了不少治伤的草来，一连几日，曦就守候在玑的身边，给她喂水，把草捣成草浆敷在她的伤口上。

玑的身体一日日好转，但一直处于昏迷状态，没有苏醒过来。

曦几日没回自己的窝棚，棠找到曦说："我们的货物易得差不多了，云梦泽的水位这几日在不断下降，我们要启程回去了。"

曦听说要启程回去，着急道："棠叔，我们能不能晚几日再走，玑还昏迷着呢！"

棠说："这几日必须走，不能再晚了，再晚东水道的水位太浅，木筏行不了了。"

曦说："那我们能不能走其他的水道？"

棠说："如果东水道走不了，我们只能绕大圈走湖荡回去，可是走湖荡必须经过鼍龙岛，鼍龙岛附近有鼍龙出没不说，鼍龙岛是远近闻名的强盗窝，经过那里的商筏没有不被抢的，你知道我们这次易来的是聚落族人过冷季所必需的兽皮、毛毯和盐巴，冷季就指望着这些东西呢，可不能有闪失。"

这一下曦为难了，一头是自己聚落族人过冷季所必需的御寒物资，一头是自己心爱的女人，他犹豫再三，央求棠道："棠叔，要不这样，你们先回去，我在这里把玑治好了再回。"

棠正色道："你怎么回去？路途遥远不说，你连方向都还没有搞清楚。"

曦见软的不行，便耍横道："要回你们回，反正玑不醒过来，我就不离开她。"

见曦这么坚决，棠一时没有办法，曦可是聚落族公继任者的有

力竞争者，是族公族母的心头肉，要是把曦留在这里，自己回去可
交不了票。

棠说："你能把她带回土城吗？"

曦说："现在不行，他们聚落有族规，男孩女孩要离开聚落必
须得到首领的同意，私自离开会被全聚落族人诅咒。"

棠说："那你打算怎么办？她不能跟你回去，荆谷只是一个临
时的集市，每个年轮的收获季后才会这么热闹，再过几日这里下
雪、结冰就没人了，玑他们聚落的族人也会走的。"

曦心里也没有想好该怎么办，他只是担心玑的病情，也不忍心
就这么分离，他犹豫着说："那我也要等到玑病情好转，他们离开
这里的时候我再走。"

棠说服不了曦，又不能把曦撇下自己回去，他只能每日焦急地
跟曦重复着上面的谈话。

棠思来想去，无计可施的他带着曦直接来到玑的玉器摊，跟领
头的长须男子商议道："曦和玑也算有缘，一见钟情，现在两个人
难舍难分，眼看到了冷季，我们要赶在丰水时节回去，你能不能让
我们把玑带回土城陶族聚落？我们会好好照顾她的。"

长须男子说："玑是我们聚落首领的掌中宝、心头肉，是她跟
首领吵嚷了很久要来南方见世面，首领拗不过她才让她跟我出来
的，我必须把她全须全尾地带回去，不然首领非要了我的命不可。"

曦听长须男子把话说得这么绝，着急道："那我跟你一起回你
们的聚落！无论如何我都要跟玑在一起。"

还没等长须男子发话，棠抢白道："那不行！你必须跟我回
土城！"

三个人正争执不下，躺在一旁的玑忽然挣扎着想坐起来，长须男子连忙过去扶住玑。

玑微睁双眼，用手艰难地扯下自己的几根长发，她把头发理好打了两个结递给曦，口齿不清地咕哝了几句。

曦疑惑不解。

长须男子解释说："她让你等她两个年轮，她会来找你。"

湖荡里的水早晚开始结冰了，早晨的霜像小雪一样。玑的族人把货物全部驮在牛背上，他们还给玑做了躺椅，把躺椅架在牛背上。望着远去的玑，曦依依不舍地回到了已经在湖荡里等候多日的木筏上。

四

三只木筏在云梦泽里日夜兼程。

可当他们赶到东水道时，由于水位下降，东水道的水已经与云梦泽分离，木筏无法进入东水道，而且东水道水位很浅，已经无法行筏。

棠说："现在只有绕道从湖荡回去，躲不过鼍龙岛，只能看运气了。"

三只木筏继续向南，又行了几日，木筏周围出现了鼍龙，一人多长的鼍龙在木筏周围时隐时现，时不时浮出水面展示一下它那血盆大口，让木筏上的族人胆战心惊。

这日中午，一行人远远地看到前方出现了一片绿洲，棠让三只木筏靠拢到一起，说："前面就是鼍龙岛了，我们先在这里休息半日，等午夜时分再悄悄溜过去。"

三只木筏刚刚靠拢停泊好，筏上的人难得放松一下，或站或躺着休息。

忽然从鼍龙岛方向撑过来一队竹筏，竹筏很快，转眼就到了木筏跟前，把木筏围了起来。为首的竹筏上站着一位肥硕的女子，她就是鼍龙岛岛主黎，别看她是女子，凶狠残暴的名声让人提起就心惊胆战，这鼍龙岛就如地狱一般，过往商筏只要有办法都选择绕道而行。

鼍龙岛岛主黎看着木筏上的人问道："你们是哪里的商筏？可知道我鼍龙岛的规矩？"

棠连忙弯腰施礼道："我们乃土城陶族聚落的商筏，去荆谷易货，返程时错过了丰水时节，只能借过贵地，还请岛主行个方便。"

黎岛主笑道："我这鼍龙岛就这么好过！"

棠说："我们为岛主准备了两手兽皮、一缸盐巴，请岛主笑纳。"

黎岛主沉下脸来，厉声道："你也太小看我这鼍龙岛了，按鼍龙岛的规矩，商筏路过此地要么留人，要么留货，你们是留人还是留货？"

站在棠身边的曦听这黎岛主说可以选择留人还是留货，想到是因为自己的原因才导致商筏绕行到这鼍龙岛，深感内疚，便接话道："我们留人，我留下。"

黎岛主打量一眼说话之人，眼神忽然一闪，好俊俏的少年啊！身材挺拔，皮肤白皙，眉眼清秀，自己这鼍龙岛上全部男子加起来也不及这个少年英俊。黎岛主一时春心荡漾，她想逗逗这个少年，便戏谑着说："留你一个怎么行，要留就全部留下。"

曦果然单纯，他问道："我们都留下来，这货物如何能运回土城？"

竹筏上的人哄笑："既然人都留下了，货物当然就留下了。"

曦着急道："那不行，我一个人留下，你让他们和货物都走。"

曦的语气和样子像婴儿的小手一般挠在黎岛主的心上，她觉得这少年不仅模样俊美，性情还如此可爱，不禁母性大发："好！我今天为你破例，你留下，其他人和货物我都放走。"

棠正要争辩，曦小声道："不能再争了，你赶紧回土城找人来救我。"

棠心想，这黎岛主可不是善茬，再跟她争执下去肯定讨不到便宜，看她的样子是喜欢上曦了，一时半会她还不会伤害曦，看来只有赶紧回土城找人来救曦才是上策。

见棠不置可否，曦让黎岛主的竹筏靠近木筏，自己跳上了竹筏。

从曦跳上竹筏的那一刻起，黎岛主的目光和心思就没有离开过曦，那神态就像看到美味的鼍龙一样专注而贪婪，恨不得一口把曦吞下。

棠赶紧挥手，让族人将木筏撑走。

陶族聚落商筏的归期过了很久，依然没有任何消息，陶族聚落族人焦急万分，人们每日聚集在码头上望着湖荡，心急如焚。

当三只木筏终于出现在人们的视线中时，码头上响起一片欢呼声。

棠向族公和族母讲述了这趟易货的经历："曦为了这三筏货把

自己留在了鼍龙岛，我们要赶紧去救他。"

族公沉思道："这鼍龙岛地处湖荡中心，恶名远扬，只靠我们陶族聚落之力恐难征服这股邪恶势力，我们要去请城公出面，聚集土城各聚落之力讨伐鼍龙岛。你先好好休息，明日我们一起去找城公。"

棠说："不能等明日了，曦在鼍龙岛不知道会怎么样，而且冷季眼看就到了，等到湖荡结冰木筏就走不了了，请族公马上去找城公商议救曦吧。"

族公当即带棠去找城公。

城公听了棠讲述他们经过鼍龙岛时曦被掳的经过，作为土城的统治者和远近闻名的勇士，感觉自己的威信受到了极大的挑衅，他的愤怒远比陶族族公强烈："小小鼍龙岛，听到我土城的名字居然毫不放在眼里，还敢掳我少年，堕我威名，如不剿灭他们，土城何以安邦！"

城公立即让士卒吹响牛角号，召集全城各聚落族公来城公府议事，另派士卒去请祭公。

祭公和全城各聚落族公很快聚集到城公府，城公让棠讲述了去荆谷易货，返回土城时途经鼍龙岛，曦被掳之事。棠还添油加醋地说："鼍龙岛岛主黎听说我们来自土城聚落，竟然不屑地说'每次路过的商筏都说自己是土城聚落，以为我怕那土城聚落，我偏一个也不放过，等哪天我来了兴致，就把那土城劫了'。"

棠的话仿佛是火上浇油，一下子点燃了众聚落族公心中的怒火，特别是城公，简直怒不可遏。

这土城很多年轮以前只生活着一个鱼族聚落，靠捕鱼为生，由于背山面水，气候适宜，生存环境优越，食物来源充足，吸引来以种稻谷为生的农耕聚落、以狩猎为生的狩猎聚落，聚落越聚越多，又相继迁徙来以打制生产工具和生活用品为生的石族、陶族、编织族等聚落，人口越来越多，聚落越来越大，各聚落之间为争夺土地、食物等资源常常发生矛盾，甚至流血冲突。

忽然有一日，从北方来了一支彪悍的军队，这支军队有严格的等级之分和组织层级，有青铜剑、矛等新式武器，虽然规模很小，但每个士卒都彪悍勇猛。这支军队的头领叫褚。

那时候的土城还没有城，只是众多的聚落密集地聚居在一起。褚率领着他的军队来到土城后，自然而然地成了土城各聚落的主宰，他召集各聚落族公商议道："这里土地肥沃、资源丰富、聚落众多，是一块丰美的宝地，但这里缺乏城池的保护，一旦受到外来势力攻伐，将毫无招架之力。而且周围的聚落如一盘散沙，缺乏有效组织和管理，聚落之间难免发生摩擦和冲突。因此，我决定在这里自封城公，筑城池，施法度，把各聚落凝聚起来，建一个繁荣昌盛之城。不知道各位聚落族公是否支持？"

各聚落族公既慑于褚的威势，又有几分憧憬褚所描绘的繁荣景象，大家七嘴八舌，纷纷表示愿意出人出力修筑城池，并推举褚为城公。

有了城公又有了城池的土城聚落各行各业欣欣向荣，人们安居乐业，秩序井井有条，规模不断发展壮大，声名远播。

可是这个小小的鼍龙岛居然不把土城放在眼里，城公如何能忍下这口气？城公道："土城周围容不下鼍龙岛这样的邪恶势力，如不剿灭鼍龙岛，土城各聚落难以安心，我要领军去剿灭鼍龙岛上的恶人，不知道各聚落族公是否支持？"

　　土城的繁荣让各聚落都有了一种荣誉感，也有几个聚落被鼍龙岛劫过财物，现在听城公说要领军去剿灭鼍龙岛恶人，各聚落族公都表示支持。

　　城公道："既然大家都支持剿灭鼍龙岛恶人，那就听我调遣。各聚落有筏出筏，有人出人，大聚落不少于一手筏三手人，小聚落不少于一手人一只筏。明日清晨在南边湖荡人筏聚齐，编练一日，后日清晨出发，各聚落族人自带武器，陶族聚落负责筹集供应所需食物。各位族公意下如何？"

　　见城公如此果断，各聚落族公齐声附和，征伐鼍龙岛之事就此定了下来。

　　翌日清晨，当城公来到土城南面的湖荡时，放眼望去，阳光下的湖面上黑压压一片都是筏子，煞是壮观。

　　城公曾经是北方军队首领，有着丰富的带兵打仗经验，他比照陆地战斗方式，将十多手筏子编成四路。

　　中路是木筏，木筏体积大，每筏两手人，四人负责撑筏，四人持矛进攻，两人持斧防守；中路两侧是左右两路竹筏，竹筏体积小，轻便快捷，进可包抄，退可护卫中路木筏，每筏一手人，两人撑筏，三人持矛进攻；紧随前面三路的是后路，后路三只木筏，专司供给食物。

　　城公和陶族聚落族公乘木筏居中指挥，以红黑白三色小旗为号，红旗舞动时为进攻，黑旗舞动时为停止，白旗舞动时竹筏、木筏靠拢。城公讲明了大军行动方略，又反复指挥各路兵筏操练。

　　湖荡岸边围观的土城族人看得热血沸腾。

土城征伐队编组、操练一日，第三日清晨，祭公请出水神木雕在湖荡边为征伐队助威，中军三色旗高举，筏队浩浩荡荡出发，直奔鼍龙岛而去。

筏行几乎日，远远能看到鼍龙岛所在的那片陆地。

鼍龙岛上的瞭望哨发现了一支庞大的筏队直奔鼍龙岛而来，连忙报告黎岛主。黎岛主登上湖荡高处查看，她何曾见过这么庞大而有秩序的筏队，心里不免慌张起来。

筏队渐渐逼近，黎岛主看到每只筏上都站着持矛的人，知道来者不善，赶紧吩咐族人屠宰牲畜，将牲畜肉连同血水抛到岛周围的水中。

鼍龙岛四周水域是鼍龙的繁殖栖息地，鼍龙闻到血腥味，看到水面上漂浮的牲畜肉，兴奋不已，全部聚拢过来疯狂抢食。

成群的鼍龙挡在了土城筏队面前，它们疯狂地撕咬、冲撞着水面上的所有物体，几只竹筏被鼍龙咬散架，筏上的人纷纷落水，瞬间被鼍龙撕碎。肉食和血腥味刺激了鼍龙的大脑，鼍龙更加疯狂，竟然将城公和陶族聚落族公乘坐的木筏咬散，筏上众人赶紧将城公和陶族聚落族公转移到旁边的木筏上，陶族聚落族公在转移木筏时居然被鼍龙咬了一口，腿上顿时鲜血直流，族人赶紧给族公包扎伤口。

城公经历过腥风血雨，他临危不乱，让旗手挥舞白旗。指挥所有木筏、竹筏紧紧地靠拢到一起，将鼍龙压制在水里。

鼍龙在水里抬不起头来，翻腾、撕咬的力度就小了很多，筏队连成一片全力向前，靠在了岛岸。

鼍龙岛上的族人看到黑压压的筏队靠岸，瞬间作鸟兽散，只剩下聚落的几个掌事壮着胆子站在黎岛主身边。黎岛主全无惧色，凛然而立。

等城公和陶族聚落族公率人登上岛来，黎岛主躬身问道："大军到此，不知道所为何事？"

城公道："我们是土城民军，你应该知道我们为何而来。"

从见到这支庞大的筏队的那一刻，黎岛主就猜到这一定是土城来的筏队，鼍龙岛附近只有土城能够组织起如此庞大的筏队，鼍龙岛虽然劫过几次土城聚落路过的商筏，但所夺财物并不多。这支筏队极有可能是为前段时间所掳少年而来，可那少年现在已经不在岛上，要是为那少年而来，这事可就麻烦了。想到这里，黎岛主决定先装一下糊涂："我们鼍龙岛对土城并无冒犯之处，不知道土城城公为何率队来伐？"

棠上前道："岛主可还记得我？"

见到棠，黎岛主知道自己蒙混不过去了，只得如实说道："你不是前段时间经过这里的土城陶族商筏的掌事吗？你们经过时我们并没有劫夺你们的财物啊！"

棠没有想到这黎岛主这般能装糊涂："你是没有劫夺我们的财物，可是你留下了我们的族人，快快把曦还给我们！"

黎岛主说："我当时是留下了你们聚落的一个少年，也不曾亏待他，可是没过几日他就逃跑了，难道他没有回到土城吗？"

听黎岛主这么一说，陶族族公着急了，他是坐在椅子上被四个族人抬到岛上来的："我陶族少年曦被你留在鼍龙岛，今日你要交不出曦来，我们就踏平你的鼍龙岛。"

黎岛主道："你们的商筏财物我们没有劫，人留下了他自己跑了，按说我也没有做对不起你们陶族聚落的事情，你们要踏平我们鼍龙岛那就是以强凌弱了，你强我弱，只能任你宰割。"

土城这次大动干戈征伐鼍龙岛，表面上是为了解救陶族聚落少年曦，但其根本的目的还是城公要给土城立威，杀鸡给猴看，以便让周围的聚落臣服于土城。现在黎岛主说曦已经逃离鼍龙岛，征伐的理由没有了，要再开杀戒反而会坏了土城的名声，让周围的聚落不敢投靠。可事已至此，也不能轻易收手，城公道："土城发兵是因为你扣留陶族聚落少年而起，如今你扣留的少年下落不明，我土城之兵在你鼍龙岛前折损几人，你说该如何处置？"

黎岛主听了城公的话，知道有了转圜的余地，忙说："土城城公仁慈，我鼍龙岛甘愿臣服，愿进贡财物两筏，了此恩怨。"

城公征询陶族聚落族公意见，陶族族公一时也想不出更好的办法，便回复城公道："全凭城公做主。"

城公沉吟道："鼍龙岛既然愿意臣服我土城，那就要在每个收获季后向土城纳贡，为表诚意，鼍龙岛须派两手少年男女去我土城做人质，一手年轮为限，到期再更换人质，如果你们能按期纳贡，我们将保证你们人质的安全，保你鼍龙岛平安。"

城公提出的条件看似不高，但却仿佛在鼍龙岛的脖子上套上了麻绳，鼍龙岛从此就成了土城的附庸，黎岛主心里自然不愿意，可兵临岛上，不服不行。黎岛主无可奈何，只得点头同意。

黎岛主知道此事是因为自己贪恋少年美色而起，作为岛主，连累了岛上的族人，心里难免自责。她思考片刻后道："鼍龙岛既已臣服，作为岛主，我愿意代替鼍龙岛少年去土城为人质。"

黎岛主的话让在场的人都感到惊讶。

鼍龙岛几个掌事劝阻道："岛主是一岛之主，如何能离开鼍龙岛！"

城公和陶族族公也感到十分意外，这鼍龙岛恶名在外，想这岛主应该凶狠残暴，今日一见怎么显得有些懦弱呢？

黎岛主吩咐几个掌事道："就让内掌事做总掌事吧，我不在岛上的时候大小事情由他做主。"

别看这黎岛主今日显得这么软弱，鼍龙岛的恶事都是她领头做下的，平时在岛上可是说一不二的主，鼍龙聚落内无人敢不服，现在黎岛主已经指定了接班人，显然去意已决，几个掌事不敢再有异议。

黎岛主其实并不完全是出于自责才想去土城做人质，她心里真实的原因还是放不下那阳光少年曦，曦是她遇到的最让她心动的男人，虽然曦只在岛上待了几日，但给她带来的那种醉心的感觉却是她从来没有体验过的，为了能跟他在一起，黎岛主愿意放下一切。

曦只在鼍龙岛上待了几日，便在一个夜黑风高的夜晚，偷偷撑了一只竹筏离开了鼍龙岛。

黎岛主发现曦逃走后带族人往土城方向追了好几日，居然一点踪迹都没有。鼍龙岛周围鼍龙成群，一人一筏，没有丰富的行筏经验是很危险的。

黎岛主为此既担心又惋惜，现在土城发兵来伐，曦显然没有回到土城，那曦去了哪里呢？如果没有被鼍龙吃掉，他迟早会回到土城，黎岛主抱着一线希望，希望能在土城再次见到曦。

土城轰轰烈烈征伐鼍龙岛之事就这样戏剧般结束了，但土城的威名彻底树立起来了。

土城筏队离开鼍龙岛时，棠对陶族族公说："曦一人逃离鼍龙岛，凶多吉少，我们是不是派人找一找他？"

陶族族公说："按黎岛主所说，他已经逃离鼍龙岛许多日了，我们这样一支浩浩荡荡的筏队来时也没有发现他的踪迹，现在到哪里去找？"

棠悄声道："我觉得曦没有往土城方向回，他应该是往荆谷方向去了，他心里放不下玑姑娘，虽然他知道玑姑娘已经离开了荆谷，但是他的心已经落在了荆谷，他想去荆谷等她。"

陶族族公觉得棠的猜测虽然有些离奇，但也有几分道理，他犹豫片刻，对棠说："水路你最熟悉，要不你带几个族人和一只木筏往荆谷方向去找找？"

棠挑选了几个精壮青年和一只木筏，带足了食物往荆谷方向寻曦而去。

五

黎岛主跟随城公来到土城，城公把黎岛主交由陶族族公处置，陶族族公也没有为难黎岛主，他吩咐族母将黎岛主视同族内成年女性。

族母安排人给黎岛主搭了间茅寮，一应生活安排与族人一样，只是没有安排她干活。

那日，陶族族公带黎岛主回陶族聚落，在聚落公屋与大家见面，陶族公向黎岛主介绍了族母和几个掌事、执事，当介绍到忝时，黎岛主觉得忝的目光如春水般荡漾，他用火辣辣的目光盯着自己。

以黎岛主阅人无数的经验，她知道这个男人已经动情于自己，而且还不是一般的动情。这个男人魁梧健壮，虽然不如曦那般阳光灿烂，但他散发出的男性荷尔蒙也很吸引她。

两个人四目相对，不觉心旌摇荡。不需要任何铺垫，忝在黎岛主来到陶族聚落的第一个夜晚就钻进了黎岛主的茅寮。

陶族族公在征伐鼍龙岛时被鼍龙咬伤小腿，回来后伤口一直没有愈合，进入冷天后伤口开始红肿化脓，继而高烧不退。

眼看着族公命在旦夕，忝几次追问他："族公，万一您……谁继任族公？"

按聚落的规矩，聚落的新族公一般有两种产生方式：一种是老族公直接指定；另一种是如果老族公去世前没有指定新族公，则由族母与族中掌事商量推举。

族公知道自己不久于人世，他也知道忝的想法，但他心中理想的继任者不是忝而是曦，甚至继任者的第二人选他也觉得棠比忝更合适一些。可是现在曦生死不明，棠又不在身边，他知道自己要是说出曦或者棠为继任族公，以忝的个性肯定不服气，不知道会干出什么出格的事情来。他跟族母商量好，在曦和棠没有回来之前他不指定继任者，等曦和棠回来之后，由族母和棠推举曦为继任族公，那时候忝即使有非分之想，也得不到聚落族人的支持。所以不管忝怎么追问族公由谁来继任，族公就是不松口。

忝想继任族公，却一直没有被老族公指定，心有不甘。

几日后，老族公撒手人寰。老族公离世后，忝觉得这是自己继任的绝好时机，老族公没有指定继任者，现在就该由掌事来推举，聚落族母和掌事只有三人，族母兼任内掌事，话语权最大，只要族母推举自己继任族公，即使棠反对也没用。乘棠现在不在聚落，忝在族母面前表现得百般孝顺。

在陶族聚落的习俗中，长辈去世，一般由长子为逝者净身后以芦席裹身，在日落时分背着逝者尸身，放置在湖荡深处的芦苇丛中，这种安葬方式让聚落族人觉得逝者得到了安息。

陶族聚落逝去族公的长子是曦和忝之父，曦和忝是同父异母的兄弟，曦和忝之父老实巴交，忝便主动向族母提出要代父尽孝，为族公净身、背族公到湖荡深处的芦苇丛中。

族母没有想到性格暴躁的忝也有这么贴心、孝顺的一面，她知道忝心里的想法，但老族公和自己已经商量好让曦继位，老族公刚亡，她不能违了老族公的遗愿。

料理完老族公的后事，忝见族母还是不提及继任族公之事，心里不免沮丧。善于察言观色的黎岛主问道："你可是为继任之事烦心？"

忝就向黎倒了一肚子的苦水。

黎岛主说："这事一点也不难，只是你不善于动心思。"

忝问道："你有什么好主意教我？我做了族公以后推举你继任族母。"

黎岛主笑道："我连鼍龙岛岛主都不做，哪稀罕做你这个族母，只要你以后对我好就行。"

忝兴奋道："我做了族公一定对你更好！"

黎岛主道："只有让族母心软，你才能实现自己的心愿。"

忝连连点头道："那我怎么才能让族母心软呢？"

黎岛主附在忝耳边教了他一个妙计。

这日早晨，忝对族母说："我知道族公和您都想让曦继任族公，现在族公已经去世，曦下落不明，聚落可不能长时间没有族公主持族中之事，我想去把曦赶紧找回来，让他尽快继任族公。"

在族母的印象中，忝是一个个性张扬、脾气暴躁、以自我为中心的人，她心里正担心着没有让忝继任族公，他会不会闹出什么乱子，即使不出大事，以他的性格至少也会大闹一通，没想到忝竟然说出了这样一个想法，忝的这番话正好撞在族母柔软的心坎上，这让族母忽然觉得以前自己和族公都误解了忝，族母心里平添出几分内疚来，族母说："难得你会这么想，可是现在到哪里去找曦呢？棠去了这许多日子，湖荡已经结冰了，筏子也行不动，真让人担心。"

忝安慰族母说："棠叔应该是没有问题的，他对水道熟悉，又带了好几个帮手，撑的是木筏，不会出现什么意外。只是曦一个人撑着一只竹筏，对水道又不熟悉，凶多吉少。"

忝所说正是族母所想，她本来觉得忝脾气暴躁，不适合继任族公，看来忝并不是暴躁之人，还粗中有细、善解人意，而曦现在了无音讯，如果继续等着曦回来继任族公，要是曦回不来了，只怕伤了忝的心。族母思虑再三说："这样吧，我们也别等曦了，你和曦是兄弟，谁做族公都是一样，我就推举你继任族公。"

忝一听，心里一阵狂喜！心脏差点从嗓子眼跳了出来！他想起黎岛主的嘱咐，连忙努力收起快要绽开的笑容，说："还是等等吧，说不定哪天曦就回来了，我可不能违了老族公和您的心愿。"

忝这句以退为进的话彻底打消了族母心中的顾虑，她当即安排人准备忝继任族公的仪式。

忝继任族公的仪式很简单，全聚落的人集中在公屋里，族母将一串陶珠交到忝的手中，宣布忝继任陶族聚落族公。忝坐到陶族聚落族公专用的椅上，全体聚落族人齐身跪拜。

忝说："族内一切事务还是依老族公所定旧例为之，我继任族公后，空出陶器坊掌事一职，我推举黎岛主为陶族聚落陶器坊掌事。"

忝的话音刚落，公屋里所有族人都感到惊愕！

族母万万没有想到忝刚坐上族公之位，居然没有和自己商议就直接推举黎岛主任陶器坊掌事，她当即就想否定忝的这一决定，但转念一想，这是忝作为聚落族公后做出的第一个决定，要是自己否决这一决定，忝就会威信扫地，自己和忝就会因此产生极大的矛盾，思来想去，族母没有提出异议。

族人想，这黎岛主是鼍龙岛的人质，做我们陶族聚落的掌事合适吗？可新族公的决定谁也没敢反对。

忝的这一决定也是黎岛主所授意。当初黎岛主在帮助忝谋划获取族公之位时说："你做了聚落族公，应马上安排我做聚落最重要的陶器坊掌事，我并不是稀罕你这个掌事之位，但如果你这个陶器坊掌事之位空着，万一哪日曦回到聚落，这个重要职位就非他莫属了。他如果在族内做了掌事，人缘好，加上他身上有水神护佑的光环，说不定哪日他会把你的族公之位抢了去。就算他不抢你的族公之位，在族内他也可以和你一样受人尊崇，你的威信也就失了许多，你先让我帮你把这掌事之位占着，如果能想办法把曦挤出聚落，你就能高枕无忧了。"

忝犹豫着说："你这个主意好是好，只怕族母不会允许让你做掌事。"

黎岛主笑道："你只要在你就任聚落族公的仪式上宣布这一决定，族母一定不会反对。"

不得不说这个黎岛主才智过人。

六

再说那日黎岛主把曦留在了鼍龙岛，面对黎岛主无休止的纠缠，曦心里更加思念玑，他知道玑已经离开了荆谷，但是他的心却留在了荆谷，他时不时拿出玑那缕打了结的头发，渴望着两人再次相会的那一刻。

经过几日观察，曦策划了一个逃跑的计划。乘夜深人静之时，他撑了一只竹筏悄悄逃离了鼍龙岛。他不敢往土城方向去，他知道黎岛主发现他逃走后，一定会派人往土城方向追去，很快自己就会被带回鼍龙岛。曦出了鼍龙岛一路往荆谷方向而去，他的心还落在荆谷呢，而往荆谷去出乎黎岛主的意料，比回土城要安全得多。

曦跟棠跑过一趟荆谷，有了一些在云梦泽行筏和辨别方向的经验，离开鼍龙岛时正是子夜时分，鼍龙并不活跃，他小心翼翼，轻轻地撑着竹筏，像一只捕鼠的猫，有几次竹竿撑在了鼍龙身上，鼍龙翻转一下身体，差点把竹筏掀翻。

好在有惊无险，当东方破晓时，曦身后已经看不到鼍龙岛的影子，曦借助初升的太阳调整好方位，往荆谷而去。

曦离开鼍龙岛后的前几日一切顺利，湖荡风平浪静，阳光温暖和煦，天空湛蓝辽阔，曦的心里满是惬意。

可进入云梦泽后麻烦就来了，先是撑筏的竹竿插不到水底，竹筏没法用竹竿撑着前行，曦想起之前用木桨划木筏的方法来，可茫茫湖荡去哪里找木桨呢？冥思苦想半日，也没有想出办法来，他把腿伸进水里，虽然已近冷季，但湖水还不算凉，曦在三面临水的土城长大，从小在湖荡、水道里摸爬滚打，水性自然极好，他干脆用麻绳把竹筏拴在自己的腰间，自己游水拖着竹筏走。

曦白日拖着竹筏游水前行，晚上爬上竹筏休息。

可几日后新的问题又来了，他从鼍龙岛逃走时带了不少食物，这时候也吃完了，虽然已经能远远看到山峰了，但要游到岸边至少还得好几日，饿着肚子肯定是游不过去的。这个困难倒是难不倒曦，他把撑竹筏的竹竿用牙咬出尖端，早晨日出时分，乘鱼活跃时站在竹筏上扎鱼，不一会儿就扎上来好几条鱼。

离岸边越来越近，曦的体力越来越差，天气也越来越冷，到了晚上湖面已经结出薄薄的冰层，曦躺在竹筏上冻得瑟瑟发抖，每日要等到中午阳光融化了薄冰，曦才下水游半日，庆幸的是这段时间都是晴天，无雨、微风，如果遇到雨雪大风天气，曦恐怕只能葬身在这浩瀚的云梦泽了。

曦在浩瀚无垠的云梦泽艰难游行，早被湖岸上一群人发现，他们震惊这个时节居然会有人在冰冷的湖水中艰难游行，于是每日关注着他的动向。几日后，当这个人终于游到岸边的时候，他们早就等候在岸边，只见这个人浑身被水泡得惨白，像一条大白鱼，他艰难地爬上岸，踉跄几步摔倒在岸边。

在岸边关注曦的正是玑的族人长须一行人。

　　原来长须带着玑和他的族人北返的时候，途经中原之地，正赶上中原几大聚落混战，混战各方见人就掳，见物就抢，长须和他的商队大部分人被冲散，牛群和财物全部被抢走，剩下几手人见北返无望，只得拼死护着玑返回荆谷。

　　易货时节已过的荆谷冷冷清清，除了周围散居着几群人，丝毫看不到易货时节热闹繁荣的景象。

　　长须带着族人在云梦泽岸边的山坡上掘出几个地窝子，晚上睡在地窝子里，洞口点燃一堆柴火，既能取暖又能防野兽，这是他们聚落的居住方式。他们聚落擅长打制玉器，也擅长狩猎，既然一时回不了遥远的西域，只能先暂且就此安生。

　　一日，长须带着族人进山狩猎，他们在山里遇见了一个狩猎聚落，狩猎聚落头领在一群肥头大耳的西域游民中一眼看到姿容姣好、身姿婀娜的玑，一下子迈不开步了，他当即向长须他们表示要带玑回自己的狩猎聚落，并答应安置好玑的族人。

　　玑明确地表示自己已经有了心上人，不能跟头领回狩猎聚落。

　　狩猎聚落头领不肯善罢甘休，想强行带走玑。

　　长须和族人当即亮出武器准备和狩猎聚落拼个你死我活。

　　狩猎聚落头领一招手，呼啦啦一群猎人把长须和他的族人围了起来。

　　眼看着一场厮杀一触即发，长须和他的族人明显处于劣势。玑悄声对长须说："看这架势我们今天是逃不出去了，我不愿意看到我们的族人就此丧命，我先跟他走，你带族人就在荆谷等着，曦一定会回来找我的，到时候你让曦带他的族人来救我，我们还有生存的希望。"

长须说："我们就是死也不能让你受委屈，我们今日就跟他们拼了！"

玑着急道："你们就是全拼死了我也逃不脱，照样会被他们掳去，除非我也死，可是我还有曦，我不愿意死去。"

玑说完上前几步，对狩猎聚落头领说："要我跟你回聚落可以，你必须放过我的族人，不许伤害他们。"

狩猎聚落头领道："只要你跟我回聚落，我不仅不伤害他们，还送他们几张兽皮御寒。"

长须无奈，眼睁睁地看着玑跟狩猎聚落头领走了，他让两个族人尾随着狩猎聚落猎人，搞清楚他们聚落的位置。

长须和他的族人们把救玑的希望寄托在曦身上，盼望着能早日见到曦，可没想到再次与曦重逢却是这样一种场面。

长须和他的族人们把曦背回他们的地窝子，把曦放在篝火边，给曦裹上一张兽皮，又喂食了几口蜂蜜，曦慢慢苏醒过来。

苏醒过来的曦一眼看到了长须，眼里立马放出光来，他打量着周围的人，兴奋地叫道："玑呢！玑在哪里？"

在场的人一时都不知道该如何回答曦，长须说："你别着急，先好好休息，玑就在附近不远的地方。"

曦更加兴奋地从地上站起来："那你们快带我去见她！"

长须只得把他们分手后的经历跟曦说了一遍。

曦听说玑被狩猎聚落掳去，焦急万分地说："那我们快去救她！"

长须说："我们在这里就是等你来一起去救玑的，可你现在只身一人，加上我们也只有不到五手人，如何救得了玑？"

曦说："那我赶紧回土城找聚落族人来救玑。"说着就要往外走。

长须拦住曦说："现在云梦泽已经结冰了，你一人一筏怎么回得去，只能等花开季节水面解冻了再回去找人。"

曦一时也想不出更好的办法，他说："那个狩猎聚落在哪里？我要去见玑。"

长须说："狩猎聚落离这里不远，今日已晚，你先休息一夜，明日我带你去狩猎聚落附近看看，但可不能惊动了狩猎部落的人，不然我们不仅救不出玑，还会搭上性命。"

曦一夜无眠，天刚蒙蒙亮，他就叫醒了长须，要去狩猎聚落。

长须理解曦的迫切心情，他带上族人陪曦一起去狩猎聚落。

狩猎聚落居住在一条峡谷水道的汊口处，三面都是陡峭的山峰，山坡上森林密布。

长须一行人和曦一起藏在狩猎聚落对面山坡的密林处，聚落营地狭窄，猎人分散居住在山坡上木头架起的窝棚里，长须他们居高临下，把窝棚周围的情况看得一清二楚。

曦和长须他们在森林里等到中午，终于看到玑从窝棚里出来，曦大喊着就想奔过去，长须一把抓住曦，捂住了他的嘴巴，曦挣扎了几下，安静下来。

长须说："不能着急，没有充分的安排和准备我们救不出玑来。"

玑可能是出来小解，她在山坡隐蔽处待了片刻，也许有某种心灵感应，她返回窝棚时往对面山坡上眺望了片刻，然后走进了窝棚。

玑的片刻凝望让曦冷静下来，他默默无语地跟随长须回到了荆谷的地窝子。

知道了狩猎聚落的居住地，曦每日就去狩猎聚落对面山坡的森林里守望，他只想每日都能够远远地见到玑一面。

曦熟悉狩猎聚落的地形和玑的活动规律后，便潜伏到狩猎聚落的窝棚旁，等玑出来小解时，曦忽然出现在玑的面前，四目相对，两个人愣了片刻就紧紧地抱在一起，久别重逢的激情如潮水般奔涌，周围的一切都离他们远去……

庆幸的是他们没有被猎人发现，在激情暂歇的片刻，玑回过神来，她从曦的怀里站了起来，千言万语不知道该从何说起，她警惕地看看周围说："你跑到这里来太危险了，千万不能再来，赶紧想办法救我出去。"

曦正要说话，窝棚门口有了动静，玑一手捂住自己的嘴巴，一手向曦摆摆手，慌忙向窝棚前走去。

曦向窝棚后的山坡爬去，很快隐入树林里。

曦回到荆谷的时候正是夕阳西下时，迎着落日的余晖，曦看到湖面上有几个人影在移动，这时候的云梦泽已经结起了厚厚的冰层，人走在湖面上就跟在陆地上一样，曦好奇地走到岸边，而湖面上的几个人慢慢隐入夜色中。

晚上，曦没有跟长须提起自己今日和玑见面的事，他怕长须责怪他，阻止他再去狩猎聚落与玑见面。如果说与玑见面要冒生命危险的话，他的生命属于玑，他不能没有玑，只要能与玑见面，他甘愿冒这样的风险。

第二日，曦早早地起来，他准备再去狩猎聚落与玑见面，当他走出地窝子的时候，远远地看到昨日黄昏湖面上的那几个人继续往这边走来，他心里隐隐约约有一份期待，便迎着那几个人走去。

走了小半日，曦情不自禁地惊呼起来："棠叔！是棠叔！"

棠在鼍龙岛与陶族聚落族公分别后，带着几个族人撑着一只木筏，一路往荆谷寻曦而来。

走了几日，湖荡开始结冰，进入云梦泽后水面已经结上厚厚的冰层，木筏无法前行，他们只好弃筏步行，没想到真在荆谷遇到了曦。

棠跟曦讲了他回土城搬兵伐鼍龙岛的事，曦跟棠讲了自己逃离鼍龙岛后的经历以及玑现在的遭遇，二人唏嘘不已，没想到短短几手日时间，在土城、鼍龙岛、荆谷地界就发生了这么多的事情。曦有些迫不及待地想让棠会同长须一起去救玑，棠说："玑姑娘我们肯定要救，但你看我带的人不多，长须身边的人也不多，救玑姑娘我们一定要先谋划好才行。"

太阳落山的时候，棠一行人走到了岸上，他们与早就等候在岸边的长须族人会合一处，晚上烤肉相庆。

吃着烤肉，曦、棠和长须一起谋划救玑之事，三个人商议了大半夜，直到黎明时分才谋划出一个可行的方法来。

曦一个人潜入狩猎聚落，他还是按照上次的办法，先躲在窝棚后边，等玑出来小解的时候忽然出现在玑的面前，与上次不同的是玑好像知道曦就躲在附近，曦的出现她一点也没有感觉到突然，两个人像事前约定好的一样。曦附在玑的耳朵边说："我们已经谋划好来救你，你记住，再过四日是月黑之夜，夜深人静的时候你听到三声鹿鸣就出来，我在窝棚后面等你。"

四日后的夜晚，不仅没有月亮，连星星也不见了踪影，伸手不见五指，按照分工，棠带着几个族人和曦一起去接应玑。

曦小心翼翼潜到窝棚后面，学了三声鹿鸣，不一会儿，一个黑影蹑手蹑脚走出窝棚，曦轻唤一声玑，应声抓住玑的手就往山上跑去，没跑出去几步，黑暗中几人蹬掉了几块石头，石头顺坡滚下去砸在窝棚顶上，霎时，狩猎聚落喊声四起。

狩猎聚落猎人常年生活在深山里，熟悉山里的地形，也熟悉山里的环境，他们很快搞清楚是玑往山上跑了，头领召集众人往山上追去。

曦拽着玑拼命往山上跑，棠带人紧随其后，时刻准备与追上来的猎人搏杀。

听到后面的追赶声越来越近，曦和玑拼尽最后一丝力气爬到了半山腰一个山坳里，棠和后面的几个族人把曦和玑按倒在一块大石后面。

忽然，前面的山坡上燃起了几只松枝火把，忽明忽暗的火把快速向前奔去。

等狩猎聚落猎人循着前面的火把追去，棠带着曦和玑掉转方向，小心翼翼地往荆谷而去。

棠一行人常年生活在湖荡边，对湖荡、水道了如指掌，可对山形地貌一点也不熟悉，走了不远他们就迷失了方向，好在他们很快发现了前方有一点亮光，他们循着亮光而去。

这亮光就是长须安排的接应，每隔一段距离就有一名同伴手持松枝火把接应，有了这样的接应，他们很顺利回到了荆谷。他们不敢在荆谷停留，直接走进了云梦泽。

那几个拿着火把引开猎人追赶的人也是棠和长须安排的，按照事前约定，如果曦和玑遭到猎人追赶，等候在半山腰上的三个族人立即点起松枝火把，把猎人吸引过去，他们先顺着山脊往北跑，一直跑到天亮，当太阳出来的时候再转向东迎着太阳走，应该能走到云梦泽，直接下云梦泽步行到东水道与棠和长须会合。

发现玑出逃后，狩猎聚落头领立即招呼聚落的青壮年去追赶玑，他们先是朝着山坡上的几个黑影追赶，后来看到了松枝火把，就跟着松枝火把追，可是追到黎明时分，松枝火把不见了，人也不见了。

狩猎聚落头领沮丧地招呼猎人们返回聚落。

在返回聚落的路上头领忽然想到，接应玑逃走的一定是住在荆谷的玑的族人，他带着猎人直接赶到荆谷。

荆谷已经"人去窝空"，只剩下地窝子门口的几堆灰烬。狩猎聚落头领站在云梦泽岸边瞭望，结冰后的云梦泽辽阔而空旷，一眼望去连一个人影都没有。头领心里疑惑不解，人在湖面上就是走出去半天、一天，在湖岸上也能看到人影，玑和她的族人去了哪里呢？

狩猎聚落头领做梦都想不到的是，玑和她的族人生活在西北方，虽然不识南方的水性，但却识得冰雪，他们跟随棠下到云梦泽，在每个人的屁股上绑上一张兽皮，坐在冰面上，用矛或竹竿撑一下，人就在冰上滑出去很远。这个方法既省力又省时，眨眼的工夫，一群人就滑出去好远。

等到狩猎聚落头领赶到云梦泽岸边的时候，自然再也见不到他们的影子了。

棠和长须一群人在冰上滑行至东水道，在东水道等了一日，派去吸引猎人的三个族人赶了过来，大家会合一处，直奔土城而去。

七

棠和曦带着玑、长须和他们的族人回到土城，回到陶族聚落的时候，引起了不小的轰动。

在陶族聚落公屋里，族母一把抱住曦，止不住泪如雨下。

曦给族母擦拭完眼泪，转身要拜见族公的时候，却发现居中的木椅上坐着的是忝，曦一愣。

忝站起身来，一把抱住曦道："曦弟，你总算回来了，陶族聚落男女老少每日都在盼着你平安归来。"

曦疑惑地问道："族公呢？"

忝看了眼族母说："族公为了救你，与城公率领土城民军去伐鼍龙岛时被鼍龙咬伤，回来后伤口不能愈合，不久就离世了。族公和族母本来想让你继任族公，但你生死未卜，下落不明，族母就推举我暂时代理族公，现在你平安回来了，我让位，你来继任族公。"

忝说着就把曦往居中的木椅上推。

曦毫无心理准备，他听棠说过，族公在筏鼍龙岛时被鼍龙咬伤，却没有想到族公竟然已经离世。自己离开土城这段时间，陶族聚落发生了这么大的变化，他从来没有想到族公会在壮年时离世，也没有想过自己要继任族公，对眼前突然发生的变化他感到茫然，不知所措。

族母对忝突然提出来让位感到十分惊讶，忝是自己推举继任的族公，没有代理之说，忝这时的谦让，让族母心里感到十分熨帖，这才是聚落应有的亲密氛围，但她同时也很疑惑，这可不是忝本来的性格呀，联想到忝在自己推举他继任族公前后的表现，她觉得眼前的忝很陌生。忽然，她看到人群中黎岛主正盯着自己，她似乎明白了一切。看到曦不知所措地看着自己，族母说："忝，你不用谦让了，族公没有代理之说，也没有让位之说，你继任族公曦不会有意见的。"

族母说着，看到一旁疑惑不解的棠，她把棠拉到前面，望着棠说："棠也不会有异议的。"

棠脑子里一头雾水，但他理解了族母望着他说这句话的意思，只得模棱两可地说："是的，我没有异议。"

忝见族母和棠两个人再次确认了自己族公的地位，也就不再推辞，他把话题一转，说："只是这样委屈曦弟了，而且现在陶族聚落连一个掌事的位置都没有，我总不能让曦弟做一个普通的族人吧？"

忝的话让族母和棠都感觉到这是一个很大的难题。

曦寻思，自己做不了族公、做不了掌事也没什么，自由自在更轻松快活，但如果自己只是一名普通的族人，在聚落内如何能照顾好玑和她的族人？是自己把他们带到了土城，可不能亏待了他们。想到这里，他心里忽然冒出了一个主意，他与玑和长须交换了一下眼神，转身对忝说："不劳族公为我操心，这次回土城，我带来了玑和他的族人，他们也不愿意加入我们陶族聚落，想自立玉族聚落，我与玑有前世的缘分，今生我们永不分开，因此我要离开陶族聚落，跟他们一起自立玉族聚落。"

　　曦的话刚说完，忝的脑子里立即闪现出黎岛主的影子，黎岛主在给自己谋划继任族公之位后说过，曦如果回来，对他的族公之位还是有一定威胁，至少对他的权威会有所削弱，因为在大多数族人的心里曦是最佳的族公继任者，大家心里更喜欢曦，而且曦是水神护佑的人，这一层光环会始终笼罩在曦身上。要坐稳自己的族公之位，要树立自己在聚落的绝对权威，就必须赶走曦，而赶走曦最好的办法还是要以退为进。这次的以退为进和上次谋夺族公之位的方法全是黎岛主精心谋划的，而且整个过程都与黎岛主预料的一样，忝在心里已经对这个女人佩服得五体投地。他按照黎岛主教的方法，装作一副拿不定主意的样子望着族母。

　　曦的话更是出乎族母的意料，曦是她心目中最中意的族公继任者，现在不仅未能继任族公，甚至到了要离开陶族聚落的地步，她不知道是哪里出了问题，也不知道是怎么不知不觉地走到了这一步。她心里固然舍不得曦离开，可是曦现在离开好像比在聚落待着更好一些，离开就离开吧，但自己可不能亏待了他。族母也没有征求族公的意见，自作主张地说："既然曦要去跟玑自立玉族聚落，他们初来乍到，我们可不能亏待了他们，就将陶族聚落制陶坊以北的地界划给玉族聚落吧。"

　　这可是一大块土地呀，要划给曦，忝心里老大不愿意，可如果曦离开聚落能稳固自己的地位和威望，他想起了黎岛主的话：最好能不惜代价地赶走曦。

　　忝慷慨道："族母说得在理，我完全同意。以后玉族聚落和我们陶族聚落就是兄弟聚落，这个冷季直到花季，玉族聚落所有食物和生活所需物资都由陶族聚落供给。"

当忝强忍着心中的喜悦踱回自己的寝室，见到黎岛主，他兴奋地扑上去，可是黎岛主并没有像平时那样热情回应。

黎岛主以为自己有了忝就会把曦忘掉，在曦没有回来的时候，她的心里确实已经没有了曦的影子，可是今日在公屋里见到曦的那一刻，她的心里依然悸动不已。鼍龙岛上的情景闪现在眼前，望着阳光灿烂的曦，黎岛主忍不住想不顾一切冲上去扑进他的怀里，这种冲动比起和忝在一起的感觉多了一层心理的渴望，她甚至有一丝后悔帮忝谋夺族公之位。但当黎岛主看到曦身边的玑，看到了玑和曦深情互望的眼神，她知道自己对曦的美好幻想已化为泡影，她第一次在男人面前感到了挫败，失魂落魄地跑回忝的寝室。

当忝把黎岛主搂在怀里的时候，黎岛主的身体和心理都还沉浸在冰冷的绝望里，不过现在她对曦是彻底死心了，失望、挫败、醋意变成了浇在欲望之火上的油脂。

公屋里的人都走了，只留下族母和棠相对无言。

曦带着玑和她的族人来到陶族聚落族母赠给他们的那块土地，这块土地从陶族聚落陶器坊，一直延伸到土城北边的城根，对于只有四手多族人的新建玉族聚落来说过于广阔了。

长须对曦说："没想到我们西域的玉族聚落在这遥远的南方建了一个新聚落，我们就请你做我们的首领吧！不对，这里叫聚落族公，以后你就是我们玉族聚落的族公了。"

曦推辞道："我是陶族聚落的族人，现在加入你们的玉族聚落，是一个外来之人，这个聚落族公肯定应该由长须叔叔来做。"

长须道："曦，你就不用推辞了，我们已经了解了你的品性，也知道你曾经是继任陶族聚落族公的人选，现在你离开强盛的陶族聚落，加入我们这个弱小的玉族聚落，完全是为了保护我们，没有你的保护，我们在这陌生的土城就没有立锥之地，我们这些族人都听我的，他们都会拥戴你做聚落族公的。"

长须说完，玉族族人齐声附和。

曦看看身边的玑，她正用满含深情和期待的目光注视着自己，曦说："既然这样，我就不好再推辞了，只是我坐了这个族公之位，还不知道我们玉族聚落该如何立足？"

长须说："我们有精湛的玉雕技艺，也擅长狩猎，生存和立足不难。只是我们从西域带来的玉器和玉料大部分已经易货，剩下的一点玉器、玉料和所易财物也在战乱中被劫，现在只有随身携带的一些小型玉器和玉料了，要制成祭器、家什和工具肯定不行，也不合算，我看这土城规模庞大、繁荣富庶，我们可以做一些精美的玉佩，应该会有人需要。"

曦没有想到长须有这么精明的头脑，刚来土城就把立足之事考虑得这么通透，看来即使自己做了族公，聚落之事还得多仰仗长须。

曦说："还是长须叔叔想得周到，想得长远，以后聚落的事情还请长须叔叔多做主，我既然应承了坐这个族公之位，那我就推举长须叔叔为玉器坊掌事，推举玑为族母兼内掌事，推举库叔叔为狩猎掌事。"

族人自然是一片欢呼！

聚落人事安排毕，长须说："我们既然来自西域，还是按照我们西域的生活习性来吧，先掘几个地窝子住下。"

曦笑道："西域的这种生活方式在土城可能行不通，土城像一个漂在水里的葫芦，地里挖下去一拃深，水就往上冒，凿出来的地窝子就成水坑了，住不了人。"

玑问道："那我们也要垒太犀、住茅寮吗？"

曦说："是的，我们先搭几间茅寮，别看这茅寮外观不怎么样，可它热天能遮风挡雨，冷天能避雪御寒，在土城成年女人都住这样的茅寮。"

曦见众人一脸疑惑，就向他们介绍茅寮和土城人的生活。

土城聚落都会有一间很大的公屋，这是聚落公共活动的场地，聚落族人吃饭、聚会、财物仓储都在这里；聚落里的未成年孩童、老人、不想出去活动的男人平时也住这里；族公和族母也住在公屋里，但他们分别有自己单独的寝室。还有一点外人容易误会，聚落里的族公和族母不一定是配偶关系，有些是配偶关系，有些是母子关系，有些是祖孙关系，甚至有些还是叔嫂关系。总之，这族公和族母可以有很多种关系，族公由聚落掌事共同推荐，族母一般由族公推荐，也可以由掌事共同推荐。

再说这茅寮，茅寮以竹子和树木为骨架，外面覆盖一层厚厚的茅草，所以叫茅寮。茅寮里面很简单，冷天的时候里面就是一堆稻草，人裹着麻片和兽皮钻进稻草里睡觉；热天的时候在稻草上面铺一张芦席，人就睡在芦席上。

聚落里的女孩长大成人后，族人会在公屋里举行一个简单的成人仪式，然后长辈就会把女孩的头发扎成两根辫子高高耸在脑后，土城人把扎这种辫子的女孩叫丫头，代表这个女孩是成熟女人了，长辈会为她搭建一间茅寮，聚落内外的男子都可以去茅寮找她幽会。

女人怀孕后就会和男人商量，生下来的孩子可以留在女人聚落里，成为女人聚落的成员，也可以让男人抱回自己的聚落，成为男人聚落的成员，同一聚落的男女有了孩子，就不用商量孩子的归属问题了。

因此聚落成员并不是封闭的，不同的聚落成员都可能会有血缘关系，但聚落不认可血缘关系，只认可聚落族人。

曦的介绍让这些来自西域的族人瞠目结舌，这和他们聚落的基本结构完全不一样。

曦说："我们玉族聚落在土城也要入乡随俗，我们聚落人少，女人更少，我们给聚落的女人也搭建茅寮，我们聚落的男子也可以去其他聚落约会。"

说到这里，玑好像怕曦离开她一样，上前紧紧抓住曦的膀子。

曦感觉到了玑的紧张，他深情地看一眼玑说："我们也要夯土为墙，砍树做檩，覆茅草为盖，建一座我们玉族聚落的漂亮公屋。"

曦正在向玉族聚落的族人介绍土城的民风民俗，远远地看见棠领着陶族聚落族人肩扛、手提着东西过来，棠让族人把东西放在曦面前说："族母让我们送来一些食物、家什和工具，以后我们会定期送来这些东西，你们需要什么东西也可以找我们要。"

曦觉得眼眶一阵发热，脑海里浮现出族母慈祥的面容。

八

现在，在氽的心目中黎岛主不仅是性感的女人，还是智慧的女神，她帮他继任了族公，还巧妙地挤走了对自己地位和威信有威胁的曦，最让忝佩服的是事情的发展过程和黎岛主预料的一模一样，这让忝对黎岛主顶礼膜拜。

在聚落里个人是不能保留财物和食物的，族公、族母也不例外。忝为了满足黎岛主的食欲，破例让族人拿来一只陶盆，每天早晨装上满满一陶盆干果、干鱼、干肉和各种熟食，黎岛主一天就能把这满满一陶盆食物吃光。

冷季天寒，这些食物很容易冻成冰疙瘩，黎岛主每次吃的时候都要拿到火塘上烤热才能吃。黎岛主图省事，直接把陶盆架在火塘上保温，随取随吃，那真是醉生梦死的生活啊。

有一日，黎岛主发现架在火塘上加热食物的陶盆变成了深红色，她敲一敲陶盆，竟然发出"咚咚"的声响，陶盆壁也变得比原来更坚硬。

黎岛主让族人把忝找来，指着陶盆说："你看这陶盆架在火塘上烧了几日就大变样了，这颜色、这声音、这质地，和原来完全不一样了。"

陶族是制陶聚落，制陶技艺已经传了几代人，忝对制陶技艺自然是了然在胸。把陶土研磨成粉，再调制成泥，将调制好的泥塑成各种器皿，先将器皿放在阴凉处阴干，再放在太阳下暴晒，一只陶器就制作完成了。

这样的陶器有几个缺点：一是陶壁较厚，器皿笨重；二是不能盛水，泡在水里时间长了很容易化成泥；三是质地不够坚硬，碰撞易碎。陶族几代人都在尝试着改善这些缺点的办法，奈何收效甚微，没想到放到火塘上烧几日，这些问题竟都解决了。

忝叫族人舀来一瓢水倒在陶盆里，忝和黎岛主在一旁观察了许久，那陶盆一点都没有软化变形，忝抱着陶盆瞧瞧、摸摸、敲敲，他兴奋地放下陶盆，一把抱住黎岛主，这个女人真是太神奇了。

忝拉着黎岛主跑到制陶坊，让制陶坊的几个匠人堆起一堆柴火，又搬来几件陶器架在柴火上，让匠人点燃柴火，转身问黎岛主道："烧多久？"

黎岛主犹豫道："我架在火塘上有两三日吧？"

忝吩咐匠人道："你们几人分成几拨，轮流守着这堆火，不能让它熄灭了，连续烧它两日。"

烧制后的陶器和黎岛主架在火塘上的泥陶一样，从外观到质地都发生了改变，但下面的部分改变更彻底，上半部分没有完全改变，有些地方还是泥陶。

忝仔细查看了烧制后的陶器说："这是因为泥陶着火不均匀造成的，要让泥陶着火均匀，烧透，可以用泥土垒成一个火塘，把泥陶码在火塘里闷着烧。"

经过反复试验，陶族聚落终于把泥陶变成了实实在在的陶，彻底改变了泥陶的性质。质地坚硬，器物壁薄，不怕水，经得起轻微碰撞的陶器终于在土城陶族聚落诞生了，为了区别以前的泥陶，忝称它为熟陶。

熟陶一经面世，立即轰动了整个土城，陶族聚落的陶器成了抢手货，一时供不应求，陶器的易货价值也快速攀升。以前一张兽皮可以换一手泥陶，现在一只熟陶器就能换一张兽皮，以前一捧稻米就能换一只泥陶，现在要一手捧稻米才能换一只熟陶器，稻米和兽皮可是生活必需品啊！

忝将聚落里狩猎、捕鱼、种稻、易货等其他营生的族人全部投入制陶坊，制陶坊的规模不断扩大，建起了五手火塘，不分昼夜地烧制陶器。

以前陶族聚落有自己庞大的贸易团队，将自己生产的陶器运往周围的聚落去易货，现在是别人找上门来，等着拿货，陶族聚落以陶易来的物资堆积如山。

土城的制陶坊有几家，但规模都没有陶族聚落大，现在陶族聚落掌握了新技艺，升级了陶器的品质，泥陶已被完全淘汰，其他聚落的陶器坊只能关门大吉。为了防止制陶技艺被人模仿，陶族聚落在陶器坊四周垒了一圈高墙，将烧制陶器的火塘围了起来。外人只能看到陶族聚落制陶坊每天运进去大量的陶土和木材，也估摸着和火有关，但却不知道具体的制作方式，想模仿的人就只能在围墙周围溜达或者爬上远处的丘陵瞭望。

石族聚落以前是和陶族聚落规模相当的大聚落，但现在逐步衰落，先是青铜器的出现让石制工具、武器逐渐被取代，现在又出现了熟陶，就器皿的重量这一项性能，陶器比石器轻许多，而石器盛水、盛食物、盛粮食的功能完全被陶器所取代，石器走向没落已成定局。

石族聚落的青年都想转营生，学制熟陶是他们梦寐以求的事。

这日，石族聚落青年亦和几个伙伴商量说："我看这陶族聚落的制陶技艺并不复杂，只要我们能近距离看看就一定能学会，要不今晚我们翻墙进去看看？只要学会了制陶，我们石族聚落就能重新兴旺起来。"

亦和几个石族聚落青年一拍即合。

到了夜里，他们扛了几捆稻草来到陶族聚落陶器坊围墙外，把稻草靠围墙摞了起来，顺着稻草爬上围墙。他们扒在围墙上，看到陶族聚落陶器坊里有一溜好几排用泥土垒起来的火塘，有人正在往火塘里摞泥陶，有些火塘的火已经熄灭，有人正在往外搬熟陶，有些火塘封闭着只留一个小孔，有人正在往火塘里添加木材。

看着眼前的一切，亦和他的伙伴们兴奋不已，他们忘乎所以地大声议论道："原来这么简单。""神秘兮兮的，我还以为有多难呢。""这办法谁不会，我们马上也能做。"

围墙上忽然出现几个大呼小叫的青年，正在忙活的陶族聚落族人连忙报告给忝。

忝正跟黎岛主在一起，忽然听说有人在制陶坊围墙上偷窥，他不以为意地吼道："看就看吧，别打扰我！"

黎岛主听了，一把推开身上的忝说："这可是大事，千万不能让偷艺的人跑了，你的制陶技艺要是让别人学去了，明日土城就会冒出来好多制陶坊，你的陶器还会这么紧俏吗？"

忝闻之，连忙爬起身，一边扎腰襦，一边往外跑，他带着几个族人去追已经从墙上溜下去的偷窥者。

亦和伙伴们被陶族聚落族人发现后，慌忙从稻草垛上溜下来往回跑。

忝带着族人紧追不舍，终于在石族聚落附近上了亦一伙人，忝吩咐族人道："往死里打，不能留活口。"

忝带着族人围着亦一伙人一阵狂殴。

激烈的打斗声惊动了石族聚落的人，他们发现有人在自己聚落旁围殴本族青年，一阵牛角号响起，石族聚落男女老少提斧持矛冲了过来。

陶族聚落人少，寡不敌众，连忙往回撤。但忝和两个族人还是死在了石族聚落族人的斧矛之下。

陶族聚落族人跑回聚落报告族母，族母听说忝被石族聚落族人打死了，一时六神无主。

棠赶了过来，让族人吹起牛角号，陶族聚落族人持械蜂拥向石族聚落。

土城两大聚落的血战一触即发。

听到消息的城公赶到现场，他让士卒手持青铜长矛分开两个聚落的人群，大声喊道："土城有我城公在，谁也不许血拼，谁再往前一步，谁就是我城公的死敌！"

虽然城公府士卒不多，但都是受过训练的士卒，个个勇猛无比，城公更是声名显赫，特别是上次带领土城民军征伐鼍龙岛，大获全胜后，其在土城拥有了绝对的权威。

在这陶、石两个聚落族人两眼滴血、头冒火星的千钧一发之际，城公的出现震慑住了所有人，城公说："土城聚落的善恶自有水神照管，你们两个聚落之间的恩怨应由祭公判决，先各自退回聚落，由聚落族公去找祭公开坛评判。

陶、石聚落族人不敢违拗城公的意愿，只得各自散去。

忝被杀死，陶族聚落没有了族公，对一个大聚落来说群龙无首就是一盘散沙，族母紧急召集棠和黎岛主两位掌事商议。

这黎岛主本来是来土城做人质的，不能算是陶族聚落族人，只因深得忝宠爱，被忝推举为制陶坊掌事，族母和族人自然心里不满。其实在忝继任族公和曦被迫离开陶族聚落这两件事情上，族母当时就有所觉察，事后细思，她深信都与这黎岛主不无关系，不然无法解释忝这样的粗人如何能做出那样周全、缜密的事情来。自从身边有了这个黎岛主，忝的性情、行事作为就像变了一个人一样。后来这黎岛主居然找到了把泥陶变成熟陶的方法，让族母和族人刮目相看。而且这黎岛主除了放荡、贪食外，其他事情都不上心，人畜无害，陶族聚落上下很快就接纳了她，把她当作了自己人。现在陶族聚落出了这样的大事，族母特别想听听黎岛主的主意。

黎岛主和忝相处的这些日子是她最幸福的时光，忝极大地满足了她的食、色需求，要是日子能这样长久下去该多好，可没想到这样心满意足的日子转瞬之间就要结束了，没有了忝，她在陶族聚落的一切就会化作泡影，黎岛主想到这里，心里特别沮丧和痛苦。

黎岛主见到族母，不待族母发话，便抢先道："忝既已死，我想回鼍龙岛去。"

族母没有想到黎岛主忽然提出这么一个要求，觉得她可能是心里太过悲伤，看来黎岛主确实对忝用情很深。这黎岛主有情有义有主意，在陶族聚落危难之际可不能让她离开，族母说："你来土城为质，要离开土城，陶族聚落做不了主，需城公同意才行。再说忝和陶族聚落对你不薄，在陶族聚落危难之时还需要你出主意、想办法，帮助陶族聚落渡过难关。"

族母说得在理，也很诚恳，黎岛主不好再说什么。

族母转身对棠道："陶族聚落当务之急是推举新的族公，忝新亡，曦离开了陶族，现在陶族聚落只有你有能力和资格继任族公，我就推举你继任族公吧。"

棠推辞说："我们陶族聚落现在规模庞大，人口众多，以我的能力和威望恐难胜任族公。"

族母道："现在陶族聚落除了你也没有更合适的人了。"

棠说："从现在的情形来看，陶族聚落继任族公非曦莫属。"

族母说："曦已离开陶族聚落，自立玉族聚落了，他如何能继承陶族聚落族公？"

棠说："曦虽然离开了陶族聚落，但陶族聚落里可都是他的族人啊，陶族有难，只要我们诚恳相邀，他应该能回来继任族公。"

一旁的黎岛主听说要请曦回陶族聚落继任族公，曦那阳光英俊的样子马上闪现在她脑海里，心里的那堆死灰又燃了起来，已经死了的心又复活过来，仿佛水塘里放进了几条鼍龙，波浪陡起。如果能有机会接近曦，她坚信自己一定能征服曦，想到这里，黎岛主道："要让曦回来继任族公也不难，我有个主意。"

族母道："什么主意？"

黎岛主说："要让曦离开玉族聚落回陶族聚落继任族公可能不行，他现在是玉族聚落族公，放不下玉族聚落的族人，我们可以折中一下，提议让玉族和陶族两个聚落合族，这样曦自然就成了陶、玉两族的聚落族公了。"

族母和棠听了黎岛主的主意，对着黎岛主上上下下打量了几遍，心想这个黎岛主真不是一般人啊！难题被她一招化解，难怪忝对她言听计从。

族母带着棠和黎岛主去见曦。

曦听说陶族族母来了，连忙出来将族母一行人迎进公屋。

陶族族母开门见山地说："忝死了，陶族聚落正是危难时刻，我们商议推举你回陶族聚落继任族公，知道你心里放不下玉族聚落，所以我们想跟你商议，将陶族和玉族两个聚落合族，由你任族公，这样两个聚落你都可以照顾到。"

　　曦没有想到族母会提出这样一个意见来，两个聚落都是他至亲的人，要让他割舍任何一方对他来说都是难题，如果能将两个聚落合并确实是一个很好的办法，就是不知道玑和长须他们愿不愿意，曦说："容我和玉族掌事商议一下。"

　　黎岛主再次见到曦的时候内心蠢蠢欲动，眼神不自觉流露出含情脉脉的光来，曦看到了，陶族族母也看到了，心里都生出了几分无奈和厌恶来。

　　陶、玉两个聚落合族的事很顺利就实现了，曦做了陶玉族聚落族公，陶族族母依然是陶玉族聚落族母；曦觉得不论是制陶还是制玉，技艺要求都很高，特别是制玉，要成为一名技艺高超的制玉匠，需要好多年轮的学习，如果技艺不好，制玉很容易失败，一旦制玉失败，玉料就完全浪费了。现在玉料短缺，经不起太多的浪费，曦决定在聚落内对青少年开展技艺教习，就让玑担任教习掌事；长须继续担任制玉坊掌事；库任贸易掌事；曦想免了黎岛主的制陶坊掌事之职，让棠任制陶坊掌事，但被族母劝住了，族母说："黎岛主聪明，这泥陶变熟陶全是她的功劳，还是让她做制陶坊掌事吧，说不定哪天她又能想出来什么新点子。现在陶玉族聚落规模太大，我这个族母兼任内掌事忙不过来，让棠任内掌事吧。"

　　曦一时找不出反驳族母的理由，就让黎岛主继续做制陶坊掌事，棠任内掌事。

　　陶、玉两族聚落合族后，第一件最要紧的事情是与石族聚落的血案判决。

　　祭公请来城公，把陶玉族聚落和石族聚落族公召集到祭祀台，先让两个聚落当事人叙述了事情经过，祭师叙述了对双方死者的尸体查验情况。

祭公微闭双眼假声道："水神在上，本公代为判定：石族聚落青年偷窥陶族聚落制陶技艺，判豆一粒；原陶族聚落族公忝带人殴打石族青年，致亦等二人死亡，判豆四粒；石族聚落众人杀死原陶族聚落族公等三人，判豆一手余一粒，因死者有原陶族聚落族公，加判豆一粒。"

祭公判毕，问两个聚落族公和城公是否有异议，双方族公和城公均表示无异议。

祭公道："现在抵豆。"

两名祭师分别从陶玉族聚落和石族聚落陶钵里拿出一粒豆子放在案台上，如此反复，直到一方陶钵豆子拿完。

祭师道："陶玉族聚落陶钵里的豆子已抵扣完毕，石族聚落陶钵里还剩豆子。"

祭公来到水神木雕前跪拜道："两聚落争执已判明，请水神判决。"

祭公说完，两名祭师将尚有豆子的石族聚落陶钵里的豆子，一粒粒放在水神木雕前横着的木头上，每坑放一豆，放到了第四坑，祭师放完豆子退到一旁，祭公上前检视一遍，转身朗声道："水神判石族聚落破族！"

祭祀台忽然安静下来，安静得能听到人的呼吸声，所有人都愣在了那里。

片刻，石族聚落人群里传来一阵惊天动地的哭声，这哭声像一根麻绳，把石族聚落族公往前牵了个趔趄，石族聚落族公悲愤道：

"想不到传了几代人的石族聚落破在我手里，我有何面目去见先辈？"

石族聚落族公说着抽出腰间的一把石剑直接抹在了脖子上，只见鲜血从石族聚落族公的脖子上喷涌而出，石族聚落族公一头栽倒在地上。

城公迟疑片刻，上前用手指试了试石族聚落族公的鼻息，摇了摇头，他捡起地上的石剑，交给了陶玉族聚落族公曦。

石族聚落被祭公判定破族的消息很快传到石族聚落，石族聚落里的青壮年闻之纷纷逃离。

等曦带着石剑来到石族聚落时，偌大的石族聚落只剩下一帮老弱病残。曦把石族聚落的这些老弱病残召集到公屋里说："石族聚落乃是土城的大聚落，曾经辉煌一时，今日被祭公判定破族，我也感到惋惜，但水神之意不可违，我今天按水神的旨意来接管石族聚落，我无意处罚石族聚落族人，就当是合族吧。"

听了曦的一番话，石族聚落族人都不敢相信自己的耳朵，他们相互确认着，窃窃私语。

曦说："是的，你们没有听错，我是让你们和陶玉族聚落合族，前日陶族聚落已经与玉族聚落合族了，陶族聚落改叫陶玉族聚落，现在我们三个聚落合并在一起，就叫陶玉石族聚落，在这个聚落里大家不分主从，不分高低，都是聚落族人。"

石族聚落人群里一阵骚动，继而哭喊声一片。

由于石族聚落只剩下老弱病残，加上石器已经离人们的生活越来越远，曦就将原石族聚落改为石器坊，推举资历最长的豕为石器坊掌事。

　　曦为了展现陶、玉、石三个聚落在新聚落里的平等关系，让豕掌事精心打造了一把三棱形的三刃石剑，制玉为剑柄，玉剑柄上镶嵌三粒陶珠，以此剑作为陶玉石族聚落的权杖。

　　新的陶玉石族聚落成了土城最大的聚落，人丁兴旺，族业发达，财源广进，富甲一方。

九

　　在陶玉石族聚落里，陶器的兴旺并没有阻挡住石器的衰落，不论是工具、器皿，还是家什，用石器的人越来越少，石器坊精心制作出来的石器堆积成山，无人问津。

　　虽然以陶玉石族聚落的富足，即使石器易不来任何东西，石器坊的族人也是衣食无忧，但石器坊的族人心情依然郁闷，他们感觉不到自己技艺的价值。特别是像豕这样的老石匠，做了一辈子的石器，忽然间好像被世界遗弃了一样。

　　石器坊郁闷的老工匠们每天百无聊赖，石器不做了，他们就像孩童一样将那些做石器的边角废料堆砌着玩耍。不知不觉间把那些不规则的小石头堆砌成了一座小屋，四面墙体好砌，可用小块石头却砌不成屋顶，这一下难住了老石匠，也提起了他们的兴趣，几个老石匠拿着石块颠来倒去，终于找出了一点门道，他们把石块砸成一头大一头小的契形，大头在上小头朝下，一块块紧贴着排开，石头重力下压的时候因为大头在上，不仅不会垮塌，还会越压越紧，一个向上隆起的屋面就形成了，望着这独特的小屋，几个老石匠高兴得像孩童一样手舞足蹈。

　　曦看到这座小石屋后也啧啧称奇，正好石器坊无事可做，曦就让石器坊按照这个小石屋的样子做一间大石屋，作为聚落公屋，建成后肯定比现在用草盖的公屋气派得多。

　　石器坊的老石匠们找到了自己技艺的新价值，他们边琢磨边堆砌，经过热、冷、花、收季，一间漂亮的石屋出现在陶玉石族聚落的公屋旁，在土城灰不溜秋的城池里仿佛鹤立鸡群，惊艳了全城的男女老少。

　　陶玉石族聚落的石公屋完工后，曦让这些石器坊的石匠们为祭公建造了石祭台，为城公建造了城公府。

　　可惜土城地处平原沼泽之地，离山区较远，取石很难，未能大规模建造更多的石屋，更未能实现城公用石头砌城墙的夙愿。

　　比起石器坊来，玉器坊没有石器坊曾经有过的辉煌，也就没有石器坊现在的没落，甚至有很多土城人并不知道土城还有过玉族聚落，他们只是通过陶玉石族聚落的名称知道这陶玉石族聚落还制玉，见到玉器的人就更少了。

　　默默无闻的玉器坊制玉匠人却并不感到寂寞和孤独，他们一门心思地制作玉器。但是他们遇到的第一个难题是没有制玉工具，他们从西域带来的制玉工具只有几件，远远不够一间作坊使用，而这些工具是用西域特有的石英石所制，在南方没有这样的石英石。曦说："南方有一种石头叫砂石，虽然质地并不坚硬，但很粗糙，我们用它来磨矛尖，竹矛、木矛，甚至青铜矛都可以被它磨得很锋利，你们可以试试。"

　　长须找来砂石试着磨玉，效果竟然出奇的好，效率也很高，真是"他山之石可以攻玉"。

石器坊有了制玉工具，但玉料太少，而且都是小块玉料，只能制作一些小物件。后来陶玉石族聚落的陶器声名远扬，居然有北方聚落的人千里迢迢驮了玉器、玉料来土城易陶器，曦如获至宝，吩咐库把所有玉器、玉料全部易回来，不论货价多高。

陶玉石族聚落的第一批玉器制出来了，温润的玉石和精美的雕刻完美结合，让所有人叹为观止，爱不释手。

曦舍不得将这些精美的玉器拿去易货，他觉得世界上没有一种财物能和他们陶玉石族聚落制作的玉器相提并论。

玉器作为稀罕之物，易货集市上难得一见，只有那些聚落显贵，千方百计谋得一件作为传世之宝，或作为聚落祭祀之物。

合族后的陶玉石族聚落人丁兴旺，物资丰厚，他们不断扩大制陶坊规模，半个土城都成了陶玉石族聚落的制陶坊，陶玉石族聚落的陶器不用自己运出去易货，远远近近的货商找上门来，有些土城族人干脆放弃了自己聚落的营生，干起了易货商人，将陶玉石族聚落的陶器运往外地，易回兽皮、盐巴、青铜器、毛麻织物等紧俏物资，从中获利。

一时间，土城成了商贾云集、市井繁华之地。

如果说土城是因为其富饶的物产而始，有城公这样的人物而兴，那么它持续的繁荣和辉煌就离不开这独特的陶器了。远离土城的聚落常常将土城称为陶城。

十

忝去世后，黎岛主搬回了茅寮，吸引了很多土城男子，晚上总有男子在她的茅寮周围转悠，希望能有机会钻进她的茅寮。但黎岛主对这些男子毫无兴趣。

现在黎岛主每日都能见到曦了，每次见到曦的时候她心里依然小鹿乱撞，这是她在乔和其他男人身上从来没有过的感觉，正是这样的感觉使她对曦的欲念更加强烈，就像大风中的烈火越烧越旺。

为了吸引曦的注意力，黎岛主使出浑身解数，但曦仿佛冷天湖荡里的冰块一样，对黎岛主露骨的挑逗和撩拨没有一丝反应。

但是曦和玑在一起的时候仿佛变了一个人，两个人卿卿我我，说不出的甜蜜和恩爱。

黎岛主明白，只要玑在曦的身边，自己永远征服不了曦，要征服曦必须先除掉玑，一个罪恶的念头从黎岛主的心里冒了出来。

黎岛主思来想去，谋划了一个杀死玑的方案。

她悄悄地捕捉了一条一拃多长的小蛇，别看蛇很小，这可是一种攻击性极强，又能一口致命的毒蛇。黎岛主本来想将蛇放进曦和玑的寝室，但她又怕误伤了曦。于是，她瞅准机会，将蛇放进了玑专用的制玉工具篮里。

玑每日都会去制玉坊，一边制玉一边给十几个少年讲解制玉的方法。

这日早晨，当她打开工具篮，正准备取工具的时候，手腕一阵剧痛，玑惊叫着，看到一条小蛇从工具篮里窜了出来，几个少年连忙围了上来，打死了那条小蛇。

有认识这种蛇的少年说："不好！这可是一条有剧毒的蛇！"

有少年跑去找来曦，曦立即安排人去找能治蛇毒的草。

一日过去了，两日过去了，黎岛主焦急地等待着玑死去的消息。可玑像没事人一样，看不出有丝毫的异样。黎岛主不知道，玑那次在荆谷也是被这种毒蛇咬伤，差点丢了性命，现在玑身体里已经有了这种蛇毒的抗体，这种蛇毒在玑身上已经不起作用了。

看到玑并没有如自己预料的一般死去，还和曦恩爱有加，黎岛主心中的嫉妒更盛，占有曦的欲望更强，一个更加狠毒的方案出现在黎岛主脑子里。

黎岛主找到一个来土城易货的鼍龙岛族人，让族人帮她弄了些蝶鸟粪便来。

这蝶鸟只有蝴蝶般大小，绿色的羽毛，娇小可爱，但千万别被它的外形所欺骗，它可是一种地地道道的肉食性鸟类，而且它吃的还不是一般的小虫，它专吃鼍龙，是鼍龙的天敌。

蝶鸟在鼍龙爬上岸晒太阳吸收热量的时候，成群歇息到鼍龙身上，一边啄食着鼍龙身上的微生物，仿佛给鼍龙挠痒一样，一边将自己的粪便拉在鼍龙身上，鼍龙不知不觉，浑身沾满了蝶鸟的粪便。

蝶鸟粪便的腐蚀性极强，没过几天，鼍龙浑身皮肤溃烂直至死亡，死亡后的鼍龙就成了蝶鸟嘴里的美味。

鼍龙岛族人都知道，皮肤上要是不小心粘上蝶鸟的粪便，一定要马上冲洗掉，不然粘上蝶鸟粪便的地方会溃烂见骨。

鼍龙岛族人帮黎岛主弄来了蝶鸟的粪便，她开始寻找下手的机会。

这日午后，见曦带了几个族人撑着竹筏去了湖荡，黎岛主就一直观察着公屋里的动静。

傍晚时分，曦还没有回来，黎岛主看见专门给族公和族母送食物的岈，岈虽然已经是轧过头发的成年男子，但智力只相当于一手余二指年轮的孩童，他每日负责给族公和族母送食物。

一般的聚落会有一名掌事专门负责获取食物，如狩猎、捕鱼、摘果、农耕种植等，聚落获取的食物交由内掌事保存并加工成食品，提供给聚落族人食用，聚落每日早晚供应两顿餐食。

聚落公屋既是聚落祭祀、集会、活动的场所，还是老人、幼童睡觉和休息的地方，族公、族母也住在公屋里，不过他们有自己专门的寝室，公屋还兼做厨房和餐厅。因为聚落除了公屋就只有茅寮，所以公屋就是聚落的家，族人都生活在这个屋檐下。

不过现在的陶玉石族聚落已经不是一般的聚落了，他们已经族大、业大、富甲一方，早已不需要自己的族人去获取食物，而是通过易货方式，易来充足的食物。聚落族人太多，公屋扩大了好多次，依然不能满足族人进餐和休息所需的空间，制石坊的石头屋建好后，曦和族母商议，将公屋搬迁至石头屋，将现有聚落公屋用作加工食物的厨房和吃饭的餐屋，兼做食物储存室。

每到吃饭时，全聚落的族人都到餐屋来用餐，族人可以根据自己的口味领取不同的食物，管饱、管够。

聚落里只有族公和族母以及他们同居的配偶，可以不来聚落餐屋用餐，早晚两餐就由岈给族公和族母送餐。

到了晚餐时点，曦还没有回来，黎岛主看到岈拎着装着食物的竹篮从餐屋出来，迎上去说："岈，给族公和族母送餐呢？有什么好吃的？"

岈头也未抬，只顾走路，边走边说："族公还没有回来，给玑送的烤鹿腿，给族母送的荷叶稻饭。"

黎岛主说："岇真勤快，我想奖励你一下。"

岇脚步未停，头也未抬地问："奖励我什么？"

黎岛主故作神秘地说："我给你乳果吃。"

岇停下了脚步，疑惑道："你骗我，哪来的乳果？"

黎岛主拉着岇往隐蔽处走："我昨天在西水道边发现了一棵乳果树，摘了好多乳果，特意给你留了一个。"

黎岛主说着，变戏法一样把一个乳果递到岇手里。

岇接过乳果，大快朵颐。

黎岛主乘机将涂抹了蝶鸟粪便的粽叶，往竹篮里的烤鹿腿上使劲擦拭了几下。

岇吃完乳果，吧嗒着嘴问黎岛主："还有乳果没？"

黎岛主笑道："只有这一个了，下次给你多留几个。"

岇有几分期待地说："那你不许骗我，下次一定给我多带几个乳果。"

黎岛主催促道："我一定说话算数，现在你先去送餐食。不过我给你吃乳果的事是我们两个人的秘密，可不能跟别人说，要是你跟别人说了，我再也不会给你乳果吃了。"

岇说："好！打死我也不跟别人说。"

晚上，黎岛主焦急地躺在自己的茅寮里，支棱着耳朵听着公屋里的动静，她有些后悔，但也有几分期待。

夜幕降临的时候，曦回到自己的寝室，他看到玑躺在墙脚的兽皮褥子上痛苦地扭动着身子，浑身大汗淋漓，几个族人围在玑身边不知所措，曦连忙上前抱着玑："玑，你怎么啦？哪里不舒服？"

玑说："曦，我肚子好疼，像有几支竹矛插进了我的肚子里一样。"

"是晚上吃了什么坏肚子的东西吗?"

"晚上我就吃了一只烤鹿腿,没有吃其他东西。"

曦让族人舀来一陶杯水让玑喝,玑喝了几口水就"哇哇"吐了起来。

曦抚着玑的后背,让族人去请族母来。

族母急匆匆来到曦的寝室,她看到一地的呕吐物和已经奄奄一息的玑,吩咐族人去储藏室取了一种晾干的草籽煮水给玑喝。

忙活了半夜,玑止住了呕吐,疼痛也减轻了些,族母和身边的几个族人各自回去休息。

玑从脖子上取下自己戴着的玉佩,放在曦的手心说:"我可能不行了,这是我专门为你制的一块玉佩,前几日刚制完,我不能陪你终老了,就让它代替我陪在你身边吧。"

曦看着手心里的玉佩,三条蛇首尾相连,蛇形栩栩如生,雕刻十分精美。他把玉佩戴回玑的脖子上安慰道:"不许瞎想,你会好起来的,我要你一直陪着我。"

玑虚弱地抱紧曦,眼泪止不住地往下淌。

玑痛苦地挣扎了几日,族母想尽了各种救治的办法,可惜都没用。玑最终还是死在了曦的怀里。

曦抱着玑不吃不喝好几日不肯松手,族母劝说着要安排玑的后事,曦不说话也不放开怀里的玑。

长须跪在曦的面前说:"族公,我们有一个请求,玑的肉身已经回不去遥远的西域了,我们请求族公按照我们西域聚落的习俗安葬玑,希望她的灵魂能回到西域玉族聚落,回到生她养她的故土。"

曦流着泪点点头。

族母问道："你们西域的习俗是怎么安葬呢？"

长须说："我们的习俗也很简单，将逝者净身后以麻布裹身，将逝者头朝着自己聚落的方向埋在土里。"

族母问曦道："我们就按长须所说的方式安葬玑吧？"

曦突然说："不，不按你们西域玉族聚落的方式，也不按我们土城习俗的方式，我要用我自己的方式安葬玑。"

曦让族人搬来两只最大的陶缸，自己小心翼翼为玑净身后裹上麻片，再让曦安坐在陶缸里，将另外一只陶缸对扣在上面，吩咐族人用稻米粥拌合上陶土涂抹在两口陶缸的连接处。收拾妥当，曦让族人就在自己的寝室内挖了个坑，小心翼翼地将装着玑的陶缸埋在了土里。

看着曦按自己的方式安葬玑，族母和族人无不潸然泪下。

玑去世后，黎岛主在惶恐中观察着曦的一举一动，她等待着曦走出悲伤的阴影。

但欲望整日整夜在黎岛主的身体里、脑子里膨胀、燃烧，她感觉自己就要爆炸一样。

在一个满月之夜，黎岛主的欲望冲破了理智的枷锁，主导着她走进了曦的寝室。

曦在梦中梦见玑回到了自己的身边，两个人紧紧地拥抱在一起，久违的激情像炉膛的火焰般炙热……

忽然，曦被黎岛主的声音惊醒。

醒来的曦借着月光看到眼前和自己紧紧相拥的不是玑，而是肥硕的黎岛主，他厌恶地一把推开黎岛主："怎么是你？"

黎岛主魅惑道："我不好吗？"

曦的脑子彻底清醒过来，他疯狂撕扯着自己的头发，对着黎岛主怒吼道："你给我滚，我再也不想见到你！再见到你我就杀了你！"

黎岛主对曦彻底死心了，她悻悻地离开了曦的寝室，回到自己的茅寮。

黎岛主在茅寮里辗转反侧，心里五味杂陈，有对玑深得曦宠爱的嫉妒，有对曦爱而不得的怨恨，有对与忝水乳交融时刻的怀念，有对今夜被曦无情拒绝的愤懑，黎岛主何曾受到过这等冷漠和无视，她决定离开曦，离开陶玉石族聚落，离开土城。

黎岛主离开前想给对自己冷漠和无情的曦一点报复，她已经夺走了曦挚爱的女人，还有什么是曦最宝贵的呢？聚落祭祀之物，权势的象征，三棱剑，她要夺走他的三棱剑。

乘着黎明前的黑暗，一夜未眠的黎岛主再次潜入公屋，她将供奉在公屋台案上的三棱剑卷在一片芦席里，手拎着芦席，大摇大摆来到陶玉石族聚落的码头上，对码头上的族人说要去芦苇荡里散散心。

黎岛主已经在陶玉石族聚落生活了好些年轮，曾经是前族公忝的配偶，现在是聚落制陶坊掌事，陶玉石族聚落的族人早把她当成了自己人，听黎岛主说要去芦苇荡散心，族人帮她撑过来一只竹筏。

黎岛主撑着竹筏，迎着朝霞往东水道而去。

这日早晨，有族人发现供奉在台案上的三棱剑不见了，急忙报与曦，曦带人四处寻找，有族人报告曦说："清晨看见黎岛主手里拿着一卷芦席往码头去了。"

曦赶到码头，码头上的族人说："黎岛主说要去湖荡散心，撑着一只竹筏往东水道去了。"

曦联想到昨晚与黎岛主的纠葛，认为三棱剑是被黎岛主带走无疑，他回到公屋，安排了两手人撑木筏去追赶黎岛主，就算追到鼍龙岛也要把三棱剑追回来。

去追黎岛主的族人一直追到了鼍龙岛，却没看到黎岛主的影子，鼍龙岛聚落的族人也没有见到黎岛主回岛。

就这样，黎岛主带着三棱剑消失在茫茫湖荡中。

十一

黎岛主离开土城后，独自撑着竹筏顺着东水道而去。别看黎岛主从小在岛上长大，熟悉水性，在水里如同在陆地一样灵活自如，可是她却缺乏在湖荡里独自谋生和撑筏远行的能力。竹筏行了半日，黎岛主就感到腰酸背痛，肚子"咕咕"直叫，她想靠到岸边找些吃食，可四周是一望无际的芦苇荡，哪里能找到食物呢？黎岛主也不知道自己要到哪里去，回鼍龙岛肯定不行，曦一定会派人追到鼍龙岛找她，她不想连累鼍龙岛聚落的族人。

黎岛主放下撑杆，躺在竹筏上，任凭竹筏顺水漂流。

黎岛主昏昏沉沉睡在竹筏上，不知道时间过了多久，也不知道竹筏漂流到了何方，当她被一阵暴雨浇醒的时候，已是满天星斗，她站起身来，发现竹筏停泊在水道的岔道口，她爬到岸上，发现紧靠水道的岸边居然有一个聚落。

黎岛主走进聚落，想讨一点吃食。

聚落族人把黎岛主领到聚落公屋，这个聚落的族公是一个发须皆白的老人，老族公问黎岛主："你来自哪里？要去何方？"

黎岛主心想，鼍龙岛名声不好，可不能说自己是鼍龙岛岛主，土城名声显赫，说自己来自土城也不算撒谎，于是她回答道："我来自土城，是陶族聚落前族公的配偶，因族公去世，伤心不已，自己想出来散散心，不想就迷了路，顺水漂到了这里，想讨点吃食。"

老族公听说黎岛主来自土城，是陶族聚落前族公配偶，连忙站起身来，深施一礼道："我这里是稻族聚落，以种稻为生，每个年轮收获的稻米除了自己聚落的族人食用，剩余的稻米都拿去土城易货了。我们周围还有好几个以种稻为生的聚落，早期为争抢土地资源，聚落间常常血拼，死了不少人，后来是土城城公出面调停，我们几个稻族聚落才划清了地界，和解安定下来。为维护我们稻族聚落的稳定和安宁，我们几个稻族聚落每次收获后都会向土城城公纳贡，我们也算是土城的附属聚落。"

老族公说完，吩咐族人给黎岛主拿来丰盛的食物，挽留黎岛主在聚落多住几日。

黎岛主在稻族聚落住了几日，她担心自己在稻族聚落的消息传到土城，曦会派人追来，就向稻族聚落老族公告辞离去。

黎岛主想，自己一个人撑筏远行很困难，也不知道去哪里好，还不如就在陆地上自由自在而行，走到哪里是哪里，只要远离土城，越远越好，还可以看看这山峰外、湖荡外是些什么聚落、什么人。

黎岛主一路往北走，遇到聚落和散居的人就借住几日，让她好奇的是自己走了好多日，应该离土城很远了，可提起土城，聚落族人都知道，甚至有很多人都去过土城，知道陶玉石族聚落，黎岛主看到很多聚落都在使用陶玉石族聚落的陶器，这可是自己发明的熟陶啊，心里不禁感慨万千。

黎岛主不知道走了多少日，也不知道行了多少路，从热季走到收获季，一直走到了冷季。在一个大雪纷飞的黄昏，黎岛主走到了一座巍峨宏伟的城池前，城池有坚固的城墙，城墙上和城门口还有手持青铜矛、戈的士卒守护。

黎岛主按照一路走来的经验，走到一名士卒面前说："我来自土城陶玉石族聚落，想见你们族公。"

士卒一脸懵懂地问道："什么土城？什么陶玉石族聚落？不知道啊，我们这里是缗侯国，没有族公，只有国王。"

黎岛主也没有完全听懂士卒的话，她顺着士卒的话说："那带我去见见你们的国王。"

士卒仔细打量一番黎岛主，黎岛主虽然裹着一身兽皮，但那肥硕丰腴的身姿依然性感迷人，白皙的脸庞生动而魅惑，士卒觉得黎岛主有些来头，就带她去了国王府。

黎岛主跟在士卒身后进了国王府，辉煌宏伟的府邸和华丽耀眼的陈设，让鼍龙岛岛主、声名远扬的土城最大聚落陶玉石族聚落前族公配偶感到心里有些发怵，土城最华丽的城公府和这里相比也相去甚远，黎岛主的心里不免有些忐忑。

但是，黎岛主在见到缗侯国国王的那一刻，从缗侯王看她的迷离眼神里，看出了缗侯王也逃不过美色的诱惑，自信又回到了她的心里。

没出几日，黎岛主使出浑身解数，把缊侯王迷得神魂颠倒。缊侯王问黎岛主道："你说是我这缊侯国好还是你们那个什么土城好？"

黎岛主说："缊侯国城高楼阔，宏伟壮观，土城没法与缊侯国相比，但讲繁华热闹，缊侯国不及土城。"

这缊侯国雄霸一方，敢称自己为国，其势力自然是强盛之极，缊侯王本想在黎岛主面前自我炫耀一番，没想到这怀中美女竟称其繁华热闹不及土城，心里顿时十分不悦，醋意大发，一个雄心勃勃的大想法从脑海里蹦了出来："我要出兵伐土城，让那土城臣服于我。"

黎岛主没想到自己无心的一句话，引起了缊侯王这么大的反应，她想打消缊侯王伐土城的念头，妩媚笑道："土城与缊侯国相距遥远，国王劳师动众远伐小小的土城得不偿失，不值得。"

看到黎岛主这般讨好自己，缊侯王的自尊心得到了极大满足，他大笑起来，更加得意地说道："我非得让你带我去见识见识土城的繁荣热闹不可。"

雄心勃勃的缊侯王铁了心要去远伐土城，他让自己的弟弟守国，分兵一半，让黎岛主带路，浩浩荡荡往土城而去。

缊侯王的大军威武雄壮，缊侯王傲视天下，出发时浩浩荡荡的大军连粮草食物都不带，所过之处各个聚落热情款待，以礼相送，让缊侯王得意之极。

缊侯王的大军绕过云梦泽，早有臣服土城的聚落把消息传到了土城，土城城公在城公府召集土城聚落族公商议应对之策。

狩猎族聚落族公说："我们土城人丁兴旺，百业发达，还怕那远道而来的几个士卒不成！城公你一声号令，我们倾城而出，把那什么大军剁成肉泥喂鼍龙。"

南稻族聚落族公说："千万不可小觑，听说这缗侯国雄踞北方，炼铜筑城，以国自居，其大军皆持青铜矛、戈，所到之处无不臣服。"

陶玉石族聚落族公曦说："我族制陶全赖火，土城三面环水，只有北面与陆地相连，我们在北面连陆之地堆上稻草、芦苇、树枝，缗侯国大军来时我们只需点火成墙，大军如何能进？"

捕鱼族聚落族公说："曦族公所言不妥，火墙能阻大军一时，但柴烧尽时火自灭，下大雨时火也灭，如何能御敌？我们土城依水而建，与水共生，想那北方之军不习水性，我们只需将北面连陆之处挖开，土城就成了一座岛屿，缗侯大军如何来攻？"

众聚落族公七嘴八舌纷纷献计，城公听了深受启发，他再三思虑后说："缗侯国大军士卒虽然少，但均是受过训练的勇士，攻伐有度，我土城人丁虽然众多，但均是族人，杀鱼尚可，杀人不行，我们只能借势御敌。将北面连陆之地挖开成水道，在水道旁筑城墙。此法虽好，但工程浩大，需要各聚落派足人手，日夜挖筑才行。"

各聚落族公纷纷表示全力支持。

一项浩大的防御工程就此展开。

冷季过去，转眼就到了花开之季。

缗侯王率领的大军抵达土城，以缗侯王之意，准备将大军直接开进土城，占领城公府，兵临府上让城公臣服。

可是他没有想到的是，当他们由土城北面准备进城的时候，一条水道、一座城墙挡在了面前，看到这充分戒备的土城防御工事，缊侯王心里"咯噔"一下，看来自己小瞧了这土城。

缊侯王让大军在土城北面驻扎下来，他带人仔细察看了土城的地形，三面环水，这唯一连着陆地的北面现在也被挖开成了水道，水道后面还有一座城墙挡着。缊侯国大军皆不识水性，再勇猛也渡不过水道。

缊侯国大军进不了土城，食物不继，只能狩猎为生，斗志很快涣散下来。

正在缊侯王进退两难之际，随军而来的黎岛主献计道："土城北面水道不宽，如果将竹筏、木筏连在一起铺在水面上，水面就如陆地一样，大军可以直接冲到城墙下，但如何攻城我就不知道了。"

缊侯王没有想到自己宠幸的这个女人竟然还有这样的心机，心中大喜。只要能渡过水道，攻城他有经验。他一边安排士卒砍树制作攀城的梯子，一边派士卒沿湖岸抢夺竹筏、木筏，强掳会撑筏的土城人。

经过几日准备，缊侯王指挥士卒对土城发起了攻击。

缊侯国士卒持青铜矛、戈，抬着木梯，踩着筏子很快冲到城墙下。眼看着士卒竖起木梯，手持矛、戈就要爬上城头，忽然城头上乱石飞下，砸得木梯上的士卒头破血流，接着从城头上推下许多稻草、芦苇、树枝，紧跟着城墙上扔下来几支点燃的松枝火把，城墙外登时一片火海，缊侯国士卒在哀号声中纷纷退了回去，城墙下留下了好几手缊侯国士卒的尸体。

缊侯王组织的攻城失败后，一时也想不出什么好的攻城办法来，想就此返回缊侯国，又觉得有失国王尊严，特别是在黎岛主面前失了体面。

缗侯王正在进退维谷之际，忽然出现大量的士卒拉肚子，还有些士卒浑身长满红斑，奇痒难忍，这些北方的士卒不适应南方潮湿闷热的气候和水土，纷纷病倒。见此情景，缗侯王不得不下令撤退。

土城城公在缗侯国大军兵临城下的时候，就看出了缗侯王出兵犯了兵家大忌。一是劳师远征，出兵草率，没有做好充分准备，连大军食物尚没有准备充足，难有持续作战之力；二是不识南方气候、地理，盲目伐兵，天时、地利均不占，难有攻坚之力；三是缗侯国大军上下骄傲，目空一切，以为进攻土城手到擒来，骄兵必败；四是大军进退无策，撤退时攻之必成溃军。

犯此四项用兵大忌，缗侯国大军焉有不败之理。

城公对敌情了然于胸，他一面组织民军严密防守，一面组织了一支精干的民军在湖荡边枕戈待命，等待缗侯国大军撤退时攻之。

果不其然，土城城公得知缗侯国大军撤退，他马上指挥在湖荡边待命的土城精干民军撑筏出动，从侧翼进攻缗侯国大军。

缗侯国大军攻城不利，饥肠辘辘，大部分士卒都病恹恹的。遇到气势如虹的土城精锐民军来攻，自然毫无招架之力，当即溃散。

兵败如山倒，勇猛的缗侯国大军成了受惊的兔子，溃不成军，土城民军直追出去半日，城公才让人吹起牛角号收兵。

这一仗土城大获全胜，缴获了大量青铜兵器，还俘获了不少缗侯国大军俘虏，全城欢欣鼓舞。

缗侯国大军使用的是青铜兵器，这青铜矛、戈虽然贵重，但也不是稀罕之物，土城聚落早就从外地易回来一些青铜器皿和兵器，当作聚落祭祀用品和权杖。城公的士卒也使用青铜兵器。

城公看到缴获的大量青铜兵器，问缗侯国俘虏道："你们有谁知道怎么样炼制这青铜？"

恰好这俘虏之中有几个人来自制铜聚落，回答道："青铜是由绿石高温烧制而成，只要有绿石，炼制不难。"

城公问道："哪里能找到这样的绿石？"

俘虏说："在缗侯国太阳降落方位有绿石山，盛产这样的绿石。"

城公问道："这些兵器还能够重制成其他器皿吗？"

俘虏道："那更简单，只需将这些兵器高温熔化成铜水，将铜水注入模型，就能够做成想要的器皿、家什。"

城公闻之大喜，他好言安抚这些俘虏，表示不仅不会伤害他们，还会待他们如土城聚落族人一般，让他们安心加入土城聚落。

缗侯国俘虏们劫后余生，对城公感恩戴德。

城公将俘虏编组成制铜聚落，先让这些俘虏将缴获的青铜兵器改制成各种青铜器皿和家什，又派人去寻找绿石。

热季结束，收获季过去，等到冷季来临之时，城公派去寻找绿石的族人回到了土城，他们带回了两背篓绿石。

原来这绿石山就在云梦泽太阳升起的方位，撑筏沿云梦泽南岸行至东岸，登岸后继续往东行两手日，就可到达绿石山，绿石山上已经有聚落建成了采石场，以绿石易物。

城公听了族人介绍寻找绿石山的经过，惊讶不已，他觉得这青铜的用途一定会超过陶，既然陶能使土城繁荣，青铜一定能使土城更加辉煌。他想在土城建立炼铜坊，绿石的来源就成了炼铜坊的关键所在，为此，他决定亲自探访绿石山。

当花季再次来临时，土城城公率领着庞大的队伍经过长途跋涉，来到了绿石山。

绿石山的方位确定了，绿石也找到了，可是绿石沉重，依靠人力或者畜力长途运输实在太难。

城公改变主意，决定在绿石山建立一个炼铜坊，将绿石炼成铜块再运往土城，再在土城制成兵器、器皿、家什。

于是，在遥远的绿石山有了一个采石、炼铜的土城聚落。

当然这些都是后话了。

缊侯王率领着自己的残兵败卒退往缊侯国，一路上的聚落见之就逃，全没有他们出兵时热烈迎送的景象。

没有聚落欢迎，也就没有了食物来源，缊侯王和他的残兵只得靠狩猎获取食物。缊侯王既懊恼又愤懑，心情十分郁闷。

黎岛主安慰道："没想到土城人如此狡猾，不敢与王正面对决，尽使阴谋诡计。"

缊侯王想起这次发兵，皆因这个女人挑唆自己起了伐兵之心，恨不得一剑刺死这个女人。他拔出剑来，可看到她魅惑的样子，心里又有万分不舍。

缊侯王心情郁结，纵欲过度，临近缊侯国时竟然大病不起，士卒抬着他走进城池时，他最后看了一眼自己亲手建立起来的缊侯国，永久地闭上了双眼。

黎岛主害怕缊侯国人迁怒于她，悄悄离开了缊侯国，从此不知所终。

十二

土城因大胜缊侯国而名震四方。

土城远远近近的聚落纷纷臣服，主动向土城纳贡，以寻求土城庇护。

向土城纳贡的聚落都会在自己聚落名称的前面冠以土城称谓，并以此为荣，土城的势力迅速往外扩张。

有很多大聚落干脆把自己的聚落迁进了土城，可土城三面环水，城池无法拓展，后来的聚落就在土城周围聚集，兴建了好几个拱城和附城，许多个年轮过去了，以土城为中心，形成了一个地域辽阔、城池密布、繁荣昌盛的区域。

土城区域的人口和城池不断膨胀，特别是炼铜、制铜业发展起来后，城公的野心也膨胀起来。

有聚落族公进言道："今土城傲视天下，富甲一方，城公应立土城为国，自称为王。"

该族公的进言正合了城公的心意，城公召集土城聚落族公商议立国称王之事。

众聚落族公纷纷拥戴。

祭公道："土城物产丰富，地肥水美，这些年轮风调雨顺，丰衣足食，全赖水神护佑，城公立国可以，称王有与水神分庭抗礼之嫌，建议城公改称侯，侯居一方，比王自谦。"

城公闻之稍有不悦。

曦道："土城虽然富有、强盛，但对周围四方的山川水道、人文地理知之甚少，要立国，就要怀天下，城公可先派遣使者出使四方，弄清楚四方的情况，并统驭之，才是名副其实的国。"

曦的一番话让祭公、城公和在座的各位族公纷纷点头，大家便把话头转到了考察土城周围四方的山川水道、人文地理上来。

末了，城公说："陶玉石族聚落人丁、财富均居土城聚落之首，这考察之事我们就托付给陶玉石族聚落吧。请你们派遣精明能干之人，代表土城出使四方，以两个年轮为限，去一个年轮，返回一个年轮，多带士卒和财物，一路上臣服土城者奖，反我土城者伐，让土城之威远播四方。"

曦思考片刻，回复道："我陶玉石族聚落派遣使者、带足财物不难，但聚落只有族人没有士卒，族人不善攻伐，还请城公安排士卒一同出使，方为稳妥。"

城公满口应承道："那就这么说定了，陶玉石族聚落领头、出财物，我安排士卒，组成土城使团出使四方。"

曦回到聚落，思虑几日后，将自己的儿子春、夏、秋、冬召集在一起，说了城公安排陶玉石族聚落出使四方之事："你们都已成年，待在土城难以成大器，正好趁此机会出去历练自己的胆识，开阔自己的眼界，将来方可成就大事业。"

曦的四个儿子正是青春年少时，土城已经圈不住他们的好奇之心，听说让他们出使四方，兴奋不已，恨不得马上出发。

曦看到自己四个儿子均满心欢喜，愿意出使四方，既高兴又担忧，他跟自己的四个儿子说了自己这几日深思熟虑后的出使安排。

春、夏、秋、冬四个儿子组成东南西北四个使团，各自担任使者，每位使者带一名陶玉石族聚落的长者为副使，每个使团配五手

族人，五手士卒，共十手余二指人，分别沿东南西北四个方向出
发，以两个年轮为限，去一个年轮，返回一个年轮，考察沿途山川
水道、风土人情、物产资源。沿途聚落臣服者赏，不服者伐，广播
土城恩威。

四个使团安排准备妥当，择一个艳阳高照的日子出发，祭公、
城公和土城各聚落族公出城相送。

先说春率领的东方使团。

十手余二指的人，撑着五只木筏，满载着青铜制、陶制、木
制、竹制的器皿、家什，麻布、兽皮等御寒之物，以及稻、黍、瓜
果、鱼干、肉干等食物。使者春还怀揣了几块美玉配饰，浩浩荡荡
由东水道顺水而下。

春使团顺东水道进入云梦泽，一路都是水路，进入云梦泽后每
日仍然迎着太阳升起的方位行进。

一日午后，云梦泽上忽然狂风大作，暴雨倾盆，明明是白昼，
湖面上空却如黑夜一般。

五只木筏在一望无际的云梦泽中如几片树叶一般飘零，大浪几
次差点将木筏掀翻在水里。

春的副使是一位老年长者，长期负责贸易，熟悉水性，经验丰
富，面对如此险境，他让木筏上的族人和士卒用麻绳将五只木筏捆
绑在一起，连接成串，木筏虽然在云梦泽中随波逐流，但却没有
倾覆。

暴雨从午后一直下到第二日黎明，木筏上的物品被湖水浇个精
湿，人也成了落汤鸡。

第二日，暴雨停了，而接下来的几日依然是阴雨绵绵。

　　春将木筏上的族人和士卒分成几班，日夜不停地划水，他们精疲力竭，有些灰心丧气，忽然在雨雾中看到湖岸就在眼前。

　　春使团泊好木筏上岸，岸边散落着几个聚落，聚落族公听说是土城使团，争相杀鸡宰鹅，盛情款待。

　　原来这几个聚落乃是臣服于土城聚落的，名叫土城青鱼聚落、土城东稻聚落、土城黄果聚落，三个聚落每到收获季都会向土城纳贡。

　　春对三个聚落族公道："没想到隔着浩瀚的云梦泽你们也心向土城，难得！该赏！"

　　三聚落族公谢赏道："春公子别说我们离土城远，这里往北行四手日才是绿石山，绿石山上有土城城公的炼铜坊，每隔一段时间，炼铜坊的铜锭都会经我们这里走水路运回土城，你说远是不远？"

　　春使团在云梦泽东岸边休息几日，弃筏走陆路，继续往东去。

　　走不数日，春使团进入山区，山不高，但连绵不绝，土城人不善走山路，走半日要休息半日。

　　一日，春使团正行进于山涧，忽然，前面传来阵阵厮杀叫喊声。

　　转过山涧，只见两个聚落正在相互厮杀，地上已经躺倒几个死伤者，春让自己的士卒持械隔开了厮杀的双方。

　　春的士卒人数不多，但全是精壮勇士，手持锐利的青铜矛、戈，具有很强的震撼和威慑力。

　　正在厮杀的双方见忽然冒出来这样一股有生力量，谁也不敢轻易与之开战。

　　春召集双方聚落族公，问明厮杀原因。

　　这厮杀的双方中，一方是养殖聚落，以驯养畜禽为生，在这山涧驯养了大量畜禽；而另一方是狩猎聚落，以狩猎为生。狩猎聚落看到这个山涧畜禽成群，就经常来此狩猎，养殖聚落多次与狩猎聚落交涉，狩猎聚落不相信这些畜禽为养殖聚落驯养，导致双方发生流血冲突。

　　春问明了冲突原因，向双方表明了自己的身份，问双方聚落族公道："我与你们双方素不相识，居中做个评判可好？"

　　交战双方慑于春的威势，听春说要居中评判，只得点头称好。

　　春问养殖聚落族公道："你们说这山涧畜禽均为你们聚落驯养，可有凭据？"

　　养殖聚落族公说："我们驯养的畜禽腿上均绑有麻绳，你看他们猎杀的畜禽腿上是否绑有麻绳便知。"

　　春让族人拿过一只狩猎聚落猎杀的麂子，果然看见麂子腿上绑着一圈麻绳，他拎着麂子走到狩猎聚落族公面前，指着麂子后腿上的麻绳说："你看这后腿上确实绑有麻绳，野生麂子后腿上怎么会绑有麻绳呢？"

　　狩猎聚落族公自知理亏，但仗着自己人多势众，豪横道："你一个遥远的土城聚落公子，跑到这里来管什么闲事！"

　　春笑道："天理，天理，讲的是一个道理，不讲道理你这个聚落何以立足？我们土城之所以能够统驭遥远的聚落，全凭一个道理。"

　　不待狩猎聚落族公发话，养殖聚落族公对春施礼道："久闻土城威名，今日见到公子，更感土城公正讲理，我养殖聚落愿臣服土城。"

狩猎聚落族公心想，养殖聚落族公这是在给自己找靠山啊，土城名扬四方，今见这使团众人非同凡响，如果养殖聚落投靠了土城，我狩猎聚落就明显处于下风了。想到此，狩猎聚落族公也给春施礼道："公子如此明辨是非，我狩猎聚落也愿臣服于土城。"

化干戈为玉帛，春满心欢喜，他赠一杆矛给养殖聚落，赠一杆戈给狩猎聚落："以后你们都是土城聚落的一员了，应和睦相处，不可再血拼了。"

养殖聚落和狩猎聚落族公看着各自手里漂亮的兵器，心里乐开了花，这可是两手兽皮都换不来的贵重武器。

春对养殖聚落族公说："我们土城聚落里养了鸡鸭鹅这些禽类，也养牛用以长途驮运物资，但没有听说过其他大型畜类也可以饲养，你带我们去看看如何？"

养殖聚落族公道："理当请春公子去聚落小住几日。"说完转身对狩猎聚落族公道，"也请狩猎聚落族公一同去我养殖聚落。"

三人欢笑着携手前往养殖聚落。

养殖聚落坐落在平缓的山坡上，一溜窝棚错落有致，窝棚后面的山坡上以木头栅栏圈起一座座围栏，围栏里分别饲养着牛、鹿、羊、猪等好多种大型牲畜。牲畜或站或躺或悠然自得地嚼着草，全不惧人走近，成群的鸡鸭鹅在围栏之间往来觅食，仿佛到了动物王国一般，让春和狩猎聚落族公大开眼界。

养殖聚落族公介绍说："我们先将这些禽畜圈养在围栏里繁殖、驯化，幼崽饲养、驯化一季后再将这些禽畜放养在山涧，经过驯化的禽畜白天外出觅食，晚间自己回圈栏过夜，这样的养殖方式比起狩猎来既轻松，所得又丰厚。"

养殖聚落族公一边介绍禽畜养殖方式，一边安排族人杀畜宰禽，盛情款待春和狩猎聚落族公一行人。

狩猎聚落族公深有感触地说："我们聚落以后也不狩猎了，跟你们养殖聚落学习养殖畜禽。"

春在养殖聚落盘桓数日，详尽了解了养殖畜禽之术后方才离开。

春率使团走出山区，眼前豁然一马平川，一条宽阔的水道自西逶迤而来，向东奔腾不息。春无从知晓这条水道乃土城东水道的母水道，东水道注入了云梦泽，云梦泽却与眼前宽阔的大水道相连。

春使团沿着水道岸边一路向东，来到一座不大的城池，城池名黑崖，城里城外散布着一些聚落，城池没有守护的士卒，聚落族人待人友善。城公对春说："听说过在遥远的太阳降落的方位有座大城叫土城，善制陶，我这里还有几只辗转易来的陶杯，不知道是不是你们土城所制？我们黑崖也制陶，却制不出你们这样的红陶来。"

春接过黑崖城城公递过来的陶杯，看一眼说："没错，这正是土城陶玉石族聚落所制陶杯。"

黑崖城城公深施一礼："失敬！失敬！改日请公子指教。"

黑崖城城公安排族人准备食物和住处，热情款待春使团一行人。

翌日，黑崖城城公带着春参观黑崖城制陶聚落。

这黑崖城的制陶方式与土城陶玉石族聚落的制陶方式不一样，他们将陶土和成泥后，再加入一种细沙搅拌，更令春惊讶的是，他们塑陶时使用了特制的工具和方式。他们将木头制成板，将木板反面挖出一圆窝，圆窝处顶着一根木杆，塑陶匠人将拌好的陶沙泥放在木板上，有一人推动木板打转，塑陶匠人手里的陶沙泥很快塑成了造型精美的陶器，而且陶器的壁很薄，制出来的陶器很轻，制作完成的陶器直接放在太阳下晒干即可。

春赞叹不已，他一会儿抓一把细沙看看，问是什么沙，一会儿仔细查看那塑陶的木盘构造，再看看已经晒干了的陶器。

黑崖城城公毫无保留地给春介绍了他们的制陶工具、材料和过程。春十分感动，这在陶玉石族聚落可都是秘密，是绝不会给外族人看到的。感动之余，春觉得自己境界太低，对不起黑崖城城公的真诚，于是他对黑崖城城公道："你们这陶器和我们陶玉石族聚落的陶器只差一道工序。"

黑崖城城公问道："我们差一道什么工序？"

春悄声道："差一道火工，我们制成的泥陶经过高温烧制后就成了熟陶。"

黑崖城城公闻之大喜，他安排族人按照春的指点建起炉膛，将制好的泥沙陶放入炉膛烧制。

几日后，烧制好的泥沙陶出炉，春发现比起自己聚落的陶器来，这泥沙陶造型更加精美，虽然壁薄体轻，但陶器依然坚固。

春在黑崖城住了一段时间后，准备告辞继续东去，黑崖城城公道："现在已是冷季，城外冰天雪地，身上裹上兽皮也难以抵御严寒，公子可在黑崖城住过冷季，等到了花开之季再往东去不迟，而且这黑崖城离海边不远，到了海边也就走到了陆地的尽头，再也无法东去了。"

黑崖城城公的一席话让春既感动又好奇，感动的是黑崖城城公如此真诚地挽留自己；好奇的是自己从没有听说过海，这陆地还能走到头。

他问城公道："什么是海？"

城公从春的惊讶中看出春不知道海，更不了解海，他介绍道："海是无边无际的湖泊，从来没有人见到过海的对岸，海水苦咸，深不见底，每日都有潮起潮落，大浪来时浪头能有几人高……"

听了城公对海的描述，春的好奇心更甚，但是他也不得不听从城公的建议，留在黑崖城度过寒冷的冷季。

等到冷季过去，花季到来，春一行告别黑崖城城公，继续东行。

春的脑海里虽然有黑崖城城公对海的描述，但当春见到大海的时候还是惊呆了，他眼望着浩瀚的大海，耳听着如雷般的涛声，忽然感觉自己引以为傲的土城多么的渺小。如果陆地的尽头是海，那海也会有尽头吗？海的那边是什么？他真想自己变成一只鸟，飞向天空、飞到海的那边，去看看天空下还有什么自己不知道的事物，他使劲挥了挥胳膊，可惜自己怎么都飞不起来。

春在海边流连数日，往东已经到了尽头，可约定的返回时间还没有到，他决定顺着大海往北去，心里充满了探索世界的欲望。

春沿着海边往北，行不数日，远远地望见前面有一片洁白的陆地，仿佛是热季的白云落在了地上，朦胧而缥缈，远远有香气传来。走近了才发现这是一片巨大的乳果树林，土城也有乳果树，拳头般大小的乳果甘甜多汁，土城的乳果树都是三三两两地长在野地里，收获季能寻得几个乳果那是再开心不过了。

可是在这里却有着如此巨大的一片乳果林。

更让春惊讶的是，这片乳果林居然是一个乳果聚落栽种的，乳果聚落以种果为生，以果易货，生活富足而安逸。

春问乳果聚落族公知不知道土城和陶玉石族聚落，族公说没听说过，但春看到他递过米的盛蜂蜜的杯子和身后几口不大的陶缸上分明印有土城陶玉石族聚落的印记。

春心里忽然冒出来返回土城的冲动，虽然离约定的返回时间还有一些日子，但是他已经迫不及待地想返回土城，他想告诉土城的族人，陆之大、海之阔，聚落繁若星辰，生活千姿百态。

就在这样一个花季，春带着他的东方使团和满脑子的所见所闻踏上了返回土城之路。

十三

再说曦的儿子夏率领的南方使团。

南方使团也是乘一手木筏出发，他们顺着西水道往南顺水而下，行两手日，西水道汇入一条大的水道，转入大水道再行三手日，大水道汇入一条更大的水道，水道辽阔，水流湍急，夏的一手木筏如树叶般在水道上随波逐流，险象环生。

夏的副使是陶玉石族聚落常年往南方易货的族人，他向夏建议道："土城聚落族人善于在小水道和湖荡里行筏，没有在这样湍急的大水道撑筏的经验，我们的木筏随时都有翻覆的可能，好在这大水道两岸的聚落皆臣服于土城，他们有丰富的大水道行筏经验，我们可以请他们派聚落族人帮我们撑筏，一个聚落撑一段，如此接力下去。"

夏说:"这个办法可行。"

夏当即让五只木筏靠岸,找到岸边的聚落,聚落族公听说是土城使团,以隆重的礼仪接待了夏一行人,听夏说要请聚落族人帮助撑筏南去,聚落族公当即安排了有撑筏经验的族人帮夏。

夏使团在沿途聚落族人的护送下顺水到达了一个烟波浩渺的大湖,大水道与大湖连为一体,其湖之大如云梦泽一般,但大湖显然较云梦泽更深,一眼望去水天一色、波光粼粼,全然见不到云梦泽里那样星星点点的小岛和芦苇荡,湖水湛蓝,深不见底,夏使团的木筏不敢往湖心去,只能沿着湖岸划行。

夏使团的木筏在大湖岸边行了数日,发现大水道和大湖又分开了,仿佛是两个熟人牵了一下手又各奔东西。

不过大水道在这里拐了个湾,往东而去,夏不知道这条大水道正是春走出山区时见到的那条水道,如果他顺着大水道往东去,就能和春会合了。

夏知道自己的方向是要往南去,他再次确认了正午时太阳的方位,让自己的木筏穿过水道继续沿湖岸往南。

一日,夏使团的木筏正沿着大湖前行,忽然岸上传来一阵阵厮杀的叫喊声,夏让族人停筏上岸,只见湖岸上两个聚落正在拼死搏杀,场面十分血腥。

夏连忙指挥自己的五手士卒持械隔开交战双方。

交战双方已经打斗多时,此时精疲力竭,忽然被一支手持利刃的生力军隔开,都不敢轻举妄动。

夏让族人找来交战双方的聚落族公,问明情况。

原来这交战双方是大湖边上潇、湘两个捕鱼聚落,因为争夺捕鱼渔场发生争斗。

夏疑惑不解地问道："偌大的湖，足够你们两个聚落共同捕鱼了，干吗还要争斗？"

潇聚落族公道："大湖虽大，但沿岸都是捕鱼聚落，为争夺渔产丰富的渔场，常常发生争斗，这样的争斗已经延续几辈人了，从来没有间断过。"

听了潇聚落族公的话，夏思虑片刻说："你们可知道土城？"

潇、湘聚落族公都回复说："土城我们都知道，而且每到收获季后我们都会去土城易货。"

夏说："我乃土城城公派往南方的使团，路过此地，既然你们都知道土城，那我就在这里为你们做一个评判如何？"

潇、湘两位聚落族公早就听闻土城威名，今日见到土城使团隔在械斗双方中间的一队士卒，个个威风凛凛，特别是手里拿着的矛、戈锐利无比，与自己聚落族人所持竹矛不可同日而语。他们早就厌倦了聚落间的争斗，如果土城使者能够化解聚落间的争斗，正是求之不得。

湘聚落族公道："使者如果能帮我们公平化解聚落争斗，我们自然求之不得，只是这沿岸聚落众多，使者要能将这些聚落的争斗一并化解，那可是天大的好事情。"

夏说："那我就派人将沿岸聚落召集于此商议吧，你们今日先各自散去。"

不日，夏召集齐沿岸捕鱼聚落族公，商议道："你们都知道我们土城，我乃土城南方使者，路经此地，愿出面化解你们捕鱼聚落之间的争斗，不知道各位聚落族公是否认可我这个土城使者的居中调停？"

各捕鱼聚落族公都知道土城的威名，也厌倦了聚落间的流血争斗，如果这位使者能够公平化解争斗，也是一大幸事。因此一众聚落族公齐声道："愿听使者评判！"

夏说："既然各位族公愿听我这个土城使者的评判，那就是认可我们土城会公平处事，不知道各位聚落族公是否愿意臣服我土城？"

夏的话让各位聚落族公疑惑不解，大家都不理解夏为何让各捕鱼聚落臣服土城。

夏接着说："我让各聚落臣服土城并不是为了要你们进贡，而是为了把你们团结在土城的名义下，如果你们各聚落都臣服土城，那你们就是兄弟般的聚落，兄弟间的矛盾就好化解了。"

夏的一番话出乎所有聚落族公的意料，大家七嘴八舌议论起来："那要纳多少贡？""除了纳贡还有其他要求没有？""臣服土城有没有什么好处？""真能化解聚落间的争斗吗？"

夏不慌不忙一一解答了各聚落族公的疑虑。最后各捕鱼聚落均表示愿意臣服土城。

夏说："既然大家都愿意臣服土城，从现在起我们大湖沿岸的捕鱼聚落就成了土城在大湖的一个聚落联盟，我赠送给每个捕鱼聚落一杆土城的青铜长矛作为信物，以后见此矛就是聚落联盟成员，不得开战，如何？"

众捕鱼聚落族公均表示拥护。

潇聚落族公道："我们各捕鱼聚落虽然成了同一个聚落联盟，但联盟内还是要立个规矩，以便各联盟成员共同遵守。"

夏道："那我就立个规矩——我们每个捕鱼聚落就占步行半日之湖岸，以木桩为界，各聚落不得越界捕鱼。"

较小的捕鱼聚落族公纷纷表示支持这样的规矩，有几个大的捕鱼聚落族公心里有些不愿意，但碍于土城的威名又不好公开反对。

夏看出了这些大聚落族公的犹豫，大声道："捕鱼虽好，但财物和食物来源太过单一，聚落难以发扬光大，我回土城后让族人给你们送些稻、黍、豆的种子来，大湖沿岸土地肥沃，你们捕鱼聚落可以学习耕种，生活来源和财物就会快速增长了！"

众聚落族公听夏说给他们送种子，让他们习耕种，皆大欢喜，土城大湖捕鱼聚落联盟就此成立。

告别土城大湖捕鱼聚落联盟，夏率使团继续南下，来到了山峰高耸、山峦叠翠的山区。山边有一座城池，城公是一位身材矮小、皮肤黝黑的中年男子。矮小的城公听说夏来自土城，施礼道："土城乃是繁荣发达之地，我年少时曾经去过土城，回来后继任了青竹聚落族公，我按照土城的样式建了这青竹城，这些年轮青竹城不断发展，才有了今日的规模，我们自诩为小土城。"

青竹城城公一席话，让夏倍感亲切，没想到土城竟然能有这样的影响力，他想亲眼看看这小土城是什么样子，便让城公带自己在青竹城转转。

青竹城不大，但却井井有条，静谧而安详，城墙不高，也没有护城河，城里城外长满了粗壮的竹子。各种竹制品随处可见，特别是竹制的篮子、筐子十分精美，夏在土城也见到过这样的竹制篮、筐，那是从外地易货而来的，价值不菲，没想到却是出自这里。

城公看出了夏对竹制器皿的兴趣，他带着夏来到竹器坊，参观竹器的制作。

夏来到竹器坊，只见几个匠人先将竹子砸破成片，再将成片的竹子剥离成竹叶般薄的竹篾，最后将柔软有韧劲的竹篾经纬交错编织成各种造型的竹制器皿。

匠人破竹、起皮、编织的手法让夏叹为观止，他想到，土城也盛产竹子，能把这项技艺引入土城多好。

夏在青竹城休整几日，青竹城城公派了几个向导带着夏使团穿越绵延群山，进入山南。

夏对山南的第一个感觉是热，这个时节已经是土城收获季向冷季过渡的时节，可这里依然酷暑难当，比土城的热季还要炎热；夏对山南的第二个感觉是潮湿，每日从早到晚浑身都是汗津津的，好像生活在蒸钵里一样；夏对南山的第三个感觉是人烟稀少，走出去好远都难以遇见一人，偶尔一见的聚落规模很小，大多只是散居的人，且大多身材矮小、皮肤黝黑，男女几乎完全赤裸着身子。如果不是亲眼所见，夏不会相信天底下还有这样的去处，生活环境与土城竟有如此大的区别。他们越往南行，天气越来越热。

一日午间，有族人和士卒走着走着，忽然晕倒在地，人事不省，夏一时慌了神，不知道这是什么疾病。

夏让族人找来当地人打听，当地人说："烈日当空，你们还在烈日下负重行走，这是中暑了，赶紧给中暑之人遮蔽阳光，喂水、降温，就能救醒。"

夏让族人和士卒按照当地人告知的方法救人。

不久，晕倒的族人和士卒果然苏醒过来，夏让族人拿了些食物和陶器送给当地人。当地人说自己的聚落就在前面不远处的树林里，邀请夏去他的聚落歇息。夏求之不得，便随他来到了树林里的一个小聚落。

这是一个树人聚落，聚落族人不多，散居在树林里，以树洞、树屋、茅寮为居所，让夏感到惊奇的是，他们在几棵大树的树干上居然也搭建了树屋，聚落的族公就住在这样一间树干树屋里。

夏向树人聚落族公介绍了土城和自己受土城城公派遣出使南方之事，树人聚落族公道："我是第一次见到来自遥远地方的人，没听说过土城，也没听说过外面的事情，我们祖祖辈辈就在这树林里生活，以狩猎、摘果为生，最多就是以果实和兽肉与周围聚落交换一些工具和生活用品。"

夏把自己带来的一些食物和器皿赠送给族公，树人聚落族人围着夏赠送的食物和器皿，不知道如何食用和使用。

树人聚落族公也让人拿来果子给夏吃，这些果子是夏从来没有见过的，夏一行人也不知道该怎么吃。在树人聚落族人的示范下，夏一行人才尝到了多汁、甜美的果子。

树人聚落族公还让族人拿出竹筒装着的树叶水，递给夏说："你们喝了这个树叶水，就不会再中暑了。"

夏犹豫着喝了两口树叶水，顿时感觉清凉了许多，他把竹筒递给身边的其他人喝，随后把胳膊伸到族公面前说："我们到了这山南后，每个人浑身长满了这样的小红点，奇痒难耐，越挠越多，不知道为何？"

族公笑道："这是潮热之气所致，只需喝了这树叶水就好了。"

夏使团的族人和士卒听了树人聚落族公的话，便争抢着喝这树叶水。

　　喝着树叶水，夏见树人聚落族人所用器皿十分独特，既非陶制，也非石制、木制、竹制，而是从来没有见到过，且造型十分奇怪的器皿，夏好奇地问道："请问族公，聚落族人所用器皿是什么材质所制？为何形状如此独特？"

　　族公道："这些器皿非人工所制，而是在海边所拾的贝壳、海螺、龟甲。"

　　夏问："海是什么？"

　　族公说："海是比陆地更大、更辽阔的湖泊，无边无际，海水苦咸，里面却生活着众多的海生物种……"

　　树人聚落族公向夏介绍了半日海的情况，夏听了一头雾水，因为族公口中所说的海已经完全超出了夏的认知范围。族公看到夏满脸的疑问，就说："你们只需再往南走二日就能见到海了。"

　　夜里，夏躺在临时搭建的树棚里，脑子里满是想象中的大海，夜不能寐。

　　忽然，夏听到树棚外一阵窸窸窣窣的声响，夏起身走出树棚，月光下，几个人正在偷拿夏使团带来的东西。

　　夏大喊一声，想吓跑那几个偷拿东西的人，没想到他们不仅没有被吓跑，反而举起木棍朝夏击打过来，夏侧身闪过木棍，周围惊醒过来的族人和士卒一拥而上，一阵矛、戈刺杀之后，那几个人全都倒在地上。

　　夏让族人去找树人聚落族公，族人发现整个聚落除了被刺倒的几个男人外已经空无一人，就连孩子和老人都不见了踪影。

　　等到天亮，夏带着使团继续往南而去。

　　行了两日，当烈日西下，残阳如血，夏一行人听到前方传来一阵阵闷雷一般的声音。

"海？涛声？"夏脑子里冒出树人聚落族公讲述的海的样子。

他们加快脚步，夜幕降临时，他们站在了波涛汹涌的海边。

夜色中的海，依然雄伟壮阔，那涛声更是动人心魄。夏让族人捡来树枝，就在大海的沙滩上点燃了两堆篝火，他们心潮澎湃，迫不及待地想要看到大海的样子，准备留宿海边等待天明。

夏吸取昨日夜里的教训，让士卒两人一班轮流守夜。也许是昨晚没有睡好，也许是海风过于凉爽，夏一行人很快就在涛声中沉沉睡去。

当夏被惊叫声从沉睡中唤醒的时候已是黎明，天空透出一抹朝霞，成群的海鸟在海面翻飞。

太阳仿佛从海水里跃出海面，金色的阳光洒在海面和沙滩上，潮水退去，平缓而辽阔的沙滩上除了夏和他的随从，还有许多被海水裹挟上来的贝、螺、鱼等不知名的海生物种。

夏和随从们兴奋地在沙滩上奔跑，捡拾着那些稀奇古怪的海生物种。他们用青铜矛撬开螺、贝，尝尝里面的肉，鲜美却有着强烈的腥味。夏随手丢了几只螺、贝在篝火的余烬中，不一会儿就有诱人的肉香飘散开来，族人扒开余烬，品尝烤过的螺、贝肉，那可是他们从来没有尝到过的美味啊。

沙滩上的篝火重新点燃，一顿烤海鲜盛宴从早晨一直吃到了晚上。

夏让族人和士卒在海岸上搭起了几个茅寮，从未见过的美景和吃过的美味几乎让夏忘记了自己的使命，忘了今夕是何年轮。

就在夏和他的随从们忘乎所以的时候，一日早晨，一帮精壮的当地聚落男人手持木棒、竹矛、石斧，气势汹汹地杀了过来，毫无防备的夏组织族人、士卒仓促应战。

一场恶战，夏和他的族人、士卒凭借手中锐利的武器击败了当地聚落男人的进攻，但自身也死伤过半。

夏不敢再在海边停留，踏上了返程之路。

十四

与春和夏率领的使团不同，秋率领的西方使团从西水道逆水而上。出了土城，西水道沿岸聚落一个连着一个，其热闹不输城里，这些聚落皆是土城的附属聚落，秋使团路过这些聚落时受到了热情迎送，让秋感觉似乎还未曾离开土城。

秋使团一连行了十手日，西水道渐渐北去，秋看看方位，不得不弃筏西行。沿途的聚落也逐渐稀疏起来，但这里的聚落依然是土城的附属聚落，直到走到夷陵城。

夷陵城建在一条大水道岸边，城后是连绵巍峨的群山。水道从群山中逶迤而来，奔腾的水流顺水道咆哮而出，在夷陵城边打一个转，仿佛被夷陵城驯服一样，平静而舒缓地向下流去。

夷陵城城公是一个很年轻的男子，他听说秋是土城派出的使者，施礼道："土城离夷陵城不远，我们两城聚落贸易往来频繁，我曾经去过土城几次，对土城羡慕不已。"

秋回礼道："你这夷陵城也很不错，繁华兴旺，不知道夷陵城聚落族人以何为生？"

夷陵城城公道："夷陵城地域狭窄，土地贫瘠，聚落族人从土城那里学得一些种黍、种豆的技巧，制石、织麻、编席的技艺，但主要还是靠捕鱼、狩猎、采橘为生。"

城公说着，让人拿出一些果子招待秋一行人。

秋道："土城与夷陵城相隔不远，贸易往来频繁，营生可以互补，何不结为盟城，相辅相成。"

城公道："我早有此意，但不知道土城城公意下如何，不敢贸然提议。"

秋喜道："我这次就是城公派往西方联络沿途各城池、聚落商议结盟之事的，除了我这路西方使团，土城还往东南北各方派了使者，土城城公有建国称王之心，如夷陵城愿意加入我土城之国，那我们就是最近的盟城了。"夷陵城公道："土城如能接纳我夷陵城，我愿率夷陵城加入土城国。"

俩人不谋而合，皆大欢喜。秋当即决定派两名族人陪同夷陵城使者去面见土城城公提出结盟之事。

秋在夷陵城盘桓数日，准备继续西行。

夷陵城城公道："此去往西，群山连绵不绝，群山之中山高林茂，即使是正午也很难见到阳光，无法辨别方向，只能沿着这大水道逆水而上，但水道两岸山势陡峭，人难以直接逾越，只能绕道翻山而行；山中猴子成群，喜欢攻击人类。要翻越这绵延群山谈何容易。"

秋焦急道："那如何是好，能绕过这绵延的群山吗？"

城公道："要往西去绕不过这群山，你若执意要去，我只能派向导为你带路了。"

翌日，秋使团带着夷陵城城公安排的几名向导沿大水道逆水前行。

秋使团在群山中艰难跋涉，有时候用了一日的时间翻过一座大山，回到水道岸边，从水道岸边往回看，出发地却近在咫尺；沿途的群猴不断袭扰秋使团，抢夺他们携带的食物，向导让秋使团的士卒猎了几只山鸡、野兔，将其挑在矛上，那些猴子见了才不敢近前。

秋使团从热季出发，直到收获季才走出绵延的群山。

秋以为翻越这绵延群山，山那边一定是蛮荒之地，没想到走出群山，眼前却是另一番繁荣景象。只见眼前一马平川，沃野茫茫，瓜满地、果满枝、稻满垄，聚落星罗棋布，好一处富庶、繁荣之地。

秋从这些聚落族公那里得知，这些聚落都是星川国的附属聚落，星川国繁荣昌盛，离这里十分遥远。

在这仿佛天边一隅的地方，居然还有着这么一个国，让秋感到意外和好奇，他决定去拜访这个神奇之国。

秋使团在沿途聚落的指引下，从收获季走过整个冷季，好在这里的冷季并不寒冷，只下过几场小雪。不下雪的时候，水道、湖荡都没有结冰，比起土城来暖和一些。

乍暖还寒之时，秋使团终于走进了星川国都城。

这是一座建立在平原上的超大城池，四周一马平川，北部有水道蜿蜒穿过。秋发现，星川国都城是由几个城池相连而成，各城自成体系又相互连接，市井井井有条，商贾云集，物资丰富，人流熙熙攘攘，在土城只有寥寥几座的石屋，在这里居然鳞次栉比，好一座繁荣昌盛之城。

星川国国王是一个清瘦的中年男子，他听说秋和他的使团来自遥远的山东之地，心里充满了好奇，他召集各城城公在国王府设宴，款待秋一行人。

在国王府宽敞的大厅里，宾主席地而坐，一边吃着美食、饮着美酒，一边听秋介绍土城的风土人情。

秋是第一次饮酒，在这之前他并不知道酒为何物，听国王介绍才知道是果子发酵酿制而成，入口有几分辛辣，咽下却回味绵长，饮几爵，浑身燥热，身体飘忽，甚是神奇。

青铜器皿、家什、武器在土城也不算稀罕之物，可远没有这里使用广泛，这里的酒器、餐具、食盘皆为青铜所制，甚至国王的身后还摆放着两尊与真人一般大小的青铜人像。更让秋惊叹不已的是国王手持着一柄权杖，黄灿灿、光闪闪，煞是亮眼。

面对这样的盛景，秋带着几分夸张地讲述土城的制陶、制玉、炼铜之能耐和依山傍水之富庶。

秋对土城的描述，激起了在场国王和城公们对土城的好奇心，特别是依偎在国王身边的一个身材娇小玲珑、肌肤雪白、眼睛水灵的女孩，她眼睛始终盯着秋，仿佛在说："真的吗？"

当秋说到土城陶玉石族聚落制玉的时候，国王身边的女孩情不自禁地插话道："我们星川国也制玉，但都是制的一些家什、工具，不知道玉还能制成佩饰，这佩饰又是怎么样的呢？"

秋解下自己脖子上戴着的一块玉佩递给女孩道："就是这样的。"

国王向秋介绍道："这是小女娲，不懂事。"

娲双手捧着秋的玉佩，就像捧着一件宝贝一样，目光都呆住了，她转身把玉佩捧给国王看，国王拿过玉佩欣赏良久，又将玉佩递与城公们欣赏。

当玉佩再次传到媤的手里的时候，媤爱不释手，不忍还给秋。

秋看出了媤对玉佩的喜爱，笑道："看你如此喜爱，我就送你了。"

媤高兴地跳了起来。

国王道："你也不能白收客人的东西，可将自己的金饰与客人互换。"

媤笑盈盈地从自己的脖子上取下金佩饰递给秋说："谢谢！"

有城公打趣道："你们这是在交换定情信物了呀！"

满堂哄笑，秋和媤都满脸通红。

接下来的一段日子，有时是国王、有时是城公、有时是媤，陪着秋在城里各处转悠，秋看到了许多新奇的事物。

一日，媤陪着秋转了一整日，媤说："我们星川国的新奇事物你都看见了，可你们土城的新奇事物我只听到你说，却未曾见识过，特别是你说的你们陶玉石族聚落的制陶和制玉，整日在我脑子里转悠，要不你在我们这里建一个制玉和制陶的工坊，教我们星川国人制玉、制陶吧。"

媤的话说到了秋的心坎上，他召集使团成员商议道："这星川国的事物我们该看的都看了，该学的都学了，我们总得给他们留下一些什么吧？国王的女儿说让我们在这里建制玉、制陶坊，我觉得可行，不知道大家意下如何？"

秋的副使道："眼看到了热季，按聚落族公的安排我们该返回土城了。"

　　副使的话让秋好像忽然想起自己在这里只是过客，离开这里回到土城是自己的使命，可这里的一切已经让他产生了深深的依恋，仿佛这里就是自己心中美好的家园。

　　当秋再次见到娲的时候，告别的话却怎么都说不出口，娲仿佛看穿了秋的心思，她深情地说："我知道你应该回去了，可我好舍不得你离开，如果你愿意，我想把你留下来，我让父亲赐一片土地给我们，我们在这里建一个土城陶玉石族聚落，你带来的人虽然少点，但我可以给你生一群孩子，让陶玉石族聚落在这里不断发展壮大。"

　　望着娲羞涩的面容和期待的目光，听着娲的表白，秋心中的天平彻底倾斜了，为了这个女孩、为了这片真心，他愿意无怨无悔地留下来。两颗心紧紧地贴在了一起……

　　秋再次召集使团成员道："我已经决定留在这星川国了，在这里建立陶玉石族聚落，你们愿意回土城的就结伴回去，不愿意回土城，愿意留下来的可以成为星川国陶玉石族聚落的一员。"

　　沉默，只是短暂的沉默后，传出一阵欢呼声，原来使团的这些族人和士卒早已经爱上了星川国的繁华和富庶，成了星川国女人的俘虏，他们正忧心忡忡，害怕秋要带他们返回土城，现在听到秋的决定，怎么能不欢欣鼓舞呢？

　　最后，还是有副使等三手多的族人和士卒要求返回土城，因为他们有配偶和子女留在土城，星川国的诱惑抵不过亲情。

　　秋给返回土城的族人和士卒准备了丰厚的礼物和充足的返程所需物资，含泪与他们依依惜别。

　　土城失去了秋，曦少了个儿子，但星川国多了个陶玉石族聚落。从此，制陶、制玉业在星川国发展起来。

十五

冬率领的北方使团是唯一从陆路出发的使团。

冬是曦与玑唯一的孩子，也是曦的长子。

本来曦有些犹豫是否让冬率团出使，他既怕冬出门遇到危险，又怕冬路上吃苦。

可冬自己坚持要出使北方。

曦知道，冬是想去探访母亲的故里，自己不能阻止他。

曦特意安排长须为冬的副使，让长须带着他们西域过来的族人护送冬出使西域，并再三嘱咐长须，一定要把冬安全带回土城。

长须虽已年迈，但他是玑的亲叔叔，玑去世后长须对冬宠爱有加，这可是玑唯一的后人，他不能让冬受丝毫的委屈。

这些年来，长须也无时无刻不在记挂着自己遥远的故乡，听曦说让他护送冬出使北方，情不自禁地流下热泪，他没有想到自己在有生之年，还可以再次踏上故乡的土地。

冬出发的时候，曦一直把冬送出城外好远，叮嘱他路上要听长须爷爷的话，一路上也要照顾好长须爷爷。

北方使团告别曦后，一路往北，所过之处皆是土城的附属聚落，直到接近缢侯城。

缢侯国国王率兵伐土城失败，两城之间有了嫌隙。

长须对冬说："作为土城的使团，我们可不能轻易进这缢侯城。"

冬安排两个族人进缊侯城去查探情况。

过了两日，进城探听情况的族人回来报告说："缊侯国国王领兵伐土城失败后，返回缊侯城时就已经亡故，缊侯国就此一蹶不振，其弟弟继任国王，勉强维持了两个年轮，就被相隔不远、早就觊觎缊侯国的阃侯国发兵征服。现在这缊侯城只是阃侯国的一座附属城池。征服了缊侯国的阃侯国国王更是雄心勃勃，一直叫嚣着要征伐土城，并几次派细作往土城察探虚实，知道土城不仅地形易守难攻，而且人丁兴旺、聚落众多、各业发达、兵势强盛后，迟迟不敢发兵。"

阃侯国国王伐土城之心不死，冬不敢自投罗网，使团只能绕过缊侯城北上。

北方气候寒冷，土地贫瘠，水源有限，各聚落之间为了争夺这些生活资源，常常爆发战争。为了在战争中生存，聚落往往会结成聚落联盟，这些聚落联盟筑城御敌，不断研发新兵器，生存比生活显得更加重要。

冬使团一路北上，很少见到有散居的聚落，见到的城池也都是城墙高筑，戒备森严。好在土城与这些城池里的聚落联盟没有仇隙，这些聚落联盟都听说过缊侯王伐土城失败的事情，冬使团所过之处，各聚落联盟都是以礼相待。

途中遇到过几次聚落联盟之间的战争，冬使团在长须的带领下绕道而行，巧妙地躲过了战乱。

当第一场大雪不期而至的时候，长须带着冬使团找到了自己曾经的聚落所在地，可这里已经成为一片废墟，荒漠中的一座山冈边，密布的地窝子依稀可见，山冈边曾经有一个狭长形的湖泊，湖水不深，长满芦苇，这是长须他们聚落赖以生存的根基，如今湖水已经干涸，只剩下几丛枯萎的芦苇在风雪中顽强地宣示着绿洲的过往。

见自己日思夜想、时刻记挂着的故土已经空无一人，长须忍不住仰天长啸，故乡依旧在，亲人已无踪，梦里千百回，何以寄相思。

冬知道这里曾经是哺育自己母亲的土地，可母亲和这片土地对他来说都是陌生的，仿佛是天空中飘荡的影子，忽远忽近，亲切却难以亲近，陌生而又似曾相识，对母亲的思念像洪水般涌上心头。

大雪阻止了冬使团北上的步伐，好在长须曾经的聚落族人居住的地窝子还在，冬使团就暂歇在这里，等待着寒冬过去。

土城族人从来没有经历过如此寒冷的天气，寒气如锥，寒风如刀，无形的刀锥刺进人的身体里，痛入骨髓。虽然他们有足够的食物，可每个人仅一张兽皮裹身，难以抵挡北方冷季的严寒。篝火成了他们唯一的依靠，有族人和士卒冻伤了手脚，有几个体弱的族人甚至在严寒里死去，恐惧如寒风一样如影随形。

冬使团在痛苦中挨过了北方漫长的冷季，当寒锋稍钝，雪开始融化的时候，忽然，有一日午后，飘过来一队面目异样的人，这些人在雪地里行走无声无息，他们悄无声息地冲进地窝子里，见人就刺，见东西就抢。

长须第一个反应过来，他冲出地窝子，站在雪地里大声喊道："北人来啦！赶紧出来反击！"

昏昏然的族人和士卒听到长须的喊叫声，赶紧持械从地窝子里冲了出来，特别是使团里的五手士卒都是训练有素的勇士，他们迅速在地窝子前组成防御队形。

那些正在抢夺财物的北人打了一声呼哨，如来时一般迅捷地走了。

冬清点人员和财物，使团族人和士卒死三人、伤五人，财物大部分被劫。

长须说："这些北人以掠夺为生，专门抢劫过往商队，行踪飘忽，很难对付，我们很难继续北上了，就此返回吧。"

冬犹豫道："离族公约定的返回时间尚隔一季，就此返回失信于族公。"

长须说："族公对外面的境况并不知晓，所说一年轮不是一个定数，继续北上我们必定凶多吉少，而且我们对北方的大致情况已经知晓，没有必要再冒生命危险北上。"

冬觉得长须爷爷所说有理，他打消了继续北上的念头，和长须爷爷商议道："现在还是冰天雪地，不适合长途跋涉，我们可否去就近的城池暂居，等到了花开之季再返回土城。"

长须点头赞许道："你所说正如我所想，我们来时路过的雁城离此地不远，我们可去那里暂居。"

冬使团收拾启程，前往雁城。

这雁城地处浩瀚的荒漠之中，依着一条蜿蜒的水道，城池不大，城墙很高。城公是一位彪形大汉，髯短而浓密，遮住了大半个面颊，声如雷鸣。

雁城四周生活资源贫乏，但地理位置重要，南来北往、东去西来的商贾云集于此，这里就成了一个繁荣的集市，雁城的聚落皆是以贸易为生。

短髯城公听冬说来自遥远的土城，顿时来了兴趣，他详细向冬打听土城的情况，不停"啧啧"几声，表示赞赏，贸易聚落喜好交往，很快，短髯城公就和冬成了好朋友。

转眼冷季过去，花季到来。

虽然这雁城既没有花开也鲜有绿树，但柔和温暖的风吹到脸颊上，让冬对花季的感觉比在土城时强烈得多，只有经历过严寒，才能感受到温暖的可贵。

冬与长须商议返程之事，长须道："我看这里集市上有许多的玉器和玉料，正好我们可以易些回去。"

冬说："我们带来的大部分财物已经被北人劫了去，剩下的这点财物还不够我们返程易食物和生活用品所需，哪还有财物易玉料？"

长须既不甘心，又觉遗憾，他跟冬商议道："士卒的矛、戈在这里价值很高，我们拿一部分去易点玉料怎么样？"

冬摇头道："不可，士卒的矛、戈是我们的护身符，我们可不能自废护身符。"

"我有办法了。"冬灵机一动，转身去找短髯城公。

冬向短髯城公辞行道："花季来临，我们准备返回土城了，谢谢城公的热情接待。"

短髯城公道："可惜你们不能留下来教我们一些制陶的技艺，真想去看看你们繁华的土城。"

冬道："你可以派一个贸易商队去我们土城易货，此去土城虽然路途遥远，但土城物产丰富，物美价廉，能易到陶器、竹器、稻米、鱼干等北方稀有之物……"

没有等冬把话说完，短髯城公一把抓住冬的手说："那我们就这么说定了，我马上组织易货商队随你去土城。"

冬心中暗喜道："实不相瞒，我们陶玉石族聚落正缺玉料，本来想在你这里易一部分玉料回土城，无奈手中缺少物资，你如果组织商队去土城，其他货物都不用带，只带玉料和制玉工具去，你带去的玉料和制玉工具我们陶玉石族聚落全部收了，一定会给你换到丰厚的物品回来！"

短髯城公见冬如此坦诚，心里很激动："那我们就这么说定了，我派商队去土城，只带玉料和制玉工具，与你们陶玉石族聚落易我们看中的物资。以后我们可做长期贸易伙伴。"

几日后，一个庞大的贸易商队从雁城出发，往土城而去。

再说阊侯国国王得知土城派出北方使团出使北方，绕过了阊侯国，现在使团和贸易商队准备返回土城，心里思忖，这可是难得的机会，一定要把这土城的北方使团和贸易商队全部掳来，让世人看看阊侯国的强大。

于是，阊侯王安排两名得力的军士各带二十手士卒出城驻扎，每日在北方使团回程必须经过的缊侯城城西巡查。

冬的使团和雁城贸易商队不敢路经缊侯和阊侯二城，他们打算往西远远绕过缊侯、阊侯二城，可没有想到还是与阊侯王派出的巡查队撞了个正着。

眼看形势危急，长须对冬说："我带士卒冲过去与之拼杀，你乘机率领族人和商队逃走，这里离土城的势力范围已经不远了，你只要逃去三四日路程，就会到达土城附属聚落，这阊侯国军队人数不多，不敢追到土城聚落里去。"

冬正想争辩，长须以从没有过的强硬语气道："不用多说，赶紧逃！"

长须不待冬回话，率领土城士卒和雁城贸易护卫队，冲向阊侯王的巡查队，两军很快厮杀在一起，杀声一片，腥风血雨。

冬不敢耽误，立即率领族人和商队狂奔而去。

阊侯王的巡查队收拾完长须带领的土城士卒和雁城贸易护卫队，回头再去追赶冬带领的族人和商队，一路追杀到土城附属聚落。

土城附属聚落得知是冬率领的北方使团遭人追杀，立即召集族人抵挡，好在阊侯国巡查队士卒本来不多，在与长须率领的土城士卒和雁城贸易护卫队的战斗中损失不少，到了土城附属聚落的地盘，不敢深入，只得收拾残兵返回阊侯国复命。

十六

冬率领的北方使团回到土城的时候，身边只剩下一手多族人和两名士卒，雁城的商人也只剩下三手人，长须战死，悲伤之余，唯一有一点安慰的是雁城贸易商队还剩下一手牛驮带的玉料。

冬含泪向曦讲述了自己出使北方的经过，曦心里五味杂陈，他痛心失去了长须这个生死相交的异族叔叔，惋惜未能找到玑的聚落族人，痛恨阊侯国国王对冬使团的追杀，庆幸制玉坊有了较为充足的玉料和制玉工具。他让人安顿好雁城贸易商队的人，带着冬去见城公。

城公在城公府召集祭公和各聚落族公，听冬讲述了出使北方的经历，对北方国、城的强大和好战有了很直接的认识，都觉得土城与北方之国迟早会有生死一战，各聚落族公极力怂恿城公早日立国，练兵筑城，确保有能力再次击败北方之国的入侵。

冬回上城后不久，春、夏率领的东、南使团也相继回到土城，唯有秋未能回到土城，但秋的副使率领三手多族人和士卒返回了土城。

城公又先后召集祭公和各聚落族公在城公府听取了使团的报告。

听了四方使团的报告，城公、祭公和各聚落族公们忽然觉得自己的眼界开阔了许多，胸怀也开阔了许多，拿土城和天底下这些国、城和聚落相比较，土城之大、之强、之繁荣、之发达，毫不逊色，聚落族公们一致拥戴城公立国称王。

城公与祭公经过周密策划，在收获季祭祀水神之日，宣布在土城立国，国名森，城公登基为王，尊祭公为国师，封十大聚落族公为侯，封曦的春、夏、冬和城公的长子为东西南北四个镇守。

森国立国后筑城、练兵、制兵器，广开贸易渠道，大力发展手工业、种植业、养殖业，一个繁荣、强盛的森国迅速在土城崛起。

同一时期，靠掠夺、征伐立国的阃侯国也迅速发展壮大起来，它凭借强大的军事实力东征西讨，兼并和征服了众多的城池和小国，雄霸北方。

阃侯国和森国一个靠掠夺、征伐壮大，一个靠贸易、经济强盛，两国的野心不断膨胀，加之之前早有嫌隙，终于把目标瞄准了对方，与对方决战的想法在两个国王的脑子里定格下来。

阃侯国国王虽然能征善战，野心勃勃，但对征伐森国心存忌惮，脑子里多少留有缊侯王征伐土城失败的阴影。尽管现在的阊侯国已非当年的缊侯国可比，但阊侯王还是做了充分准备，他几乎是倾全国之军队，配备了最先进的兵器，带足了粮草，亲自挂帅，声势浩大地起兵伐淼国。

淼国国王也早就有起兵伐阊侯国之心，他觉得只有战胜北方最强大的阊侯国，淼国才能在北方诸国中树立起自己的形象和地位，淼国才能长治久安。可阊侯国能征善战，国力强盛，两国相距甚远，劳师远征没有必胜的把握。今闻阊侯国起兵来伐，正中淼国国王下怀，他不想让战火在自己的都城燃起，决定起兵迎敌。

酷热之季，阊侯国国王和淼国国王亲率的两支大军在云梦泽西北岸扎下营地，开始了一场旷日持久的激烈战争。

阊侯国军队的士卒剽悍勇猛，声势浩大，但缺乏严密的组织指挥，作战只靠黑白两面旗帜，挥动白旗时军队发起进攻，挥动黑旗时军队向后撤退，进退皆无队形，如野牛般狂野肆意，势不可当。

淼国国王是军人出身，有着丰富的作战经验，他将淼国军队分为四镇，每镇又分三排，第一排均为壮硕士卒，手持盾牌，防御敌人的弓箭、长矛攻击；第二排士卒持长矛、长戈、长戟，均为高个子士卒，从前排士卒之间的空隙和头顶刺杀敌人；第三排士卒使用弓箭射杀敌人；整支军队分工协作，进退有据，在狂野的"牛群"面前灵活应对，游刃有余。

两军激战四手日，士卒死伤无数，双方互有胜负，谁都不能战胜谁，谁也不肯服输，双方处于势均力敌的僵持状况。

淼国国王见正面对敌难以取胜，想到了淼国军队的优势，于是派春、夏带两镇士卒，乘夜色掩护，撑筏由云梦泽绕到阊侯国军队后方发起进攻，阊侯国军队整体组织松弛，前锋勇猛，后方涣散。

春、夏所率军队突然进攻毫无准备的阊侯国军队后方，对方一触即溃，后方的溃败很快传导至前锋，阊侯国整个战线转瞬溃散。

森国国王看到敌方战线动摇，立即组织全线反攻，森国军队势如破竹，穷追猛打。

阊侯国国王眼见已经无法控制住军队，反而被自己的军队裹挟着一路溃败，身边的士卒越来越少，艰难地逃回阊侯城，守城的士卒见国王败回，连忙打开城门，接应阊侯王。

谁承想阊侯王身后忽然冒出两队森国军队，自己的国王正进入城门，阊侯国守城士卒不敢关闭城门，眼睁睁看着森国军队紧随自己的国王杀进城来。

阊侯国留守城池的士卒皆为老幼，面对汹涌而来的森国军队毫无招架之力。

阊侯王只得穿城而过，出北门逃窜而去，森国军队不费吹灰之力占领了阊侯国都城。

森国国王随后进入阊侯国都城，将阊侯国之财宝尽数运回森国，正要下令放火烧毁阊侯国都城，国师道："阊侯城如此坚固，烧之可惜，王可派一支军队驻守在这里，既可以震慑北方，又可以护佑我森国北方安全，两全其美。"

森国国王频频点头道："国师所言极是。"

几日后，森国国王封自己的次子为镇北侯，驻守阊侯城。

森国大军班师森国。

经此一战，森国威震天下。特别是北方那些好战的城、国，对森国刮目相看，有些城、国干脆臣服森国。

北方安，森国安，一个安定、繁荣、强盛的森国从此雄踞一方。

十七

就在大家都觉得森国将成为不可战胜的天下霸主的时候，一场危机悄然而至，正所谓天命不可违。

这一年轮，从冷季开始一直到花季，森国的雨水特别少，连牡丹在花开季节也只打了个花骨朵，还没有来得及开放，就枯萎了。土城周围的湖荡和东、西水道的水位大幅度下降，露出了土城族人从来没有见到过的湖底和水道底部。好在土城怕水不怕旱，长期的干旱对土城族人的生活没有带来特别大的影响。

但是，进入热季后气候反转，土城连日大雨滂沱，接连下了四手日，还丝毫没有停歇的迹象，湖荡的水位很快涨到了土城的城墙根，滚滚流淌的东、西水道的水流慢慢变得平缓起来。

又过几日，东、西水道的洪水竟然逆势倒流，洪水往上游涌去，这一下土城族人心里有些发慌了，这可是从来没有见到过的现象，恐慌情绪如传染病一样在土城弥散开来。

国师和国王商议，决定冒雨请出水神，祈祷水神保佑土城平安无恙。

不论是东水道还是西水道，自古水道里的水都是由西向东流，可现在水道里的水由东往西倒着流，这是洪水下泄不畅，大水道满了反灌回小水道，小水道的水向上游反灌造成的奇观。土城人只看到水倒流，却不知道为什么倒流，顿时满城谣言，人心惶惶。

　　而此时，东、西水道上游也是大雨连绵，水道上游的水咆哮着奔腾而下，上下水流在土城汇合，土城周围的湖荡和水道顿时洪水滔天。

　　洪水淹没了土城北面与陆地连接的地方，城北在抵抗缗侯国进攻时，曾经人为挖开，后又填上的陆地，现在再次被洪水淹没，陆地与土城被洪水分隔开来，土城成了一座孤岛。

　　洪水涌进土城，城内一片汪洋，除了国王府、祭祀台、陶玉石聚落公屋等几处石头房屋外，其他土屋、茅寮全部倒塌在洪水里。尽管土城族人与水为邻，在水里如在陆地一样灵活，但却无法像鱼一样在水里生活，满城的族人不得不转移到北部陆地上。

　　洪水在土城肆虐了半个热季。

　　当洪水慢慢退去，人们回到土城，昔日繁华热闹的土城已是一片狼藉，更可怜的是那些以种稻、黍、豆子和以养殖禽畜为生的聚落，一下子失去了生活来源。虽然还可以捕鱼、狩猎，但此时的土城人口众多，靠捕鱼、狩猎远远不能满足土城族人食物的需要。食物的价格迅速飙升，饥饿、疾病在土城蔓延开来。

　　为了生存，许多土城聚落和族人不得不往外迁徙，远走他乡。

　　陶玉石族聚落有着强大的经济基础和物资储备，陶玉石侯曦率领聚落族人返回土城后，立即开始了灾后重建。他让制陶坊匠人打开逃走时还在烧制陶器的几座炉腔，有些心疼地让匠人搬出被水泡过的陶器，从炉腔里搬出来的陶器变成了青色，用手扣之，发出"嗡嗡"的声响，用木棍敲击几下，感觉比之前泛红的熟陶更加坚固，重量也稍有减轻。

　　曦敏感地察觉到，这可能是陶器在烧制完成后，忽然被凉水浸泡所制。他赶紧吩咐匠人制坯、装窑，烧制一炉新的陶器，他估摸着时间，在陶器烧制完成时让匠人往炉膛里注水。

经过几轮的试验，比熟陶质地坚固、重量轻的青陶在陶玉石族聚落烧制出来，使得陶玉石族聚落的陶器又有了一次质的飞跃，制陶技艺水平又有了新的发展。

土城的洪水虽然退去，但洪水退去后，西水道分成了两股水道，一股水道沿老水道往东去，另一股水道流经城北汇入东水道。西水道这一改道，使得土城完完全全成了一座四面环水的岛城，人们进出土城都得撑筏。

森国国王召集城中各侯和各聚落族公商议，想将这北面的水道以土填平。

有族公道："水道因地势行水，如果填平了现有水道，不知道水道又会改道何方？不知道土城的水系又会发生怎样的变化？"

国师道："水乃水神驾驭之物，不可随意改变。"

曦道："就算我们劳民伤财填平了北面水道，下次发洪水会不会再次被淹没？要有个长久的办法才好。"

国师、侯和族公七嘴八舌地议论，打开了国王的思路，国王思虑良久道："曦侯，你说要找个长久的办法，我忽然想起了你们陶玉石聚落建造的石屋，既然石屋顶能够悬空而架，我们能不能在水道上架个屋顶，下面的水道继续行水，上面的石屋面可以行人。"

国王的话让在座的众人感觉脑子里好像划过一道闪电，这是一个出乎所有人意料的想法，大厅里一时安静下来。

曦道："屋顶是由四面墙壁支撑着，而且承重有限，和道路不一样，不过国王的想法很值得尝试，我回去和制石坊的工匠们探究一番，如果这个办法能行，我们陶玉石族聚落愿意为土城做善事，独自建造这水上石屋顶。"

大厅里响起一片赞扬之声。

制石坊的老掌事和那帮建造石屋的老匠人早已去世，曦召米继任掌事和几个能干的匠人，商议在北面水道上建石屋顶之事，掌事和几个匠人都觉得这事新鲜，也激发了他们浓厚的兴趣，几个人在一起议论一番，觉得最重要的是要解决石屋顶支撑和石屋面承载重量的问题，如果能解决好这两个问题，在水道上建石屋顶应该是可行的，但要解决这两个问题，需要反复琢磨和试验。

曦就把这件事交给了制石坊。

制石坊匠人经过反复琢磨、尝试，终于想出了以石柱代替石墙支撑石顶，加大石顶拱形以加大石顶承载量的办法，解决了在水道上建石路面的主要难题。

曦听了制石坊掌事的回复，当即决定让制石坊在土城北面水道上建造石拱形路。

制石坊掌事面有难色道："技艺上没有问题了，但土城四周缺乏石材，要建造这样的大型石柱、石拱路面，用石量巨大，一时难以解决。"

曦沉吟片刻道："这事惠及子孙，一定要建，缺少石料我们就易石来建，易石的事我来安排，你们制石坊只管建造就行。"

拱形石面路建造了整整一个年轮。

当拱形的石路飞架在城北水道之上，土城又恢复了与城北陆地的连接，整个土城为之沸腾，人们在石路上往来奔走，远近观瞧，无不为之称奇。

森国国王为了褒奖陶玉石族聚落的善举，将城北这座拱形石路命名为"石架路"。

在陶玉石族聚落，比起制陶坊的不断更新创造和制石坊建设石屋、石架路的壮举来，制玉坊显得格外的低调。制玉坊的工匠主要还是随长须和玑一起来到土城的西域族人和他们的后代，在陶玉石聚落他们不需要为衣食而操心，就专心致志，日复一日、年复一年，精心打磨着那些玉器。

玉料有限，他们只能打磨、雕琢一些小型玉器，有时候一个年轮也完成不了一件玉器。

可当他们把这些年轮完成的几手玉器摆放在曦面前的时候，曦顿时惊呆了！这是人工制作的玉器吗？栩栩如生的造型，巧夺天工的技艺，纤巧玲珑的意境，加上玉石的润泽，让人怎么都无法相信这些玉器出自匠人之手，曦想起了玑和挂在玑脖子上随葬的玉佩，睹物思人，不觉老泪纵横。

曦在土城主办了一场隆重的玉石品鉴会，盛情邀请森国的权贵、名士、商贾前来。当这些精美玉器展现在众人面前的时候，所有人都被震惊了。

很快，土城掀起了一股玉器风，玉器价值直线飙升，很多权贵、名士、商贾倾其所有，只为换得一件精美玉器，陶玉石族聚落的玉器供不应求，订单排到了若干年轮之后。

不产玉料的土城成了玉器制作中心，不得不说是一大奇迹，也折射出土城的繁荣和强盛。

不得不说，曦是那个时代的先贤和圣人，他把陶玉石族聚落带到了一个时代的巅峰，更难能可贵的是，他在巅峰一览众山小的时候，心里没有忘记土城和陶玉石族聚落的危机。

暮年的曦做出了两个关乎陶玉石族聚落前途和命运的大事。一是他派自己的孙子驲率领一支聚落族人前往星川国，他交代孙子驲说："你到了星川国，如果找到了你伯伯秋，就加入你伯伯的星川陶玉石族聚落，如果你找不到他，你就自己在星川国建立陶玉石族聚落，无需返回土城，只要你的子子孙孙记住，你们是土城陶玉石族聚落的子孙就行。"

驲率领着一支陶玉石族聚落族人，历尽艰辛，在星川国见到了秋，这支陶玉石族聚落族人，加入了秋在星川国建立的陶玉石族聚落。

于是，土城陶玉石族聚落在遥远的星川国有了自己的一个分支。

曦做出的第二个安排，是派遣自己最小的儿子跃带领一支庞大的族人队伍前往东方，去寻找一处更加合适的聚落领地。他交代儿子跃说："土城被洪水淹没了一次，就一定会被淹没第二次、第三次，这里三面环水，很难逃过水的劫数，你哥哥春出使东方回来后说，在云梦泽之日升方位，土地辽阔而肥沃，其生存资源更丰富，环境更适宜。你带上我们陶玉石族聚落的各类匠人，也带着我们陶玉石族聚落未来的希望，去找到合适的地方，建一个新的陶玉石族聚落，让陶玉石族聚落源远流长。也许有一天，土城陶玉石族聚落的族人会寻你而去。"

日月如梭，斗转星移，土城的命运被曦不幸言中。因水而建、因水而兴的森城，最终也因水而衰，淹没在一次又一次的洪水中。

正所谓：滚滚长江东逝水，浪花淘尽英雄。是非成败转头空。

青山依旧在，几度夕阳红。白发渔樵江渚上，惯看秋月春风。一壶浊酒喜相逢。古今多少事，都付笑谈中。

　　笕苹被一阵手机铃声唤醒，他闭着眼睛按掉来电。梦中发生的一切，像电影画面一样清晰地映射在脑海里，他从床上爬起来，打开电脑，飞快地将自己的梦境记录下来，并给记录的这段文字起了一个标题——消失的淼国故都。

完